大學用書・考試適用

公文寫作指南

〔增訂十版〕

商鼎數位出版有限公司　印行

目 次

第一章 緒 論

第二章 公文程式

第六章　公文之寫作方法與範例

序

公文是機關推行公務、溝通意見的重要工具。政府機關須藉公文達成其政策目標;也須藉公文執行法令與紀錄各種活動情形。如對上之請求、報告;對下的指揮、監督;以及對內的通知、協商,都得利用公文為媒介。換言之,政府機關一切政令推行是否成功,公文實佔有重要的地位。

公文既成為機關推行公務不可或缺的工具,因此,服務於政府機關的公職人員或企業團體之職員,就必須具備處理公文的基本能力。今日「公文」的製作方法,雖不必像古代所謂的「師爺」那樣咬文嚼字,但對於公文程式及公文技巧的嫻熟,卻是公職人員提昇公務品質的重要課題。職是之故,國家所舉辦的高普考試及各類特種考試,均將公文列為必考科目,以期初任公職之人員,皆能勝任推行公務之職責。又各機關為提昇在職人員公文處理能力,各級機關、各類團體,對於現職行政人員辦理之在職進修、研習、訓練,也大都把「公文」列為必授課程。

筆者從事公職四十餘年,曾任縣政府基層公務人員、單位主管、及中央機關主任秘書等職,並兼任大專院校教職。曾參加高普考試及特種考試,皆榮獲錄取,且其中二項考試均以優等成績及格。積數十年之經驗,深知「公文」製作的能力與公務推行及考試成績之良窳有密切關係。今將多年教學及行政工作寫作公文之心得經驗,編撰成書,提供學校或訓練進修機構,做為「公文」科目教學、授課之教材及有志服務公職者參加國家高普考試、特種考試應考「公文」之參考。

本書分六章二十五節,約十萬餘言。各章節獨立撰寫,可依需要選讀某一章節,亦可依序閱讀全書,當可對公文製作有全盤瞭解與提昇。茲將各章重點簡述於下:

第一章緒論，闡述公文的意義、要件及類別，讓初學者對公文有初步的瞭解與認識。

第二章公文程式，說明公文程式之意義，並敘述自民國成立以來，公文程式之演進及現行公文程式之特點，讓公職人員能依法令規定之格式與精神製作公文。

第三章公文結構、用語與製作原則，分別闡述公文結構、用語及公文製作應注意的事項和製作的原則。本章旨在提昇公文品質，在職人員應詳加研讀。

第四章公文寫作與國家考試，敘述考場公文寫作與高普特考的關係，公文命題的趨勢，及如何在考場獲得高分，以達錄取的目標。

第五章考試公文寫作要領，分析應考時如何撰寫考場公文，詳細說明公文每一項目之書寫方法，使考生能在最短期間內學會公文製作要領。

第六章公文之寫作方法與範例，分為「令」、「呈」、「咨」、「函」、「公告」、「書函」及「簽稿」之撰擬與範例。在職人員應熟讀本章以精鍊公文技巧。其中第四節「函」的作法與範例，考生應多加研讀與觀摩練習，如能嫻熟，必得高分。

本書修訂再版編撰期間，承蒙諸多先進好友鼓勵並提供有關資料及寶貴意見，在此致上萬分謝意。本書兼重理論與實際演練，當有助於各機關行政同仁，公文寫作素質的提昇。並提供準備參加公職人員考試的考生，最佳「公文」寫作之參考書。

柯 進 雄 謹識

公文試卷橫式書寫格式問與答

【問】公文為何要改為由左至右橫式排列的方式？

【答】 行政院有鑑於國際交流日益密切，文書資料來往頻繁，為了積極與國際接軌，並兼顧電腦作業平台的屬性，於92年8月13日行政院院會中通過「公文程式條例部分條文修正草案」，將目前公文由右至左直式排列方式，改為國際與電腦通用的「由左至右橫式排列」。

【問】公文改橫式排列，從何時開始實施？

【答】 行政院於92年1月初的行政院第2823次會議中決定：推動官方文書改為由左至右橫式排列，並且決定配合修法，將相關文書作業規定、公文製作與流程管理系統等，在3年內分階段完成這項改革。第一階段原訂於民國92年10月間要將手令、手諭、簽、報告、箋函或便箋、契約書、說帖等特定公文書先改為橫式排列，但因修法作業未能及時配合，行政院乃決定延至93年元月1日起實施。93年4月19日立法院法制委員會初審通過公文程式條例部分條文修正草案，並於93年8月立法院院會中正式通過，行政院正積極配合推動。自94年1月起，政府公文與電腦上供民眾申請的公文表格，均將全面改採由左而右橫行格式。

【問】**國家考試國文科試卷何時開始改採橫式書寫格式？**

【答】考選部為配合行政院所推動的「公文書橫式書寫」方案，經研議後做成以下3項決定：

一、國文科試題及試卷，配合公文程式條例之施行日期，自94年1月1日起改採橫式書寫格式。

二、國文科試卷，依現行高等（三等）考試卷面之格線採棕色及普通（四等）採橙色印製，以資區分；試卷篇幅不分等級均維持現行七頁之頁數。

三、國文科試卷內頁「作答注意事項之五」配合修正為「答案書寫方式，應以西式橫寫之方式」，並增加一項「請應考人書寫公文試題時，承辦人欄位勿書寫自己姓名，而一律以○○○代替」，俾免違反試場規則第五條規定。

【問】**公文改為橫式書寫格式，對應考人有何影響？**

【答】國家考試國文科試卷改採橫式書寫格式，對應考人產生的影響，不能說完全沒有，但僅止於一時之間的不適應而已！因為橫式書寫只是試卷表面上書寫方式的改變，剛開始會感覺不習慣，只要平時多加練習，就會習慣成自然了。公文雖改採橫式書寫，其撰寫方法、要領、格式和各項欄位，與直式書寫完全相同，沒有絲毫改變，應考人大可放一百二十個心，終究培養撰擬公文的良好能力才是最重要的。

作者簡介

作者姓名：柯進雄

學歷：國立政治大學公共行政研究所法學碩士

經歷：中小學教師、主任、校長、大專院校兼任講師
縣政府教育局督學、課長、主任督學、教育局長
台灣省政府教育廳督學、科長
台灣省國民學校教師研習會副主任
中央公教人員住宅輔建及福利委員會主任秘書
監察院第二組副主任、公職人員財產申報處副處長、秘書處副處長、
第五組主任、公關室主任、教育及文化委員會主任秘書（退休）等

現任：台北市國立台中教育大學校友會 理事長
中華民國國家教育研究院院友會 名譽理事長

考試：普通考試、乙等特考人事行政人員考試優等及格
分類職位公務人員第七職等教育行政人員考試及格

著作：1.台灣省公務人員在職訓練之研究
2.國民中學校長領導之理論與實際
3.學校行政領導研究
4.學校行政領導文集
5.人性教育
6.衝突理論與學校領導
7.中國的領導藝術
8.學校行政領導
9.公文寫作指南

參考書目

◆ 洪五宗編著，《公文書寫作與處理》，五南圖書出版公司，87年10月2版6刷。

◆ 張仁青編著，《應用文》，文史哲出版社，78年8月修訂26版。

◆ 楊仁志編著，《公文精鍊》，千華數位文化有限公司，87年11月第2版第1刷。

◆ 康莊編著，《國文/公文》，高點文化事業有限公司，88年9月8版。

◆ 柯進雄編著，《公文寫作指南》，商鼎文化出版社，98年10月修訂四版。

◆ 行政院秘書處編印，文書處理檔案管理手冊（修正版），87年3月。

◆ 行政院秘書處編印，文書處理檔案管理手冊（修正版），87年6月。

◆ 行政院秘書處編印，文書處理檔案管理手冊（修正版），89年8月。

◆ 行政院秘書處編印，事務管理手冊（修正版），90年4月。

◆ 行政院秘書處編印，文書處理手冊（修正版），90年7月。

◆ 行政院秘書處編印，文書處理手冊（修正版），93年4月。

◆ 行政院秘書處編印，文書處理手冊（修正版），94年1月。

◆ 行政院秘書處編印，文書處理手冊（修正版），99年3月。

◆ 國家文官學院編著，公文製作及習作（修訂二版三刷），102年4月。

第一章 緒 論

第一節 公文的意義與要件

壹 公文的意義

公文是處理公務之文書，古稱「官書」「文牘」或「官文書」。我國歷代有關公文名稱，其類別包括歷代之「典」（法規）、「謨」（計畫書）、「訓」（教誡）、「誥」（布告）、「誓」（出征時告軍民書）及詔（皇帝所發之命令）、諭（手令）、奏（給皇帝的文書）、章（法規、典則）、疏（解釋義理、條陳事實的文書）、表（陳情、顯揚）、檄（徵召、曉諭、聲討）等等，名目繁多，無法盡舉。

公文之意義，法令明定者，始於民國5年7月29日，北京政府公布之「公文程式」，其第1條規定：「凡處理公事之文件名曰公文」。其後略作修訂。現行公文程式條例第1條規定：「稱公文者謂處理公務之文書……」，係自民國17年11月15日，國民政府公布之公文程式條例所定名稱沿用至今。

公務就是公眾的事務，因此，公文為基於處理公眾事務所製作之文書，凡處理公務之文書，均可稱為「公文」。換言之，政府機關相互之間、政府機關與人民或團體之間，為了處理公共事務及意見溝通，以文書方式表達之文件，皆稱之為「公文」，它是處理公務的重要工具，屬於應用文的一種。

　　我國刑法第10條第3項規定：「稱公文書者，謂公務員職務上製作之文書」。所稱「公務員」同法同條第2項規定：「稱公務員者，謂依法令從事於公務之人員」。所謂從事於公務之「公務」是指「公共」、「公眾」之事務，亦就是「眾人之事」。因此，公務人員基於職務上之需要，依據法令所製作之文書，就屬於刑法上所稱之公文書。

　　公文一詞，除法律上所規定，狹義的「處理公務之文書，且有一定之名稱與程式者為範圍」外，應包含廣義的「凡處理公務有關之文書，或表達意思、紀錄事實之文書均屬之」。所以在實際運用上，「公文」應包含狹義及廣義之公文書，不僅用以處理公務、宣達政令之文書謂公文書，法院之判決書、檢察官之起訴書及訴願、行政訴訟之決定書等等，以及政府機關內部業務上所記載之文書，均屬於公文書之範圍。

貳　公文之要件

　　公文是依據法令所製作的文書，政府機關宣導法令、處理政務，及與人民或團體之間相互表達意思，都需使用公文。就法律效力而言，公文書具有強制性與約束性，屬於要式行為之文書。所以公文除應著重實質之內容外，還須依一定之法定程序製作，才能發生效力。因此，公文書必須具備實質與形式之要件。

一、實質要件

公文書之實質要件，乃指其內容所應具備之實際條件：

必須係處理公務

文書有公文書與私文書之別，處理公眾事務之文書謂公文書；處理私人事務之文書謂私文書。如私人信函、著作是由私人撰述，既非處理公務之作，亦與公務無關，此僅得謂之私文書。

至少一方為政府

所謂政府機關包括官署及非官署之機關；至於團體與團體或團體與人民之間，相互往來之文書，是否亦得稱為公文書，須視該團體之性質及在法律上之地位而定。

必須有具體主張

公文為表達意思之公文書，當然要有具體的主張及目的，使對方瞭解，始能收到預期的效果，否則失去行文的意義與作用。

依據法令與事實

公文如引用無效之法令或非真確之事實者，依法均不能生效。政府機關違反本項要件，輕者影響行政效率並招致指責，重者構成違法失職，應受民事、刑事、行政及懲戒處分。

使用適當之文字

公文所使用的文字與用語，應審慎注意，使每字每句都能發揮作用，以收明確之效。公文製作以「簡、淺、明、確」為原則，其遣詞用字必須「普通化」、「大眾化」、「民主化」，更不要使用模稜兩可之字辭。

二、形式要件

公文之形式要件，指其應依循之格式，也就是必須具備之項目及次序，公文的形式要件包括：

必須有時間之表示

公文應記載製作時之國曆年月日，機關公文並應加註發文字號，以便引用、稽查與統計，對於時效性之確定更屬關係重大。

必須有負責之表示

公文視其性質由機關首長簽署或蓋機關印信，或僅蓋機關銜戳，以示負責。公文除機關首長簽署外，其依法應副署者，其有關者應依法副署；依分層負責決行之公文，決行人亦應依規定副署。

必須合於法定格式

公文之格式，因時代而有不同，依現行法令規定之格式，應列明發文機關（含機關地址、傳真電話、承辦人）、文別、本文、附件、受文者、副本收受者等，不得標新立異，自創一格。

本文必須分段敘述

我國現行法令規定，公文之**本文**分**主旨**、**說明**、**辦法**三段敘述，目的在求簡明，方便撰述。

由左至右橫行書寫

近年來努力推動政府電子化已卓然有成，為配合電腦平台之作業，更便於與世界各國密切交流，傳統由右至左之直行格式諸多不便，故公文程式條例第7條，明定採取由左至右之橫行格式。

第二節　公文之類別

壹　公文之區分

公文之區分，依受文者在其行文之組織系統，可分為上行文、平行文、下行文三類；依公文保密等級分為絕對機密、極機密、機密、密四種；依公文處理時間分為最速件、速件、普通件及特別件四種，茲分述於下：

一、依受文者分

（一）上行文

凡下級機關對其直屬上級機關及其他高級機關所為意思表示，如請示、陳示或回復時使用之公文書，有下列幾種：

1. **呈**：呈有呈上之意，故欲向上司用文書有陳述謂之「呈」。依現行公文程式條例規定，僅對「總統」有所呈請或報告時用之，其使用範圍較前縮小甚多。

2. **函**：下級機關對上級機關有所請求或報告時用之。「函」在現行公文中使用最多也最廣，舊時上行文中之呈，平行文中之咨，下行文之令，均可使用「函」行文。

3. **簽**：為幕僚對長官或下級機關首長對上級機關首長處理公務時表達意見，以供了解案情，並作決擇之依據。係人對人，而非機關對機關。

4. **報告**：凡機關、學校、團體，僚屬陳述私人事故，請求上級瞭解，或請代為解決困難，宜以報告為之。學校學生對校方有所申請或陳述時，亦宜用報告。

(二) 平行文

為同級機關相互對待所為意思表示之公文書，以及人民與機關間之申請與答復時所用之公文書，有下列幾種：

1. **咨**：咨文在舊時為同級機關往來之文書，現行文書處理檔案管理手冊規定，惟有總統與國民大會、立法院公文往復時用，其餘機關皆用函，以符民主精神。咨有諮詢洽商的意思，與「令」具有強制性與拘束性不同，依其性質可分為咨請、咨會、咨查、咨復、咨送五種。

2. **函**：同級機關間或不相隸屬機關間行文時，以及人民與政府間之申請與答復時用之。

3. **公告**：原稱「佈告」，對公眾宣布事實或有所勸誡時所用之文書。其用途有四：
   (1) 曉示：用於官吏就職及行政上有所興革，向民眾公告。
   (2) 宣告：用於公布國家或地方所發生重要事件之詳情等。
   (3) 示禁：即對於妨害國家或社會之事務，出示禁止。
   (4) 徵求：凡應行政需要，徵求人力、物力，或徵求人民意見等用之。

4. **書函**：凡機關或單位間於公務未決階段，需要磋商、陳述、徵詢意見、協調、通報時用之。

(三) 下行文

為上級機關對下級機關所為意思表示之公文書。有下列兩種：

1. **令**：「令」本義為發號施令，故含有強制性。受令機關接到「令」文後即應遵行，不得延宕。依現行公文程式條例規定「令」之用途共有四種：公布法律；任免官員；獎懲官員；總統、軍事機關、部隊發布命令。

2. **函**：上級機關對所屬下級機關有所指示、交辦、批復時用之。

3. **手諭**：為長官對屬員有所訓示或傳知時用之。

4. **證明書**：如在職證明書、離職證明書、畢業證書。

5. **簡便行文表**

二、依保密等級分

根據民國92年2月6日公布之國家機密保護法第4條規定，公文依保密等級區分如下：

(一) 絕對機密
適用於洩漏後足以使國家安全或利益遭受**非常重大損害**之事項。

(二) 極機密
適用於洩漏後足以使國家安全或利益遭受**重大損害**之事項。

(三) 機密
適用於洩漏後足以使國家安全或利益遭受**損害**之事項。

三、依處理時間分

依公文之處理時間規定，可分為四種（但如為限期公文，則不必填列）：

(一) 最速件
指特別緊急必須當時或在一日內處理完畢之案件，隨到隨辦，迅速發出。

(二) 速件
指次於前款亦應從速處理完畢之案件，以不超過三日為限。

(三) 普通件
指一般例行之案件，以不超過六日為限。

(四) 特別件
指有特殊情形，非短期內所能處理完畢之案件，依下列規定決定其期限：

1. 各機關來文要求答復，定有期限，應依來文所定期限處理。
2. 訴願及其他依法令定有期限之案件，應依其規定期限處理。
3. 人民申請案件，應依各機關所訂人民申請案件處理期限表所定期限處理。
4. 列管案件，應依列管機關所定之預定完成期限處理。
5. 其他特殊案件，應由承辦單位擬定處理期限，經機關首長核准後，依限處理。

貳　狹義之公文書

我國公文類別,除上述分類外,又可概分為廣義公文及狹義公文兩大類。狹義公文係指依有關法律規定而製作之公文。狹義公文書可分為普通公文書及特殊公文書兩類,茲分別簡述於後:

一、普通公文書

依民國96年3月21日總統令修訂公布之「公文程式條例」規定,普通公文書之類別如下:

(一) 令

公布法律、任免、獎懲官員,總統、軍事機關、部隊發布命令時用之。

(二) 呈

對總統有所呈請或報告時用之。

(三) 咨

總統與立法院、監察院公文往復時用之。

(四) 函

各機關間公文往復,或人民與機關間之申請與答復時用之。

(五) 公告

各機關對公眾有所宣布時用之。

(六) 其他公文

1. 書函:

(1) 於公務未決階段需要磋商、陳述及徵詢意見、協調或通報時使用。

(2) 代替過去之便函、備忘錄、簡便行文表,其適用範圍較函為廣泛,舉凡答復簡單案情,寄送普通文件、書刊,或為一般聯繫、查詢等事項,行文時均可使用,其性質不如函之正式性。

2. 開會通知單或會勘通知單：召集會議或辦理會勘時使用。
3. 公務電話紀錄：凡公務上聯繫、洽詢、通知等可以電話簡單正確說明之事項，經通話後，發話人如認有必要，可將通話紀錄作成兩份並經發話人簽章，以一份送達受話人簽收，雙方附卷，以供查考。惟機密之公務，應依「國家機密保護辦法」規定使用電話密語，否則不得傳遞，以防洩密。
4. 手令或手諭：機關長官對所屬有所指示或交辦時使用。
5. 簽：承辦人員就職掌事項，或下級機關首長對上級機關有所陳述、請示、請求、建議時使用。
6. 報告：公務用報告如調查報告、研究報告、評估報告等；或機關所屬人員就個人事務有所陳請時使用。
7. 箋函或便箋：以個人或單位名義於洽商或回復公務時使用。
8. 聘書：聘用人員時使用。
9. 證明書：對人、事、物之證明時使用。
10. 證書或執照：對個人或團體依法令規定取得特定資格時使用。
11. 契約書：當事人雙方意思表示一致，成立契約關係時使用。
12. 提案：對會議提出報告或討論事項時使用。
13. 紀錄：記錄會議經過、決議或結論時使用。
14. 節略：對上級人員略述事情之大要，亦稱綱要。稽首用「敬陳者」，末署「職稱、姓名」。
15. 說帖：詳述機關掌理業務辦理情形，請相關機關或部門予以支持時使用。
16. 定型化表單：定型化表單之格式由各機關自行訂定，並應遵守由左至右之橫行格式原則。

上述各類公文屬通報周知性質者，以登載機關電子公布欄為原則；另公務上不須正式行文之會商、聯繫、洽詢、通知、傳閱、表報、資料蒐集等，得以發送電子郵遞方式處理。並依身分職位、公務性質及處理方式等分別使用之。

二、特殊公文書

我國現行公文程式條例第1條規定：「稱公文者，謂處理公務之文書，其程式除法律別有規定外，依本條例之規定辦理」所稱「法律別有規定」之處理公務之文書，類別繁多，常用者略述於下：

請願文書
人民請願，應依請願法之規定，具備請願書，載明必要事項。

訴願文書
人民訴願，應依訴願法之規定，具備訴願書，載明必要事項。

司法文書
由司法院及法務部根據法律特性訂定程式實施。

外交文書
外交部對外文書，及僑務委員會與海外僑胞、僑團間之文書，均須因地（國）、因時、因事制宜，在簡化的原則下自行訂定程式實施。

軍用文書
軍事機關之文書往來，由國防部根據特性訂定程式實施。

參　廣義之公文書

廣義公文書，指凡與處理公務有關之文書，或表達意思、記錄事實之公務文件均屬之。廣義公文書即在處理公務過程中，只要具有公文要件，發生公文效力者，皆可稱為公文書。茲舉常用者如下：

一、簽

以前稱為「簽呈」，即屬員對長官，或下級機關首長對上級機關首長，就其職掌或承辦事項有所請示或請求時使用（係人對人）。

二、報告

下級人員對上級人員有所報告或請求時使用（與簽性質相同，惟簽限於公務上使用，而報告則可用於私務）。

三、報告書

可分為四種：

(一) 工作報告

機關首長或單位主管，將職掌範圍業務辦理情形，因情況需要或年度終了之時，對上級長官或特定機關提出現況或成果報告時使用（於年度開始時對民意機關所為之工作報告，通常稱「施政報告」）。

(二) 視察報告

屬員奉派對某種業務，或下級機關、團體、學校，作實地考察，事畢將視察情形陳報長官時使用。

(三) 調查報告

屬員奉派調查某項案情，事畢將調查經過、事實及調查意見陳報長官時使用。

(四) 研究報告：

屬員或單位被指定或主動對某項業務進行研究，事後提出研究成果或建議時使用。

四、會議文書

機關團體開會時使用之文書，含開會通知、議事日程、報告文件、提案、討論題綱、選票及會議紀錄等，分別在會議前、會議中及會議後使用。

五、通知

　　機關內部單位間有所洽辦或通知、及機關或單位對個人有所通知時使用。

六、通報

　　機關內部單位間處理公務，對若干單位傳達公事，而用同一通報分別「傳閱」時使用。

七、箋函

　　機關內部單位或主管、不相隸屬機關首長、及機關與人民間，往復接洽、商詢公務時使用。（是一種非正式之公函，機關首長或單位主管與民意代表、各界人士之間商詢公務時使用較多。）

八、手諭

　　又稱「手令」，機關首長對屬員有所飭辦時使用。

九、條諭

　　機關首長或單位主管對屬員執行工作發布指示、或催促如期辦理、或約集有關人員商討、或對人事有所調動時使用。

十、證明書

　　機關、學校、社團對某一個人有所證明其某項特定資格或行為時使用。

第二章 公文程式

第一節 公文程式的意義

　　公文程式係指處理公文所應具備之程序與格式。「程」是指程序；「式」係指格式、款式、形式、方法。公文在處理之過程中，必須有一定之製作程序；同時在形態上，依據行文之類別，其形式、款式、作法等也應遵循一定之格式。

　　公文之類別繁多，形式不一，其程式大多由法令規定，也有依習慣形成。我國現行公文程式條例第1條規定：「稱公文者，謂處理公務之文書；其程式，除法律別有規定外，依本條例之規定辦理」。依此一規定，處理公務之公文，除依其他法律之規定製作外，各機關之公文均須依公文程式條例製作。其他法律規定如立法機關之會議文書－議事日期、提案、質詢案、法律案、會議紀錄等；司法機關之起訴書、判決書、裁定書、處分書、傳票、搜索票、筆錄、通知等；外交機關之條約、照會、備忘錄等；以及人民對政府之陳情書、請願書、訴願書、民刑訴訟書狀、行政訴訟書狀等公文書，均係依特別法律之規定而製作。至於各機關內部處理業務所使用之簽呈、報告、意見書、建議書、便條、手諭等公文書，一般多依習慣由各機關自行訂定程式製作。

第二節　公文程式的演進

　　公文程式及名稱，隨時代而變遷。我國清朝以前為君主專制政體，公文書被認為「官書」，其處理之程序、方式、內容及其精神，在歷朝史書職官誌裡，雖可見片段，但迄無專門書籍可資考究，也因君主專制時代，公文書被視為官書，其制度與程式一般百姓並不通曉。

　　民國成立以後，政府為改革公文書，南京臨時政府於民國1年1月30日制定「公文程式」頒布施行，廢除君主時代之官書。此乃我國第一次向人民公布公文程式，其後屢經修訂，總統於民國96年3月21日修訂公布：「公文程式條例」，此乃現行公文程式。茲將我國自民國以來公文程式的演變列表（註1、2）整理於下：

壹　民國以來公文程式演變表 註1

次數	公布日期	名稱	種類	備註
一	1.11.6	令、布告、狀、咨、公函、呈、批	七	
二	3.5.26	(一)令、咨 (二)封寄、交片、咨呈、咨、公函 (三)呈、詳、飭、咨、咨呈、示、批	十五	
三	5.7.29	大總統令、國務院令、各部會令、任命狀、委任狀、訓令、指令、布告、咨、咨呈、呈、公函、批	十三	
四	16.8.13	令、通告、訓令、指令、任命狀、呈、咨、咨呈、公函、批答	十	
五	17.6.11	令、訓令、指令、布告、任命狀、呈、公函、狀、批	九	
六	17.11.15	令、訓令、指令、布告、任命狀、呈、咨、公函、批	九	

次數	公布日期	名稱	種類	備註
七	41.11.21	令、咨、函、公告、通知、呈、申請書	七	
八	62.11.3	令、呈、咨、函、公告、其他公文	六	
九	82.2.3	令、呈、咨、函、公告、其他公文	六	
十	93.5.19	令、呈、咨、函、公告、其他公文	六	
十一	93.6.14	令、呈、咨、函、公告、其他公文	六	
十二	96.3.21	令、呈、咨、函、公告、其他公文	六	

貳　民國以來公文程式之演進 註2

一、民國1年1月30日南京臨時政府公布

內政部咨行各部及通令所屬公文程式。

第 1 條　凡自大總統以下各公署職員及人民一切行用公文俱照以下程式辦理。

第 2 條　行用公文分為下五種。

甲、上級公署職員行用於下級公署職員曰令公署職員行用於人民者曰令或諭。

乙、同級公署職員互相行用者曰咨。

丙、下級公署職員行用於上級公署職員及人民行用於公署者曰呈。

丁、公署職員公告一般人民者曰示但經參議院議決之法規應由大總統宣布者曰公布。

戊、任用職員及授賞徽章之證書曰狀。

第 3 條　凡公文皆須蓋印簽名並署年月日但人民行用於公署職員之呈文得免其蓋印。

第 4 條　　　各公署行用於外國之公文仍照向例辦理。

第 5 條　　　凡大總統及各部所發之公文有通行性質者皆須登於公報各公文除特定有期限者外京城以登載臨時政府公報之第五日為施行期其餘各處以公報到達公署之第五日為施行期。

二、民國1年11月6日北京政府公布

█ 教令第一號公文書程式令。

第 1 條　　　法律以大總統令公布之。

　　　　　　前項大總統令須記明經參議院之議決由大總統蓋印國務總理記入年月日副署之或與其他國務員或主管國務員副署之。

第 2 條　　　教令以大總統令公布之。

　　　　　　前項大總統令由大總統蓋印國務總理記入年月日副署之或與其他國務員或主管國務員副署之。

第 3 條　　　國際條約之發布以大總統令公布之。

　　　　　　前項大總統令須記明經參議院之同意及批准之年月日由大總統署名蓋印國務總理記入年月日與主管國務員副署之。

第 4 條　　　預算以大總統令公布之。

　　　　　　前項大總統令須記明經參議院之議決由大總統蓋印國務總理記入年月日與主管國務員副署之。

第 5 條　　　特任官簡任官薦任官之任免以大總統令公布之。

　　　　　　前項大總統令由大總統蓋印國務總理記入年月日副署之或與主管國務員副署之。

第 6 條　　　院令由國務總理記入年月日署名蓋印。

第 7 條　　　部令由各部總長記入年月日署名蓋印。

第 8 條　　　事實之宣示及就特定事項對於一般人民命其行為或不行為之文書以布告公布之。

　　　　　　大總統布告由大總統蓋印國務總理記入年月日副署之或與
　　　　　　主管國務員副署之。

　　　　　　行政各官署之布告由該官署長官記入年月日署名蓋印。

第 9 條　　第1條至第8條之公文書須於政府公布之。

第10條　　特任官簡任官之任命狀由大總統署名蓋印國務總理記入年
　　　　　　月日副署之或與主管國務員副署之薦任官之任命狀由大總
　　　　　　統蓋印國務總理或與主管國務員記入年月日副署之委任官
　　　　　　之任命由該官署長官記入年月日署名蓋印。

第11條　　大總統對於官吏及上級官對於下級官有所差委以委任令行之有
　　　　　　所指揮以訓令行之其因呈請而有所指揮者以指令行之。

　　　　　　第8條第2項及第3項之規定得於委任令訓令指令準用之。

第12條　　行政各官署對於特定人民就特定事項令其行為或不行為者
　　　　　　以處分令為之。

第13條　　參議院與大總統或國務員之往返文書以咨行之。

第14條　　行政各官署無隸屬關係者之往復文書以公函行之。

第15條　　下列各款文書以呈行之。

　　　　　　一、人民對於大總統及行政各官署之陳情。

　　　　　　二、官署或官吏對於大總統之陳情或報告。

　　　　　　三、下級官署對於上級官署或官吏對於長官之陳情或報告。

第16條　　行政各官署對於人民之呈分別准駁之文書以批行之。

第17條　　第11條至第16條之文書得於政府公報公布之。

第18條　　本令所揭各項令狀各依年月日先後編號每一年更易一次自
　　　　　　第1號起至何號止於政府公報公布之。

第19條　　公文書程式依附表所定。

第20條　　本令自公布日實施。

三、民國3年5月26日北京政府公布

▌教令第73號大總統公文程式令。

第 1 條　　大總統命令分為下列各種：

　　　　　　一、策令。　　　　　二、申令。

　　　　　　三、告令。　　　　　四、批令。

第 2 條　　下列事項以　大總統策令行之。

　　　　　　一、任免文武職官。

　　　　　　二、頒給爵位勳章並其他榮典。

第 3 條　　下列事項以　大總統申令行之。

　　　　　　一、公布法律。　　　二、公布教令。

　　　　　　三、公布條約。　　　四、公布預算。

　　　　　　五、對於各官署及文武職官之指揮訓示。

　　　　　　六、其他　大總統依其職權執行之事件。

第 4 條　　大總統對於人民之宣示以告令行之。

第 5 條　　大總統裁答各官署之陳情以批令行之。

第 6 條　　大總統與立法院往復公文以咨行之。

第 7 條　　策令申令告令批令蓋用　大總統印由國務卿副署。

第 8 條　　咨蓋用　大總統印。

第 9 條　　大總統之公文須於政府公報公布之。

第10條　　本令第1條第6條公文之格式依附表所定。

第11條　　本令自公布日實施。

▎教令第74號大總統府政事堂公文程式令。

第 1 條　政事堂公文程式依本令之規定。

第 2 條　國務卿面奉　大總統諭與各部院行文時以封寄或交片行之。

第 3 條　國務卿面奉　大總統諭與各地方最高級官署行文時以封寄行之。

第 4 條　各部院各地方最高級官署與政事堂行文時以咨行之。

　　　　前項咨呈之答覆由國務卿以咨行之。

第 5 條　國務卿對於各部院各地方最高級官署遇有商議事件時以公函行之。

第 6 條　第2條第3條及第4條第1項之公文依附表所定格式署名蓋印。

第 7 條　本令自公布日施行。

▎教令第75號官署公文程式令。

第 1 條　各官署公文分為下列各種。

　　　　一、呈。　　二、詳。　　三、飭。　　四、咨。
　　　　五、咨陳。　六、示。　　七、批。　　八、稟。

第 2 條　官署或職官對於　大總統之陳請報告以呈行之。

　　　　前項之陳情報告事關機密者以密呈行之。

第 3 條　下級官署或職官對於上級官署或長官之陳請報告以詳行之。

　　　　下級官署或職官對於上級官署或長官地位相等之官署或職官有須陳請報告以詳行之。

　　　　前二項之陳情報告事關機密者以密詳行之。

第 4 條　上級官署或職官對於下級官署或職官之指揮監督委任以飭行之。

　　　　上級官署或職官對於下級官署或職官地位相等之官署或職官有須指揮監督委任以飭行之。

第 5 條　　　各部院對於各地方最高級官署之行文及其他官署地位相等者之往復文書以咨行之。

第 6 條　　　各地方最高級官署對於各部院之陳請報告以咨陳行之。

第 7 條　　　官署對於人民之宣示以示行之。

第 8 條　　　上級官署或職官對於下級官署或職官及對於人民陳請之准駁以批行之。

第 9 條　　　人民對於官署之陳請以稟行之。

第10條　　　第1條第1款至第5款之公文依附表所定格式署名蓋印。

　　　　　　　第1條第6條第7條之公文依附表所定格式蓋印。

　　　　　　　第1條第8款之公文依附表所定格式署名畫押。

第11條　　　官署各項公文各依發布日期分類編號每屆年終更易一次。

第12條　　　本令自發布日施行。

四、民國5年7月29日北京政府公布

教令第28號公文程式。

第 1 條　　　凡處理公事之文件名曰公文。

第 2 條　　　公文名類如下。

　　　　　　　一、大總統令：大總統指揮全國時用之。

　　　　　　　　　甲、公布法律。

　　　　　　　　　乙、公布教令。

　　　　　　　　　丙、公布應宣布之國際條約。

　　　　　　　　　丁、公布預算。

　　　　　　　　　戊、公布特任簡任薦任各官之任免。

以上除概由大總統蓋印國務總理或會同主管或全體國務員
副署外其公布法律者須聲明國會同意及批准之年月日併由
大總統署名。

二、國務院令：國務院有所指揮時用之。

三、各部院令：各部院有所指揮時用之。

四、任命狀：任命官吏時用之。

甲、特任簡任各官任命狀　由大總統署名蓋印國務總理
或會同主管國務員副署。

乙、薦任官任命狀　由大總統蓋印國務總理或會同主管
國務員副署。

丙、委任官任命狀：由各該官署長官署名蓋印。

五、委任命：大總統對於官吏又上官對於屬官有所差委時
用之。

六、訓令：大總統對於官吏又上官對於屬官有所諭誥時用
之。

七、指令：凡以上對下因呈請而有所指示時用之。

八、佈告：宣示事實時用之。

以上五六七八各款凡屬於大總統蓋印國務總理或會同主管
國務員副署屬於各官署者由該官署長官署名蓋印。

九、咨：國會與大總統或國務員又國務院或各特任官署與
各部院又平行各官署公文往復時用之大總統咨國會文
須由大總統蓋印國務總理副署。

十、咨呈：各特任官署行文國務院時用之但國。
務院與之行文仍用咨。

十一、呈：人民對於大總統或各官署又官署或官吏對於大總
統又下級官署對於上級官署有所陳報時用之。

十二、公函：不相隸屬之各官署公文往復時用之。

十三、批：各官署對於人民陳請事項分別准駁時用之。

第 3 條　　　公文必須記明年月日凡大總統文件國務總理副署者由總理記之各官署文件由各該長官記之屬於簡人者由本人記之。

第 4 條　　　所有文件除任命狀外其第2條1、2、3、8各款均應公布於政府公報其餘願登載者聽。

第 5 條　　　各類文件應分編號數每年自第一號起至若干號止公布於政府公報。

第 6 條　　　本令自公布日施行。

五、民國14年8月7日廣州國民政府公布

公文程式令

中華民國14年8月7日廣州國民政府公布

第 1 條　　　凡處理公事之公文書概依本令之規定。

第 2 條　　　公文書之程式如左。

一、令：公布法令任免官吏及有所指揮時用之。

二、佈告：有所宣布時用之。

三、批：於人民或所屬官吏陳情事項有所裁答時用之。

以上屬於國民政府者由國民政府常務委員主席及主管部長署名蓋用國民政府之印其不屬於各部者由常務委員多數署名蓋用國民政府之印至各官署由各官署長官署名蓋用各官署之印。

四、任命狀：任命官吏時用之。

甲、特任官吏任命狀由國民政府常務委員多數署名蓋用中華民國國民政府之印。

乙、簡任薦任各官任命狀由政府常務委員主席及主管部長署名蓋用中華民國國民政府之印。

丙、委任官任命狀由該官署長官署名蓋印。

五、呈：下級官署對於直轄上級官署或人民對於官署有所陳述時用之。

六、咨：同級官署公文往復時用之。

七、公函：不相隸屬之官署公文往復時用之。

第 3 條　　公文書必記明年月日及長官姓名。

第 4 條　　凡政府發表之公文書皆應於政府公報公布之。

第 5 條　　政府及各官署發表之公文書應分類分年編訂號數。

第 6 條　　本令自公布日施行。

六、民國16年8月13日國民政府公布

▌修正公文程式

中華民國16年8月13日國民政府公布

第 1 條　　凡處理公事之公文書概依本程式之規定。

第 2 條　　公文書類別如下。

一、令：公布法令任免官吏及有所指揮時用之。

二、通告：宣布事件時用之。

三、訓令：凡長官對於所屬官吏有所諭飭或差委時用之。

四、指令：凡長官對於所屬官吏因呈請而有所指示時用之

以上屬於國民政府或省政府者由常務委員多數署名蓋用國民政府或省政府之印屬於各官署者由各官署長官署名蓋用各關署之印。屬於各官署者由各官署長官署名蓋用各官署之印。

五、任命狀：任命官吏時用之。

甲、特任官及簡任官任命狀由國民政府常務委員主席及常務委員多數署名蓋用國民政府之印。

　　　　　乙、薦任官任命狀由國民政府主席署名主管長官副署
　　　　　　蓋用國民政府之印。

　　　　　丙、委任官任命狀由各該官署長官署名蓋印。

　　　六、呈：下級官署對於直轄上級官署或人民對於官署有所
　　　　　陳述時用之。

　　　七、咨：同級官署公文往復時用之。

　　　八、咨呈：非直轄而等級較低之官署對於高級官署用之。

　　　九、公函：不相隸屬各官署公文往復時用之。

　　　十、批答：各官署對於人民陳情事項分別准駁時用之。

第 3 條　　　公文書必記明年月日及長官姓名。

第 4 條　　　凡政府發下之公文書除密件外皆應於政府公報公布之。

第 5 條　　　政府及各官署發表之公文書應分類分年編訂號數。

第 6 條　　　本程式公布日施行。

七、民國17年11月15日國民政府公布

公文程式條例

中華民國17年11月15日國民政府公布

第 1 條　　　凡稱公文者謂處理公務之文書其程式依本條例之規定。

第 2 條　　　公文之類別如下。

　　　一、令：公布法令任免官吏及有所指揮時用之。

　　　二、訓令：上級機關對於所屬下級機關有所諭飭或差委時用
　　　　　之。

三、指令：上級機關對於所屬下級機關因呈請而有所指示時用之。

四、佈告：對於公眾宣布事實或有所勸誡時用之。

以上屬於國民政府經國務會議議決者由主席及五院院長署名蓋用國民政府之印其例行之訓令指令由主席署名蓋用國民政府之印屬於其他機關者由各機關之長官或主席或常務委員署名蓋用各該機關之印。

五、任命狀：任命官吏時用之。

　　甲、特任官及簡任官任命狀由國民政府主席及五院院長署名蓋用國民政府之印。

　　乙、薦任官任命狀由國民政府主席及主管院院長署名蓋用國民政府之印。

　　丙、委任官任命狀由各該機關長官署名蓋用各該機關之印。

六、呈：五院對於國民政府或各院所組織之機關對於各該院及其他下級機關對於直轄上級機關或人民對於公署有所陳情時用之。

七、咨：同級機關公文往復時用之。

八、公函：不相屬之機關公文往復時用之。

九、批：各機關對於人民陳情事項分別准駁時用之。

第 3 條　　五院對於各省政府及其所屬機關之公文以令行之。

第 4 條　　公文應記明年月日並由負責者署名蓋章。

第 5 條　　政府發布之公文除密件外應於國民政府公報公布之。

第 6 條　　本條例自公布日施行。

八、民國31年6月26日國民政府修訂公布

▌公文程式條例

中華民國31年6月26日國民政府修正公布

第 1 條　凡稱公文者，謂處理公務之文書；其程式依本條例之規定。

第 2 條　公文程式之類別如下：

一、令：公布法令、任免官吏及上級機關對於所屬下級機關有所指揮時用之。

二、訓令：上級機關對於所屬下級機關有所諭飭，或差委時用之。

三、指令：上級機關對於所屬下級機關因呈請而有所指示時用之。

四、佈告：對於公眾宣布事實或有所勸誡時用之。

五、呈或報告：下級機關對於上級機關或人民對於機關有所呈請時用之。

六、函：同級機關或不相隸屬之機關公文往復時用之。

七、通知：上級機關對於所屬下級機關，及同級機關暨不相隸屬之機關，或機關對於人民就某一事項有所通報時用之。

八、批：各機關對於人民陳情事項分別准駁時用之。

前項各類公文程序，如時間緊迫時，得以電或代電行之。

第 3 條　五院對於其所屬機關公文，以令行之。對於非所屬機關之行文，應函向該機關所屬之主管院轉行，如有直接行文之必要時，得以函電行之。

第 4 條　　　五院除行政院外，對各省市政府行文時，應函由行政院轉行，或直接以函電行之。

第 5 條　　　公文應由機關長官署名，蓋用機關印信，並記明年月日及發文號數。

第 6 條　　　政府發布之公文，除密件外，應由國民政府公報公布之。

第 7 條　　　本條例自公布日施行。

九、民國41年11月21日總統令公布

▌公文程式條例

中華民國41年11月21日總統令修正公布

第 1 條　　　稱公文者，謂處理公務之文書；其程式，除法律別有規定外，依本條例之規定辦理。

第 2 條　　　公文程式之類別如下：

一、令：公布法令、任免官吏及上及機關對於所屬下級機關有所訓飭或指示時用之。

二、咨：總統與立法院、監察院公文往復時用之。

三、函：同級機關或不相隸屬之機關有所洽辦，通報或答復時用之。

四、公告：對於公眾宣布事實或有所勸誡時用之。

五、通知：機關對於人民有所通知或答復時用之。

六、呈：下級機關對於上級機關有所呈請或報告時用之。

七、申請書：人民對於機關有所聲請或陳述時用之。

前項各款之公文，除第4款外，必要時得以電報、或代電行之。

第 3 條　　　機關公文蓋用機關印信，並由機關首長署名蓋章（官章或私章）或蓋簽字章。

其依法應副署者，由副署人副署之。

機關印信因損毀，遺失或一時不能使用而公文急待送發時，得暫借蓋其他機關印信。

第 4 條　　　機關首長出缺由代理人代理首長職務時，其機關公文應由代理人署名。

機關首長因故不能視事，由代理人代行首長職務時，其機關公文除署首長姓名註明不能視事事由外，應由代行人附署職銜、姓名於後，並加註代行二字。

第 5 條　　　人民之申請函，應署名、蓋章，並註明性別、年齡、職業及住址。

第 6 條　　　公文應記明國曆年、月、日，機關公文並應記發文字號。

第 7 條　　　公文得分段敘述，冠以數字，除會計報表、各種圖表或附件譯文，得採由左而右之橫行格式外，應用由右而左直行格式。

第 8 條　　　公文除應分行者外，並得以副本抄送有關機關或人民；收受副本者，應視副本之內容為適當之處理。

第 9 條　　　公文文字應簡淺明確，並應加具標點符號。

第10條　　　本條例自公布日施行。

十、民國61年1月25日總統令修訂公布

▌公文程式條例

中華民國61年1月25日總統令修正公布

第 1 條　稱公文者，謂處理公務之文書；其程式，除法律別有規定外，依本條例之規定辦理。

第 2 條　公文程式之類別如下：

一、令：公布法令、任免官員及上及機關對於所屬下級機關有所交辦或指示時用之。

二、呈：下級機關對於上級機關有所呈請或報告時用之。

三、咨：總統與立法院、監察院公文往復時用之。

四、函：同級機關或不相隸屬之機關有所洽辦，或人民與機關間之申請與答復時用之。

五、公告：對於公眾宣布事實或有所勸誡時用之。

六、其他公文。

前項各款之公文，除第5款外，必要時得以電報、或代電行之。

第 3 條　機關公文，視其性質，分別依照下列各款，蓋用印信或簽署：

一、蓋用機關印信，並由機關首長署名、蓋職章或蓋簽字章。

二、不蓋用機關印信，僅由機關首長署名，蓋職章或蓋簽字章。

三、僅蓋用機關印信。

機關公文依法應副署者，由副署人副署之。

機關內部單位處理公務，基於授權對外行文時，由該單位主管署名、蓋職章；其效力與蓋用該機關印信之公文同。

機關公文蓋用印信或簽署及授權辦法，除總統府及五院自行訂定外，由各機關依其實際業務自行擬訂，函請上級機關核定之。

第 4 條　機關首長出缺由代理人代理首長職務時，機關公文應由首長署名者，由代理人署名。

機關首長因故不能視事，由代理人代行首長職務時，其機關公文，除署首長姓名註明不能視事事由外，應由代行人附署職銜、姓名於後，並加註代行二字。

機關內部單位基於授權行文，得比照前二項之規定辦理。

第 5 條　人民之申請函，應署名、蓋章，並註明性別、年齡、職業及住址。

第 6 條　公文應記明國曆年、月、日。

機關公文，應記明發文字號。

第 7 條　公文得分段敘述，冠以數字，除會計報表、各種圖表或附件譯文，得採由左而右之橫行格式外，應用由右而左直行格式。

第 8 條　公文文字應簡淺明確，並加具標點符號。

第 9 條　公文，除應分行者外，並得以副本抄送有關機關或人民；收受副本者，應視副本之內容為適當之處理。

第10條　公文之附屬文件為附件，附件在二種以上時，應冠以數字。

第11條　公文在二頁以上時，應於騎縫處加蓋章戳。

第12條　應保守秘密之公文，其制作、傳遞、保管，均應以密件處理之。

第13條　機關致送人民之公文，得準用民事訴訟法有關送達之規定。

第14條　本條例自公布日施行。

十一、民國62年11月3日總統令修訂公布

公文程式條例

中華民國62年11月3日總統令修正公布

第 1 條　稱公文者，謂處理公務之文書；其程式，除法律別有規定外，依本條例之規定辦理。

第 2 條　公文程式之類別如下：

一、令：公布法律、任免、獎懲官員，總統、軍事機關、部隊發布命令時用之。

二、呈：對總統有所呈請或報告時用之。

三、咨：總統與立法院、監察院公文往復時用之。

四、函：各機關間公文往復，或人民與機關間之申請與答復時用之。

五、公告：各機關對公眾有所宣布時用之。

六、其他公文。

前項各款之公文，除第5款外，必要時得以電報、或代電行之。

第 3 條　機關公文，視其性質，分別依照下列各款，蓋用印信或簽署：

一、蓋用機關印信，並由機關首長署名、蓋職章或蓋簽字章。

二、不蓋用機關印信，僅由機關首長署名，蓋職章或蓋簽字章。

三、僅蓋用機關印信。

機關公文依法應副署者，由副署人副署之。

機關內部單位處理公務，基於授權對外行文時，由該單位主管署名、蓋職章；其效力與蓋用該機關印信之公文同。

　　　　　　　　機關公文蓋用印信或簽署及授權辦法，除總統府及五院自
　　　　　　　　行訂定外，由各機關依其實際業務自行擬訂，函請上級機
　　　　　　　　關核定之。

第 4 條　　　機關首長出缺由代理人代理首長職務時，機關公文應由首
　　　　　　　　長署名者，由代理人署名。

　　　　　　　　機關首長因故不能視事，由代理人代行首長職務時，其機
　　　　　　　　關公文，除署首長姓名註明不能視事事由外，應由代行人
　　　　　　　　附署職銜、姓名於後，並加註代行二字。

　　　　　　　　機關內部單位基於授權行文，得比照前二項之規定辦理。

第 5 條　　　人民之申請函，應署名、蓋章，並註明性別、年齡、職業
　　　　　　　　及住址。

第 6 條　　　公文應記明國曆年、月、日。

　　　　　　　　機關公文，應記明發文字號。

第 7 條　　　公文得分段敘述，冠以數字，除會計報表、各種圖表或附
　　　　　　　　件譯文，得採由左而右之橫行格式外，應用由右而左直行
　　　　　　　　格式。

第 8 條　　　公文文字應簡淺明確，並加具標點符號。

第 9 條　　　公文，除應分行者外，並得以副本抄送有關機關或人民；
　　　　　　　　收受副本者，應視副本之內容為適當之處理。

第10條　　　公文之附屬文件為附件，附件在二種以上時，應冠以數字。

第11條　　　公文在二頁以上時，應於騎縫處加蓋章戳。

第12條　　　應保守秘密之公文，其制作、傳遞、保管，均應以密件處
　　　　　　　　理之。

第13條　　　機關致送人民之公文，得準用民事訴訟法有關送達之規定。

第14條　　　本條例自公布日施行。

十二、民國82年2月3日總統令修訂公布

▌公文程式條例

中華民國82年2月3日總統令修正公布第2條第3條條文；並增訂第12條之1條文

第 1 條　稱公文者，謂處理公務之文書；其程式，除法律別有規定外，依本條例之規定辦理。

第 2 條　公文程式之類別如下：

一、令：公布法律、任免、獎懲官員，總統、軍事機關、部隊發布命令時用之。

二、呈：對總統有所呈請或報告時用之。

三、咨：總統與國民大會、立法院、監察院公文往復時用之。

四、函：各機關間公文往復，或人民與機關間之申請與答復時用之。

五、公告：各機關對公眾有所宣布時用之。

六、其他公文。

前項各款之公文，必要時得以電報、電報交換、電傳文件、傳具或其他電子文件行之。

第 3 條　機關公文，視其性質，分別依照下列各款，蓋用印信或簽署：

一、蓋用機關印信，並由機關首長署名、蓋職章或蓋簽字章。

二、不蓋用機關印信，僅由機關首長署名，蓋職章或蓋簽字章。

三、僅蓋用機關印信。

機關公文依法應副署者，由副署人副署之。

機關內部單位處理公務，基於授權對外行文時，由該單位主管署名、蓋職章；其效力與蓋用該機關印信之公文同。

　　　　　　機關公文蓋用印信或簽署及授權辦法,除總統府及五院自行訂定
　　　　　　外,由各機關依其實際業務自行擬訂,函請上級機關核定之。

　　　　　　機關公文以電報、電報交換、電傳文件或其他電子文件行
　　　　　　之者,得不蓋用印信或簽署。

第 4 條　機關首長出缺由代理人代理首長職務時,機關公文應由首
　　　　　　長署名者,由代理人署名。

　　　　　　機關首長因故不能視事,由代理人代行首長職務時,其機
　　　　　　關公文,除署首長姓名註明不能視事事由外,應由代行人
　　　　　　附署職銜、姓名於後,並加註代行二字。

　　　　　　機關內部單位基於授權行文,得比照前二項之規定辦理。

第 5 條　人民之申請函,應署名、蓋章,並註明性別、年齡、職業
　　　　　　及住址。

第 6 條　公文應記明國曆年、月、日。

　　　　　　機關公文,應記明發文字號。

第 7 條　公文得分段敘述,冠以數字,除會計報表、各種圖表或附件譯
　　　　　　文,得採由左而右之橫行格式外,應用由右而左直行格式。

第 8 條　公文文字應簡淺明確,並加具標點符號。

第 9 條　公文,除應分行者外,並得以副本抄送有關機關或人民;
　　　　　　收受副本者,應視副本之內容為適當之處理。

第10條　公文之附屬文件為附件,附件在二種以上時,應冠以數字。

第11條　公文在二頁以上時,應於騎縫處加蓋章戳。

第12條　應保守秘密之公文,其制作、傳遞、保管,均應以密件處
　　　　　　理之。

第12-1條　機關公文以電報交換、電傳文件、傳真或其他電子文件行
　　　　　　之者,其制作、傳遞、保管、防偽及保密辦法,由行政院
　　　　　　統一訂定之。但各機關另有規定者,從其規定。

第13條　機關致送人民之公文,得準用民事訴訟法有關送達之規定。

第14條　本條例自公布日施行。

第三節 現行公文程式

　　公文製作須依公文程式條例規定，我國現行公文程式條例，係於民國96年3月21日總統令修正公布，茲概述如下：

壹 現行公文程式條例

公文程式條例

中華民國96年3月21日總統令修正公布

第 1 條　　稱公文者，謂處理公務之文書；其程式，除法律別有規定外，依本條例之規定辦理。

第 2 條　　公文程式之類別如下：

一、令：公布法律、任免、獎懲官員，總統、軍事機關、部隊發布命令時用之。

二、呈：對總統有所呈請或報告時用之。

三、咨：總統與立法院、監察院公文往復時用之。

四、函：各機關間公文往復，或人民與機關間之申請與答復時用之。

五、公告：各機關對公眾有所宣布時用之。

六、其他公文。

前項各款之公文，必要時得以電報、電報交換、電傳文件、傳真或其他電子文件行之。

第 3 條　　機關公文，視其性質，分別依照下列各款，蓋用印信或簽署：

一、蓋用機關印信，並由機關首長署名、蓋職章或蓋簽字章。

二、不蓋用機關印信，僅由機關首長署名，蓋職章或蓋簽字章。

三、僅蓋用機關印信。

機關公文依法應副署者，由副署人副署之。

機關內部單位處理公務，基於授權對外行文時，由該單位主管署名、蓋職章；其效力與蓋用該機關印信之公文同。

機關公文蓋用印信或簽署及授權辦法，除總統府及五院自行訂定外，由各機關依其實際業務自行擬訂，函請上級機關核定之。

機關公文以電報、電報交換、電傳文件或其他電子文件行之者，得不蓋用印信或簽署。

第 4 條　　機關首長出缺由代理人代理首長職務時，其機關公文應由首長署名者，由代理人署名。

機關首長因故不能視事，由代理人代行首長職務時，其機關公文，除署首長姓名註明不能視事事由外，應由代行人附署職銜、姓名於後，並加註代行二字。

機關內部單位基於授權行文，得比照前二項之規定辦理。

第 5 條　　人民之申請函，應署名、蓋章，並註明性別、年齡、職業及住址。

第 6 條　　公文應記明國曆年、月、日。

機關公文，應記明發文字號。

第 7 條	公文得分段敘述，冠以數字，採由左而右之橫行格式。
第 8 條	公文文字應簡淺明確，並加具標點符號。
第 9 條	公文，除應分行者外，並得以副本抄送有關機關或人民；收受副本者，應視副本之內容為適當之處理。
第10條	公文之附屬文件為附件，附件在二種以上時，應冠以數字。
第11條	公文在二頁以上時，應於騎縫處加蓋章戳。
第12條	應保守秘密之公文，其制作、傳遞、保管，均應以密件處理之。
第12-1條	機關公文以電報交換、電傳文件、傳真或其他電子文件行之者，其制作、傳遞、保管、防偽及保密辦法，由行政院統一訂定之。但各機關另有規定者，從其規定。
第13條	機關致送人民之公文，得準用民事訴訟法有關送達之規定。
第14條	本條例自公布日施行。 本條例修正條文第7條施行日期，由行政院以命令定之。

貳　現行公文程式條例之特點

　　我國現行公文程式條例之修訂，著重發揚民主精神及提高行政效率。公文程式條例於民國17年11月15日由國民政府公布，政府遷台後經於41年11月21日、61年1月25日、62年11月3日、82年2月3日、93年5月19日及96年3月21日等6次修正。足見政府能依時代進步修訂現行公文程式條例之苦心。

　　行政院依公文程式條例修訂：「文書處理手冊」，並通函行政院所屬各機關、省市各級政府及總統府、五院暨所屬機關、直轄市及各縣市議會參酌辦理。

一、公文改革的主要內容

公文書製作採由左至右之橫行格式[註3]	機關致送人民之公文,除法規另有規定外,依行政程序法有關送達之規定。[註4]
在公文程式方面	其結構採「主旨」「說明」「辦法」三段式,以求簡明;例行公文採表格化;公文用語通俗化,務期條理分明,一目了然。
在處理原則方面	貫徹分層負責要求,採行分層決行;縮短簽辦時程;減少核稿人員;統一處理時限;改進會辦方式,以提高行政效率。
在作業技術方面	收發繕校人員集中辦公;簡化作業程序;分文直達基層;改進傳遞方式,增訂電子文件之公文運用,藉以配合時代進步,有效運用人力,加速作業流程。
在文書管理方面	結合業務管考與公文稽催制度,實施要案追蹤查催;強化基層主管權責;注重先期查催及事後獎懲,以期強化管理功能,增進辦事效率。
在繕寫格式方面	取消舊有直行格式,統一代以由左而右的橫行格式,藉以減少收發時轉換格式之不便,便於檔案編排,有利與世界各國交流。

二、公文改革之目的

(一) 由於國際間交往日愈密切，文書資料來往頻繁，歐美文字都是由左至右橫式排列，我國原採直式書寫如遇引用外文或阿拉伯數字時，往往形成扞格。且我國正積極推動華英雙語，文書橫行格式可以中英對照，公文書改為橫式書寫確有必要。註5

(二) 使政府機關公文所要表達的意思，能明確的讓社會大眾普遍接受，而使政府一切施政能為一般民眾所瞭解與支持。

(三) 使政府機關公文在大幅度的改革措施下，增訂電子文件之公文，徹底擺脫陳舊的、落伍的程式及用語，以便在行政革新中發生引導作用。

(四) 使政府機關公文程式、結構、文字趨於簡單明瞭，即使是初任公務人員都可擬辦公文。

(五) 使機關公文運用電腦繕打、電子交換、電話傳真之科技，以期公文處理電腦化之早日達成，將公文格式重新調整，以利電腦作業之推行。

註

1. 張仁青編著，《應用文》，第11至12頁。
2. 洪五宗編著，《公文寫作與處理》，第27至43頁。
3. 公文程式條例，第7條。
4. 公文程式條例，第13條。
5. 行政院92年5月7日公布「公文書橫式書寫推動方案」。

第三章　公文結構、用語與製作原則

第一節　公文之結構

　　公文之結構，係指組成公文「本文」之組合架構及公文形式之結構。以往公文本文之結構，以起、承、轉、合為序。即首先引敘來文要旨，謂之「起」；接著申述理由，謂之「承」；再次提出擬議或辦法，謂之「轉」；最後表明最終目的或要求，謂之「合」。現在公文已經簡化，其本文內容大致分為：引據、申述、歸結等三部分；形式結構依行政院頒布「文書處理手冊」公文製作部分規定採「主旨」、「說明」、「辦法」三段式，茲分述於下：

壹　公文本文之結構

一、引據

　　即該公文之依據，有引據法令、引據成案、引據事實、引據理論或引據來文等。引據要詳明確實，不能草率，同時應注意以下原則：

(一) 引據法令時，應引用適用當時、當地之有效法令，且與該案有關。

(二) 引據成案時，應調閱已成立之原卷，不能只憑記憶。

(三) 引據事實時，必須所引之事實真確無誤。

(四) 引據理論時，應引用正確之理論，且合法、合理、合情，並為大眾所公認。

(五) 引據來文時，可採用下列方式：

　　1. 全引：即引述來文全文。如來文內容繁長者，宜改「節引」
　　　　或「撮引」處理，而將原文以附件附送。

　　2. 節引：引述來文重要部份，其餘則刪略，但不能改變原句。

　　3. 撮引：把來文撮要簡述，可改變原句，但不能變更原意。引
　　　　述時應書明「略以……」或「略稱……」字樣。

二、申述

　　申述是根據申述意見或理由，使下文得以歸結。簡單的公文，在引據
之後，就可接著寫歸結，提出辦法或要求，但亦可略作申述，以加強歸結
力量。

三、歸結

　　歸結是表明態度，提出處理辦法或要求，也是本文的結束。歸結本
文的最後目的，即該公文的主旨所在。

貳　公文形式之結構

　　現行公文結構，非常簡明，行政院「文書處理手冊」公文製作其第
17點規定公文結構及作法說明如下：

一、令的結構

公布法律、發布法規及人事命令：

(一) 公布法律、發布法規命令、解釋性規定與裁量基準之行政規則：

　　1. 令文可不分段，敘述時動詞一律在前，例如：

　　　　(1) 訂定「○○○施行細則」。

　　　　(2) 修正「○○○辦法」第○條條文。

　　　　(3) 廢止「○○○辦法」。

2. 多種法律之制定或廢止，同時公布時，可併入同一令文處理；法規命令之發布，亦同。

3. 公、發布應刊登政府公報或其他出版品為之，並得於機關電子公布欄公布；必要時，並以公文行各機關。

(二) 人事命令：

1. 人事命令：任免、遷調、獎懲。

2. 人事命令格式由人事主管機關訂定，並應遵守由左至右橫行格式原則。

二、函的結構

行政機關之一般公文以「函」為主，製作要領如下：

(一) 製作要領

1. 文字敘述應儘量使用明白曉暢，詞意清晰之文字，以達到公文程式條例第8條所規定「簡、淺、明、確」之要求。

2. 文句應正確使用標點符號。

3. 文內避免層層套敘來文，祇摘述要點。

4. 應絕對避免使用艱深費解、無意義或模稜兩可之詞句。

5. 應採用語氣肯定、用詞堅定、互相尊重之語詞。

6. 函的結構，採用「主旨」、「說明」、「辦法」三段式，案情簡單可用「主旨」一段完成者，勿硬性分割為二段、三段；「說明」、「辦法」兩段段名，均可因事、因案加以活用。

(二) 分段要領

1. 「主旨」：為全文精要，以說明行文目的與期望，應力求具體扼要。主旨段即能完成的稱為「一段式」公文，通常在五十字以內為宜。

2. 「說明」：當案情必須就事實、來源或理由，作較詳細之敘述，無法於「主旨」內容納時，用本段說明。

3. 「辦法」：向受文者提出之具體要求無法在「主旨」內簡述時，用本段列舉。本段段名，可因公文內容改用「建議」、「請求」、「擬辦」、「公告事項」、「核示事項」等名稱，此為「三段式」公文。

4. 各段規格：

    (1) 每段均標明段名，段名之上不冠數字，段名之下加冒號「：」。如「主旨：」、「說明：」、「辦法：」。

    (2) 「主旨」一段不分項，文字緊接段名冒號之右書寫。

    (3) 「說明」「辦法」如無項次，文字緊接段名書寫；如分項標號條列，應另行低格書寫。為一、二、三、……，(一)(二)(三)……，1、2、3、……，(1)(2)(3)……。

    (4) 「說明」、「辦法」中，其分項條列內容過於繁雜、或含有表格型態時，應編列為附件。

    (5) 「附件」的作用，在於節省本文的字數篇幅過於冗長。公文如有附件，應在說明段最後一項及附件欄內註明，不可僅寫「如文」兩字，以提醒受文者注意。

(三) 行政規則以函檢發，多種規則同時檢發，可併入同一函內處理；其方式以公文分行或登載政府公報或機關電子公布欄。但應發布之行政規則，依本點所定法規命令之發布程序辦理。

三、公告之結構

(一) 公告一律使用通俗、簡淺易懂之文字製作，絕對避免使用艱深費解之詞彙。

(二) 公告文字必須加註標點符號。

(三) 公告內容應簡明扼要，非必要者如各機關來文日期、文號及會商研議過程等，不必在公告內層層套用敘述。

(四) 公告之結構分為「主旨」、「依據」、「公告事項」（或說明）三段，段名之上不冠數字，分段數應加以活用，可用「主旨」一段完成者，不必勉強湊成兩段、三段。

(五) 公告分段要領

1. 「主旨」應扼要敘述，公告之目的和要求，其文字緊接段名冒號之右書寫。

2. 「依據」應將公告事件之原由敘明，引據有關法規及條文名稱或機關來函，非必要不敘來文日期、字號。有兩項以上「依據」者，每項應冠數字，並分項條列，另列縮格書寫。

3. 「公告事項」（或說明）有2項以上者，每項應冠數字並分項條列，另行列縮書寫。使層次分明，清晰醒目。公告內容僅就「主旨」補充說明事實經過或理由者，改用「說明」為段名。公告如另有附件、附表、簡章、簡則等文件時，僅註明參閱「某某文件」，公告事項內不必重複敘述。

(六) 公告登載時，得用較大字體簡明標示公告之目的，不署機關首長職稱、姓名。

(七) 一般工程招標或標購物品等公告，盡量用表格處理，免用三段式。

(八) 公告除登載於機關電子公布欄者外，張貼於機關公布欄時，必須蓋用機關印信，於公告兩字右側空白位置蓋印，以免字跡模糊不清。

四、其他公文之結構

(一) 書函

1. 書函結構及文字用語比照「函」之規定。
2. 書函首行應標明「受文者」，受文之機關單位或職銜姓名緊接書寫。
3. 書函結構可視需要採條列式或三段式。

(二) 定型化公文

定型化公文格式由各機關自行訂定，惟對於文別不得擅加或變更。

五、上述各類公文以電子文件行之者，得使用橫行格式製作。

第二節　公文用語與標點符號

壹　公文用語

　　我國公文用語，自古以來，諸多累贅繁冗之專門術語，過去常見陳腔濫調、模稜兩可、層層套敘之官樣文章。民國成立以來，迭經改革，已日趨簡易，但仍有部份用語繼續延用。行政院82年函頒「行政機關公文處理手冊」及「事務管理手冊」，對不合時宜和實際需要的公文用語，分別作了修訂與刪除，對法律用語、用字亦作了統一規定。

　　行政院「文書處理手冊」文書處理篇第18點所列公文用語規定如下：

一、期望及目的、及准駁用語，得視需要酌用「請」、「希」、「查照」、「鑒核」、或「核示」、「備查」、「照辦」、「辦理見復」、「轉行照辦」、「應予照准」、「未便照准」等。

二、准駁性、建議性、採擇性、判斷性之公文用語,必須明確肯定。

三、直接稱謂用語

(一) 有隸屬關係之機關
上級對下級稱「貴」;下級對上級稱「鈞」;自稱「本」。

(二) 對無隸屬關係之機關
上級稱「大」;平行稱「貴」;自稱「本」。

(三) 對機關首長間
上級對下級稱「貴」,自稱「本」;下級對上級稱「鈞長」;自稱「本」。

(四) 機關(或首長)對屬員稱「臺端」。

(五) 機關對人民稱「先生」、「女士」或通稱「君」、「臺端」;對團體稱「貴」,自稱「本」。

(六) 行文數機關或單位時,如於文內同時提及,可通稱為「貴機關」或「貴單位」。

四、間接稱謂用語

(一) 對機關、團體稱「全銜」或「簡銜」,如一再提及,必要時得稱「該」;對職員稱「職銜」。

(二) 對個人一律稱「先生」、「女士」或「君」。

附註：現行公文用語參考表：

類別	用語	適用範圍	備考
起首語	查‧關於‧謹查	通用。	儘量少用。
	制(訂)定‧修正‧廢止	公布法令用。	
	特任‧特派‧任命‧派‧茲派‧茲聘‧僱	任用人員用。	
稱謂語	鈞	有隸屬關係之下級機關對上級機關用，如「鈞部」、「鈞府」。	直接稱謂時用之。
	大	無隸屬關係之較低級機關對較高級機關用，如「大部」、「大院」。	
	貴	有隸屬關係及無隸屬關係之上級機關對下級機關、或無隸屬關係之平行機關、或上級機關首長對下級機關首長、或機關與社團間用之，如「貴會」、「貴社」。	
	鈞長‧鈞座	屬員對長官、或有隸屬關係之下級機關首長對上級機關首長用。	
	臺端	機關或首長對屬員、或機關對人民用。	
	先生‧君‧女士	機關對人民用。	
	本	機關學校社團或首長自稱，如「本縣」、「本校」、「本廳長」。	
	職	屬員對長官、或下級機關首長對上級機關首長自稱時用之。	
	本人‧名字	人民對機關自稱時用。	
	該‧職稱	機關全銜如一再提及可稱「該」，對職員則稱「該」或「職稱」。	間接稱謂時用之。

類別	用語	適用範圍	備考
引述語	奉	接獲上級機關或首長公文，於引敘時用。	「奉」、「准」、「據」等字儘量少用。
	准	接獲平行關或首長公文，於引敘時用。	
	據	接獲下級機關或首長或屬員或人民公文，於引敘時用。	
	奉悉	接獲上級機關或首長公文，於開始引敘完畢時用。	
	敬悉	接獲平行機關或首長公文，於開始引敘完畢時用。	
	已悉	接獲下級機關或首長公文，於開始引敘完畢時用。	
	(來文年月日字號)復……函	於復文時用。	
	依照、根據……(來文機關發文年月日字號及文別)……辦理	於告知辦理之依據時用。	
	(發文年月日字號及文別)……諒蒙　鈞察	對上級機關發文後續函時用。	
	(發文年月日字號及文別)……諒達·計達	對平行或下級機關發文後續函時用。	
經辦語	遵經·遵即	對上級機關或首長用。	
	業經·經已·均經·迭經·旋經	通用。	

類別	用語	適用範圍	備考
准駁語	應予照准‧准予照辦‧准予備查	上級機關對下級機關或首長用。	
	未便照准‧礙難照准‧應毋庸議‧應從緩議‧應予不准‧應予駁回	同上。	
	如擬‧可‧照准‧准如所請‧如擬辦理	機關首長對屬員或其所屬機關首長用。	
	敬表同意‧同意照辦	對平行機關表示同意時用。	
	不能同意辦理‧歉難同意‧無法照辦‧礙難同意	對平行機關表示不同意時用。	
除外語	除……外‧除……暨……外	通用。	如有副本,可儘量少用。
請示語	是否可行‧是否有當‧可否之處	通用。	
期望及目的語	請鑒核‧請核示‧請鑒察‧請鑒核備查‧請核備	對上級機關或首長用。	
	請查照‧請察照‧請查照辦理‧請查核辦理‧請查照見復‧請查照辦理見復‧請查照轉告‧請查照備案‧請查明見復	對平行機關用。	
	希查照‧希查照轉告‧希照辦‧希辦理見復‧希轉行照辦‧希切實辦理	對下級機關用。	

類別	用語	適用範圍	備考
抄送語	抄陳	對上級機關或首長用。	有副本或抄件時用之。
	抄送	對平行機關、單位或人員用。	
	抄發	對下級機關或人員用。	
附送語	附‧附送‧檢附‧檢送	對平行及下級機關用。	
	附陳‧檢陳	對上級機關用。	
結束語	謹呈	對總統簽用。	
	謹陳‧敬陳‧右陳	於簽末用。	
	此致‧此上	於便箋用。	

（錄自張仁青編著　應用文　第24至28頁）

貳　公文之標點符號

　　現行公文程式條例第8條規定：「公文文字應簡淺明確，並加具標點符號。」公文加具標點符號，其作用在使閱者能正確瞭解公文之內容，而達到行文之效力與目的。標點符號標得清楚，使用恰當，能使句讀明確，便於閱讀與瞭解，更能避免被誤解而產生困擾。現行公文之標點符號種類及用法，行政院於民國99年1月22日訂頒現行「文書處理手冊」公文製作部分之附錄四：「標點符號用法表」簡明扼要，提供參考：

標點符號用法表：

符號	名稱	用法	舉例
。	句號	用在一個意義完整文句的後面。	公告○○商店負責人張三營業地址變更。
，	點號	用在文句中要讀斷的地方。	本工程起點為仁愛路，終點為……
、	頓號	用在連用的單字、詞語、短句的中間。	1.建、什、田、旱等地目…… 2.河川地、耕地、特種林地等…… 3.不求報償、沒有保留、不計任何代價……
；	分號	用在下列文句的中間： 一、並列的短句。 二、聯立的複句。	1.知照改為查照；遵辦改為照辦；遵照具報改為辦理見復。 2.出國人員於返國後一個月內撰寫報告，向○○部報備；否則限制申請出國。
：	冒號	用在有下列情形的文句後面： 一、下文有列舉的人、事、物、時。 二、下文是引語時。 三、標題。 四、稱呼。	1.使用電話範圍如次：(1)……(2)…… 2.接行政院函： 3.主旨： 4.○○部長：
？	問號	用在發問或懷疑文句的後面。	1.本要點何時開始正式實施為宜？ 2.此項計畫的可行性如何？
！	驚歎號	用在表示感歎、命令、請求、	1.……又怎能達成這一為民造福的要求！ 2.希照辦！ 3.請鑒核！ 4.來努力創造我們共同的事業、共同的榮譽！
「」 『』	引號	用在下列文句的後面，(先用單引，後用雙引)： 一、引用他人的詞句。 二、特別著重的詞句。	1.總統說：「天下只有能負責的人，才能有擔當。」 2.所謂「效率觀念」已經為我們所接納。

符號	名稱	用法	舉例
——	破折號	表示下文語意有轉折或下文對上文的註釋。	1.各級人員一律停止休假——即使已奉准有案的,也一律撤銷。 2.政府就好比是一部機器——一部為民服務的機器。
……	刪節號	用在文句有省略或表示文意未完的地方。	憲法第58條規定,應將提出立法院的法律案、預算案……提出於行政院會議。
( )	夾註號	在文句內要補充意思或註釋時用的。	1.公文結構,採用「主旨」「說明」「辦法」(簽為「擬辦」)3段式。 2.臺灣光復節(10月25日)應舉行慶祝儀式。

第三節　公文製作的基本要求

壹　公文製作應注意的事項

　　公文為處理公務之重要工具,行文必須講求效率。公文製作屬於要式行為,要有具備行文之原因、依據、目的與行文立場。現行公文製作雖不再重視文采,只要合乎程式,內容合法、合情、合理,能讓對方看得懂就行,但寫作公文仍應留意以下各點,以求完備。

行文的原因 ➤ 撰擬公文,無論是主動行文或被動行文,均應就全案加以審察,澈底瞭解全案之真相,才能確定行文的對象,及如何處理有關情節與事實。

行文的目的 ➤ 公文是處理公務的行為,必須在文中有明確的意思,使對方能明確的理解,始能發生公文的效力。

行文的依據	行文要依據事實、或來文、或法令、或前案、或理論，且所持的依據必須真實而有效，絕不可虛構事實、或杜撰理論、或引據過時的法令，致使公文失其效力，甚至構成違法失職的行為。
行文的立場	撰擬公文時，必須斟酌本身或本機關所處的地位關係和權限範圍，然後就事論事，依法、依理下筆製作公文，寫作時不卑不亢、不越權、不推諉卸責，保持本身應有立場。
行文的布局	撰擬公文，猶如寫作文章，須層次分明，如有需要，應就綱目分別依序冠以數字，以清眉目，不可本末倒置，情節錯陳。

貳 公文製作的基本要求

公文寫作的組織及措詞與一般文章不同，其組織必須符合公文程式規定，其措詞要簡潔而言簡意賅。要認清立場、根據法理、把握重點，對行文系統不能紊亂，並顧及現實環境陳述意見。主旨須確定，用字須適宜，用語須恰當，文理要通順，做到合法、合理、合情之境界。

我國自民國62年起，政府機關對民眾所為之「公告」一律採用通俗、簡淺易懂之語體文，一般公文亦儘量改用語體文，絕對避免使用艱深費解之詞彙，以達到公文程式條例第8條所規定：「公文文字應簡淺明確……」之要求。公文寫作要做到「簡、淺、明、確」，乃法定要求公文寫作之四字訣，必須切實遵行。茲分析其涵意於後：

就是簡單,化繁為簡,整齊劃一,使公文程式、結構、文字都趨於簡單明瞭,以求撰擬、繕印、閱讀均可節省時間及精力。

就是用語通俗、不用奇字、僻典、奧義,以求淺顯易懂,使公文表達的意思,能為受文者所瞭解。

就是敘述清晰,不用隱語、誇張、諷刺語句,以求條理分明,澈底擺脫陳舊落伍的程式用語,使公文發揮意見溝通,達成處理公務的功能。

就是語氣肯定、主旨明確、敘述時間、空間、數字精確,不模稜兩可、似是而非,以建立處理公務的責任觀念,提高行政效率。

除上述法定要求外,行政院93年12月1日函頒修正:「文書處理手冊」公文製作部分第16點:簽稿撰擬之一般原則中列了下列作業要求:

正確	文字敘述和重要事項記述,應避免錯誤和遺漏,內容主題應避免偏差、歪曲。切忌主觀、偏見。
清晰	文義清楚、肯定。
簡明	用語簡練,詞句曉暢,分段確實,主題鮮明。
迅速	自蒐集資料,整理分析,至提出結論,應在一定時間內完成。
整潔	簽稿均應保持整潔,字體力求端正。
一致	機關內部各單位撰擬簽稿,文字用語、結構格式應力求一致,同一案情的處理方法不可前後矛盾。
完整	對於每一案件,應作深入廣泛之研究,從各種角度、立場考慮問題,對相關單位應切實協調聯繫。所提意見或辦法,應力求週詳具體、適切可行。並備齊各種必需之文件,構成完整之幕僚作業,以供上級採擇。

第四節　公文製作的原則

　　公文寫作可分為簽辦、會辦、撰稿。簽辦是在撰稿之前，先就如何處理該案公文之擬議，請示其長官核示。會辦是會同其他機關或單位辦理該案公文，請其他機關或單位提供該案公文之意見。撰稿則為寫作該案公文之實體文稿，經主管長官審核判行後據以繕發。

　　會辦與簽辦何者在先，視公文案情內容而定。處理公文要不要與其他機關或單位會簽或會辦，究竟應會那些機關單位辦理，事關機關或單位之權責劃分，承辦人員有時並不能完全瞭解，須由其主管長官決定。

　　一般而言，公文書寫作並不一定要先簽然後撰稿。對於制訂、定訂、修正、廢止法令及有關政策性的重要人事、經費等案件，須先簽辦後撰稿。有時重要案件，如因時間急迫，不及先行簽請核示時，得將該案正反利弊，及據以處理之理由詳細簽明，以「簽稿併陳」方式陳判。其餘案情簡單則以「以稿代簽」方式陳判。

　　公文之寫作，應把握下列幾項原則：

一、須有嚴謹之依據

　　對於該案之發生經過、原有文卷、現況等，必須審察詳細，然後檢附有關文卷或資料，或摘錄主要內容，把握問題重心，依據有關法規、案例、原理、原則、習慣及主管長官之意旨等，決定該案的處理辦法與措詞。如屬創舉，而無法規足資依據時，須衡量事實，根據法理或主管意旨，簽擬具體意見或辦法，必要時得簽擬兩案以上，剖析其利弊，權衡其得失，陳請主管長官裁決。

二、應力求簡淺明確

　　公文寫作應力求文字端正清楚、語意肯定、內容清晰、完整、簡潔、具體，不可使用模稜兩可、猶疑不定的語句，或隱晦不明的文字。更不可僅簽擬「呈核」或「請示」等不負責任之字樣。

三、不得變更原決定

公文經送會有關機關或單位會簽、或經會商決定之案件，簽擬時不得變更或遺漏原決定，或隱匿原有意見。

四、要把握時限處理

承辦人員擬辦案件，應視案情之輕重緩急，急要案件提前簽擬，普通案件亦應依照時限辦理，不得積壓。

五、須注意雙方身分

應依行文系統，使用適當體裁。下行文應注意詞溫義嚴；平行文應注意謙和誠懇；上行文應注意不卑不亢。

六、寫作段落要分明

公文寫作應採三段活用式之結構，即正文內容各段意見，應劃分清楚，不可前後夾雜敘述，重複說明。

七、儘量使用語體文

公文寫作要留意其所用文字，儘量使用國人日常習用之語體文字，使一般人都能迅速而正確明瞭。

八、標點符號要正確

公文使用標點符號，能使句讀清楚，便於閱覽，免除誤解。民國96年3月21日總統令修正公布之「公文程式條例」第8條規定：「公文應簡、淺、明、確，並加具標點符號。」公文加具標點符號的目的在達到簡、淺、明、確之要求。

九、其他應注意事項

(一) 寫作公文，應以一文一案為原則。

(二) 對於相同或同類案件，需經常答復者，可先撰擬「定型稿」或稱「例稿」，經主管長官核定後，請文書單位打印備用。如此以後每次答復此類案件時，只要填寫幾個字，即可送判，充分簡化作業，並方便核判。

(三) 依分層負責或授權判行之公文，應書明「代判」字樣，或加蓋「代為決行」章。

(四) 儘量利用副本代替已辦核轉案件之答復，同時承辦人也可視需要在稿上加列抄發承辦單位副本，以便查考，或免除以後調卷之煩瑣。

(五) 公文送判時，公文夾應標明承辦單位，以加速公文傳遞。

第四章　公文寫作與國家考試

第一節 | 公文與高普特考

　　我國高考、普考及各類特考四等（含）以上人員及銀行、農會、水利會、公路、鐵路、電信等事業機構招考職員，國文科為必考科目，且大多只考作文及公文各一篇。

　　依據考試院101年4月16日修正發布的「命題規則」：高普考及特考四等（含）以上人員「國文科」考「作文」、「公文」與「測驗」者，其「作文」占百分之六十，「公文」占百分之二十，「測驗」占百分之二十，合計為國文科總成績。「閱卷規則」中的國文試卷之評閱規定公文評分標準為：「一、內容及用語。二：程式。三、書法、標點及試卷整潔。」合計占國文科總分百分之二十。

　　既然高普考及特種考試二、三、四等（含）以上人員、交通事業人員特種考試高員三級、員級考試、公務人員薦任升官等考試、關務人員薦任升官等考試、警察人員升官等考試，交通事業升資人員考試員級晉高員級考試、佐晉員級考試。國文科將「公文」列為必考，且占二十分，其得分之高低對考生率取與否有很大的影響。是故，考生切勿以公文所占比率不高而心存輕忽，以免悔之不及。

　　有些考生往往因為公文所佔分數比率不高，以為不會影響大局而不加重視；另有些考生則因為就讀高中、職或大專院校時，沒有上過公文課，對公文毫無概念，以為無從準備起，因而索性放棄；這都是不正確

的想法與作法。事實上，公文並非如一般人想像中那麼難學，只要熟悉各類公文程式規格，掌握其命題趨向，再參照現成公文範例（如本書所提供之各類公文寫作範例），多加觀摩學習與演練，就可以得到不錯的分數了，怎可輕言放棄呢？

第二節　公文考試的命題趨勢

公文考試命題的趨向和範圍雖然極為廣泛，讓人難以猜測，但從歷年高普特考的公文試題加以分析探討，就可找出一些蛛絲馬跡。茲將民國80年迄今，歷年考過的公文試題，歸納為下述幾類重要主題和範圍，以供考生參考和準備。

壹　社會發生重大事件

凡高普特考之前，社會上有重大事件發生，如：火災、風災、水災、食物中毒、大停電、大地震災變、重大刑案、金融風暴……等，經常成為公文命題之焦點。此類題目大都以「下行函」命題，由上級機關發函給直屬下級機關，要求所屬下級機關妥善處理、加強防範及檢討改進。就歷年公文考題觀之，此類題目約佔全部考題的百分之八十以上。因此，考生對考試前社會發生的重大事件及有關機關的處置措施，必須多加注意，對社會的動態也要多加關心，俾瞭解社會的脈動，掌握命題的趨向，做充分的準備。例如：

一、近年來詐騙事件不斷，而且兩岸開放後，許多詐騙事件都是結合兩岸一同犯罪，因此99年高考公文試題即為「試擬法務部致所屬各檢調機關函：邇來頻傳兩岸不法集團透過各種管道，蒐集、買賣民眾個人資料，從事詐騙行為，導致社會人心惶惶，應積極查緝，掃蕩不法，有效維護民眾身心、財產之安全。」

二、寶島台灣每年幾乎都會有三到五個颱風發生，往往颱風帶來豐沛的
雨量造成許多嚴重的災害，97年有卡玫基及辛樂克颱風造成台灣地
區嚴重水患及土石流，98年普考公文試題為「鑑於去（九十七）年
卡玫基及辛樂克等颱風造成臺灣地區嚴重水患及土石流災情，行政
院劉院長於院會聽取相關檢討報告後，就目前救災及防汛整備提示
加強辦理。行政院院會爰決定：請內政部督導地方政府辦理，並請
相關部會配合。試擬內政部致各直轄市、縣市政府函（副知相關部
會），請加強辦理減災及防汛整備，以提升防災能力，並將災害降
至最低。」

三、食物中毒的新聞層出不窮，維護國人健康往往是政府首要重視的政
策，97年地方特考四等即出了一題「試擬行政院衛生署致所屬機
構函：請確實加強食品衛生檢驗，避免再發生中毒事件，以維護全
民健康。」；另外腸病毒也是近年來台灣常見流行的病症，97年鐵
路特考佐級試題為「試擬行政院衛生署致所屬衛生機關函：今年度
各地區腸病毒病例持續攀升，已出現多起幼童重症病例，邇來氣候
日漸炎熱，將進入感染高峰期，恐造成全國大流行，請加強宣導防
範，並採取應變措施，以維護民眾安全。」

四、網路生活已成為國人不可或缺的一部分，網路購物更是改變許多國
人的消費習慣，因此常有不肖份子入侵這些網站以偷取個人資料從
事不法勾當，97年司法特考三等公文試題即為「試擬法務部致所
屬檢調機關函：邇來頻傳不法集團侵入購物網站，竊取客戶個人資
料，從事詐騙行為，請積極查緝，以維護民眾身心與財產之安全，
並符合國際社會保護個人資料之要求。」

五、選舉造勢已然成為全民運動，台灣是典型的民主國家，每年都有大小
不一的競選活動，公務員往往要維持其中立的形象，96年初考公文考
題為「為確保公務人員依法行政、執法公正，並建立行政中立之規範，
考試院業已擬具「公務人員行政中立法草案」於民國94年10月13日送
請立法院審議中。銓敘部及行政院人事行政總處亦數度函請各機關轉

知所屬機關,在上開法律完成立法前,於公職人員選舉期間,公務人員應嚴守行政中立。其重點事項包括公務人員不得介入黨政派系紛爭、不得於上班或勤務期間從事助選活動、不得於辦公場所懸掛或張貼任何政黨或公職候選人之旗幟或標誌、謝絕政黨或候選人進入辦公場所從事競選活動、應秉持公正、公平之立場處理公務等。本(96)年12月將舉行立法院第7屆立法委員選舉,請試擬行政院人事行政總處致行政院各部會行處局署人事機構函,請各該機關轉知所屬公務人員,應嚴守行政中立。」

六、近年來學校霸凌事件頻傳,常常被視為重大社會議題,96年地方特考四等公文考題為「試擬教育部致全國各地方政府教育主管單位函:請研擬有效措施,嚴防校園暴力事件發生,澈底保護校園人身安全,加強輔導事宜,提供安全、健康的教育環境,並轉請各級學校確實執行。」

七、民國100年,新北市爆發營養午餐弊案,而民國101年的身障三等公文試題即考:「試擬教育部函 政院:檢陳『國中、小學校營養午餐品質暨經費管控辦法』草案一份,報請核示。」

八、最近酒駕肇事事件頻傳,經新聞媒體大幅報導,引發社會譁然,立委關切。試擬內政部致警政署函,應嚴格取締酒駕並推動修法加重刑責,以保障國人行的安全。

九、農曆新年為年貨採買高峰期,市場上陸續推出各式年貨,部分業者違法添加過量防腐劑與人工甘味劑,危害民眾安全甚鉅。試擬行政院衛生署致各直轄市、縣(市)政府衛生局函:因應農曆新年屆臨,請加強抽驗年貨,以維民眾健康安全。

十、暑假期間,大量青年學子求職打工,由於涉世未深,其問題層出不窮,所以101年警察特考三等的命題為:「試擬行政院致行政院勞工委員會函:針對暑假期間學生打工之勞動條件、環境,應予以全面調查並加以督導改善,以維護青少年打工權益。」

　　凡此種種針對社會重大事件、事故而命題之例子不勝枚舉，考生只要查閱本書附錄之歷年公文試題，即可知一斑。

　　台灣位處亞熱帶地區，每年均有十數個颱風接近，經常形成災害，如93年敏督利颱風、艾利颱風、海馬颱風，94年海棠颱風、95年碧利斯颱風、98年莫拉克颱風、101年天秤颱風先後引進強烈西南氣流，挾帶水氣，造成台灣各地豪雨成災，水淹路面、山路坍方，及嚴重土石流，數千人受困，甚至無家可歸。除災害救助外，今後學校、民房、道路、橋樑等硬體的重建及教育輔導、社會心理、經濟財政等衍生之問題更不勝枚舉，這些都可能成為公文考試的題目，考生應加以注意。

貳　重要時政興革措施

　　政府正在推行的重要時政興革措施，攸關全民之福祉，也常成為公文命題之對象，例如：

一、近年來犯罪人口依然有增無減，為因應管理上的改進，99年普考公文試題「法務部於民國99年5月10日以99人處字第12965號函行政院，以監獄、看守所（以下簡稱監所）收容人犯不斷增加，現有管理人力不足，請增監所預算員額30人。案經行政院審核後函復略以：最近五年監所人力共已增加120人，為免政府員額不斷膨脹，並兼顧目前業務急需，同意增加12人，不足數請該部就現有人力統籌調派，作有效運用，並檢討改進管理措施，以達節約用人要求。試擬上述行政院核復法務部之函，副本抄送行政院人事行政總處。」

二、節能減碳已成為近年最熱門的話題，政府也強力宣導這觀念，因此98年地方特考四等即出了「試擬行政院環境資源部致各縣市政府函：請研擬具體措施，提倡並推動節能減碳的觀念與做法，並於三個月內將具體成果報署備查。」

三、這幾年政府強力宣導開放陸客觀光，以提振台灣經濟，97年鐵路特考高員三級的試題為「請試擬交通部觀光局致各縣（市）政府函：為落實政府開放大陸觀光客來台觀光政策，並結合地方文史與民間節慶活動以繁榮經濟，請隨時提供縣（市）最具地方民俗傳統之節慶活動訊息，俾官方網頁統一規劃發揮有效宣傳。」

四、我國將於民國103年實施十二年國民基本教育，各界多所質疑。101年高考三級公文命題為「民國○○年○○月○○日行政院第○○○次院會中，院長鑑於邇來各界對於預定民國103年實施的十二年國教，多所質疑，甚而有反對聲浪，遂指示教育部應即加強宣導。你是教育部的承辦人，請試擬教育部致各縣市政府函：請配合本部規劃時程，辦理說明會，以釋群疑；並廣蒐各界建言，送部參考。」此即針對政府實施十二年國民基本教育之政策而命題。

參　改善社會不良風氣

　　此外，社會上亟待改進的不良風氣，也常成公文的考題。例如：

一、文化發展可代表一個國家的興盛，政府每年也常舉辦文化活動以熱絡之，97年地方特考三等試題為「試擬行政院文化建設委員會致各縣市文化局函：為獎勵保存地方文化，請選薦 貴縣（市）各類劇團參加本會『金劇獎』選拔。」

二、連續假期常是不肖歹徒出沒的時候，犯罪事件時有耳聞，97年基層行政警察人員四等的考題為「鑒於農曆春節來臨，宵小竊盜與暴力犯罪案件增加，試擬內政部函地方各級警政單位：請加強「春節維安工作要點」的執行，讓民眾享有一個平安快樂的春節假期。」

三、肺癌為國人十大死因之一，政府透過立法建立菸害防治法以宣導國人正確的健康觀念，96年稅務考四等的題目為「試擬行政院衛生署致各縣市政府衛生局函：為配合菸害防制法之修正，應對民眾加強有關室內公共場所禁菸之宣導教育工作，以利該法之施行。」

四、藝人吸毒事件造成社會觀感不佳，且為社會大眾做了最壞的示範，96年稅務特考四等的題目為「日前藝人吸食毒品事件，敗壞世風，震驚社會。試擬內政部警政署函各警察機關，務必有效取締毒品之買賣與吸食，以維持社會治安，端正社會風氣。」

五、不法集團盜竊、買賣民眾的個人資料，並以各種手段從事詐騙行為，獲取暴利，造成民眾財產、心靈重大傷害，因此93年高考三級法制科的命題如下：「試擬法務部致所屬檢調機關函：邇來頻傳不法集團蒐集、買賣民眾個人資料，從事詐騙行為，應積極查緝掃蕩，有效維護民眾身心及財產之安全。」

肆 擬定具體實施辦法

政府之施政方案，需由業務主管機關擬具具體可行之實施辦法，並報請直屬上級機關核定後實施。因此，此類題材也常被取用為公文試題。例如：

一、縣市為了提升形象，結合在地資源，推廣行銷，98年地方特考三等即考了「試擬○○縣政府致所轄各鄉鎮市公所函：為促進本縣整體之觀光事業發展，請各鄉鎮市依其自然資源、人文特色與地理環境的特殊性，研擬適切且聚焦的發展計畫，於文到一個月內函送本府彙整，用為後續推動之依據。」

二、為了建立學生的國際觀，教育部常會發函促各所學校做這方面的改進，97年國安局特考三等的試題為「試擬教育部函各縣市政府教育局：為拓展學生的國際視野，請轉知各所屬學校，採取有效措施，增進學生對國際現勢的認知。」

三、觀光已是政府近年最有成效展現的地方，97年鐵路特考員級的試題為「試擬交通部致觀光局函：為因應暑假國內旅遊旺季，請協調各鐵、公路及航空局等相關單位，實施車、機票及餐飲住宿配套優惠措施，並研議具體施行、推廣辦法。」

四、教育乃百年大事，許多學校透過彼此交流得到許多寶貴經驗，97年初考的試題為「新任國立臺灣文學館館長為落實該館推廣與教育功能，請試擬該館館長致臺南縣、市政府教育局函，邀請所轄各國民中、小學校長蒞館參觀並座談。」

五、全台房價居高不下，想在都市購屋要十幾年不吃不喝，無殼蝸牛人數攀升，此問題亦導致年輕人晚婚、不婚、生育意願降低之問題，成為國家競爭力及社會隱憂，故101移民特考三等之命題為：「都市居大不易，近來『居住正義』成為多數都會居民共同的心聲。試擬行政院致內政部函：請妥善規劃住宅政策，落實關注國人住房需求。」；四等之命題為：「試擬內政部致各直轄市、縣（市）政府函：請依據本部公告之『青年安心成家方案』及『青年安心成家作業規定』，積極宣導並受理在籍民眾之申請。」

第三節　考場公文應考要訣

　　公文是高普考試及各種特種考試中必考的共同科目，其成績的好壞對錄取與否具有相當的影響。因此，寫好公文以獲得高分，是所有考生共同追求的目標。

　　要寫好考場公文以獲得高分，必須注意下列應考要訣：

要有正確之格式	公文程式規定各類公文有固定格式，尤其是考場公文要在空白稿紙上寫作，全靠考生對公文格式的正確認識，否則將無從下筆。假如格式錯誤或欠缺完備，都會被扣分的，內容再好也不能得高分。所以考生對各類常考之公文格式要特別注意，務求確實明瞭。

要認清 行文系統	寫作考場公文時，首先要釐清發文者與受文者的關係，是上下級直屬關係或平級關係？唯有認清受文者與發文者的關係，才能判定此篇公文是下行文、平行文或上行文，也才能寫出得體的公文。
要把握 分段要領	寫作考場公文時要針對題目所提示的內容，加以仔細分析，探究本公文應採幾段式書寫為宜，一段式、二段式或三段式？經過周詳研究後，再決定最適當的段式來寫作。
寫作內容 要切題	寫作考場公文時應認清題意、立場、對象，依據法令、認清事實、把握重點。從主旨、說明到辦法均要切合主題，力求合法、合理、合情。切忌文不對題、不合事實、不知所云。
寫作文詞 要通順	寫作考場公文時雖不必像寫作文一樣文詞典雅，但公文的簡淺明確、通順達意，詞意明晰，則是寫作公文的基本要求，切忌長篇大論、詞意不通、模稜兩可。
標點符號 要正確	寫作考場公文時，必須正確使用標點符號，以免文意不清，甚至與原意相反，造成嚴重缺失而被扣分的遺憾。
試卷要 保持整潔	寫作考場公文，字體要力求端正工整、文字明晰。切忌潦草，且應儘量避免塗改，或使用修正液，以免破壞試卷整潔，讓評閱者產生不好印象而給低分，甚至因印象惡劣而沒耐心評閱內容，隨便給個極低的分數。

第五章　考試公文寫作要領

　　自民國70年以來，各項公職人員考試，均考「函」的製作，筆者認為以後各種考試，亦將以「函」的製作為考試範圍。本章即以「函」的作法為例，將公文格式中有關項目之寫法，如發文機關、文別、受文者、管理資料、署名及用語等分別加以闡明，再提出「下行函」、「平行函」、「上行函」之範例，務必請考生加以精讀。

　　本書之公文格式皆依行政院秘書處最新公布之範例編寫，如有任何異動以行政院正式公告為準，請讀者密切注意，或參考政府公文入口網站「公文e網通」（http://www.good.nat.gov.tw）。

「函」的標準格式

(機關全銜)　函(稿)

> 地　　址：○○市○○路○○號
> 聯絡電話：(○○)○○○○○○○
> 聯 絡 人：○○○
> 電子郵件：○○@○○.○○.○○.○○
> 傳　　真：(○○)○○○○○○○

○○○
○○縣○○鄉○○路○○號
受文者：○○○○

發文日期：中華民國○○年○○月○○日
發文字號：○字第○○○○○○○號
速別：普通件
密等及解密條件或保密期限：普通
附件：

主旨：
說明：
　　一、
　　二、
　　三、
辦法：
　　一、
　　二、
　　三

正本：
副本：

○長　　○○○

第一節　發文機關、文別、地址、聯絡方式之寫作方法

壹　發文機關的寫法

一、發文機關必須寫機關全銜，如：「原住民族委員會」，不可只寫「原民會」；「客家委員會」，不可只寫「客委會」。

二、發文機關可從試題中得知，但要注意有時試題並未使用全銜，寫作時要自己補全。

三、應試寫作公文時，發文機關要從答案卷寫作公文之處的第一行第一格寫起，而且字體要加大（比內容字體大一些），字與字的間距要視機關全銜之長短適度調整。如「內政部」「教育部」「經濟部」等機關之全銜只有 3 個字，則可寫一格空一格或兩格。

四、行政院所屬部、會、行、處、院等機關，依99年2月3日修正之「行政院組織法」修正為14部（內政部、外交部、國防部、財政部、教育部、法務部、經濟及能源部、交通及建設部、勞動部、農業部、衛生福利部、環境資源部、文化部、科技部）；8會（國家發展委員會、大陸委員會、金融監督管理委員會、海洋委員會、僑務委員會、國軍退除役官兵輔導委員會、原住民族委員會、客家委員會）；3獨立機關（中央選舉委員會、公平交易委員會、國家通訊傳播委員會）；1行（中央銀行）；1院（國立故宮博物院）；2總處（主計總處、人事行政總處）。

貳　文別的寫法

一、文別要寫在發文機關全銜之下空一格處，字體與發文機關一樣大。

二、文別為「令」、「呈」、「咨」、「函」、「公告」或「其他公文」，可從試題中得知。

三、「函」雖有上行、平行、下行之分，但寫作均稱為「函」。

參　聯絡方式的寫法

一、依行政院93年12月1日修訂頒布的文書處理公文格式，將第一行發文機關、文別下面的「發文日期」和「發文字號」移至他處，另於第2行下方增列「地址」、「聯絡方式」2欄，內容視情況列舉，可列項目有「承辦人」、「電話」、「傳真」、「E-MAIL」，依發文機關、公文性質之不同作彈性運用。

二、地址和聯絡方式要用較小字體寫在第 2 行之右半行，不可與第 1 行的發文機關、文別並列，應試時如不知題目中之發文地址及聯絡方式為何，可逕以〇〇〇代之，書寫如：

　　「地　　址：□□□　〇〇市〇〇路〇〇號
　　　聯絡方式：　承辦人〇〇〇
　　　　　　　　　電話(〇〇)〇〇〇〇〇〇〇
　　　　　　　　　傳真(〇〇)〇〇〇〇〇〇〇
　　　　　　　　　E-MAIL〇〇@〇〇.〇〇.〇〇.〇〇

　　或依行政院公布之範例，書寫如：
　　「地址：□□□　〇〇市〇〇路〇〇號
　　　聯絡方式：（承辦人、電話、傳真、E-MAIL）」

　　注意聯絡方式 1 欄若無法由題目中得知，務需以〇〇〇代替，切勿書寫自己之名字、電話，以免違反試場規則第5條第3款，導致扣除20分或該科全部分數之後果。

三、「令」、「公告」及「簽」等三類公文均不需標示此二項。

第二節	受文者、管理資料、正副本及署名之寫法

壹　受文者之寫法

一、公文類別中「呈」、「咨」、「函」、「書函」、「申請函」等，均應標示「受文者」。

二、受文者為行文的對象，受文者如為機關團體應寫「全銜」；如為個人則寫其姓名，並於姓名下加其職稱或稱謂，如「局長」、「科長」、「先生」、「女士」、「君」等。

三、寫作考試公文時，受文者寫在第三行，且要寫「全銜」。若試題未明指受文者為某一機關或某些特定機關，而泛指「各機關」、「各縣市政府」或「各級學校」等時，則受文者宜加「所屬」兩字，如「所屬各機關學校」、「所屬各鄉鎮市公所」。

四、發文機關若為行政院且未指明受文機關名稱時，則受文者宜寫為「所屬各部、會、局、處、署及各省、市政府」。

五、因應公文格式全面電子化，便於業務往來傳遞，節省郵件寄送時填寫之不便，於受文者之上增列受文者之郵遞區號及地址二欄。應考時如不清楚受文者之所在地，可逕以○○○代替。

貳　管理資料的寫法

一、行政院87年修訂頒布的文書處理公文格式，將原印於舊公文用紙上之管理資料紅色欄框取消，並移至「受文者」後面，以方便公文電子化作業。

二、公文的管理資料包含：「發文日期」、「發文字號」、「速別」、「密等及解密條件或保密期限」、「附件」等。

三、「發文日期」要用較小字體寫在第4行之上半行，日期寫考試當天之年、月、日，且必須冠上「中華民國」國號。如考試日期為102年6月6日則寫「中華民國102年6月6日」。

四、「發文字號」要用較小字體寫在第4行下半行，緊接發文日期並對齊。應考者如會編寫「發文字號」時，儘量編寫出來；考試時若不會編字號，則可寫為「發文字號：(102)○○字第○○○○○號」，（ ）之中「102」代表考試寫作時民國年代。

五、「速別」、「密等及解密條件或保密期限」兩項，要用較小字體寫在第5行，且要自第1格寫起，「速別」寫在上半行，「密等及解密條件或保密期限」寫在下半行。考試公文試題如無速別及密等之限定，應試時此兩項只要列出名稱即可，底下可空白。

六、高、普、特考常用發文機關其發文字號之編法列舉如左，以供參考（以102年為發文年代）。

(一)行政院 台(102)院○字第○○○○○○號

(二)內政部 台(102)內○字第○○○○○○號

(三)教育部 台(102)教○字第○○○○○○號

(四)衛生福利部 (102)衛部○字第○○○○○○號

(五)人事行政總處 (102)人政○字第○○○○○○號

(六)環境資源部 (102)環部○字第○○○○○○號

(七)農業部 (102)農○字第○○○○○○號

(八)內政部警政署 (102)警署○字第○○○○○○號

(九)臺北市政府 (102)北市府○字第○○○○○○號

(十)新北市政府　(102)新北市府○字第○○○○○○號

(十一)彰化縣政府教育局　(102)彰府教○字第○○○○○○○號

七、「令」及「公告」只須標示「發文日期」和「發文字號」，不須標示「速別」、「密等及解密條件或保密期限」、「附件」等三項。

八、「附件」要用較小字體寫在第六行上半行。考題中若須附送附件時，除要在本文的「說明」段最後一項交代附件的名稱和份數（如為上行函寫「檢陳○○○三份」，如為平行函或下行函則寫「檢附」或「檢送」○○○壹份）外，亦必須在此欄下註明「見說明○」；無附件之公文，則此項下空白。

九、若題目內明確要求寫出附件內容時，則可套用下列模式：

附件：

附件名稱

(一) 目的：（參考主旨「為……」）訂定本要點（計畫或辦法）

(二) 依據：（與說明一相同，但捨去「辦理」二字）

(三) 主辦機關：（以發文機關或受文者之較高階機關）

(四) 承辦機關：（以發文機關或受文者之較低階機關）

(五) 實施要領：（略）

(六) 經費：所需經費請上級專案補助（或在年度預算相關經費項下勻支）。

(七) 獎懲：執行有功人員從優獎勵，執行不力從嚴議處。

(八) 其他：（略）

(九) 本要點如有未盡事宜，得簽奉核可後修正公布之。

參　正本、副本

一、行政院93年12月1日修訂頒布的文書處理手冊格式，將原列於欄框「行文單位」中之「正本」、「副本」移至正文結束後一行。

二、「正本」要用較小字體寫在機關首長職稱、姓名之前一行的上半行。考試之公文，「正本」可寫和第二行「受文者」相同之機關。

三、「副本」要用較小字體寫在與「正本」同一行的下半行。公文內容涉及「正本」以外有關機關本機關其他單位時，可以抄送與正本完全相同的「副本」。

四、「副本」抄送非本機關之單位，應寫出該機關或單位之全銜。如為本機關業務承辦單位或相關單位，則可先寫「本院」、「本部」、「本會」、「本府」……等，再加上該單位之名稱。如：「本院秘書處」、「本部總務司」、「本會會計室」、「本府教育局」、「本局人事室」……等。

五、「副本」雖然不一定非想出抄送機關或單位不可，但考場公文最好至少有一個副本抄送機關或單位。大體而言，「下行函」之副本可抄送直屬上級機關和本機關業務承辦單位與相關單位。換言之，發文機關為「行政院」時其副本可寫此項業務之承辦單位與相關機關，如「副本：本院秘書處及主計處」。若發文機關非行政院，而是行政院以下各級機關時，則「副本」可寫直屬的高一級機關及本機關業務承辦單位或相關單位，如發文機關為「台北市政府」，則副本可寫「教育部及本府教育局」。無論上行函或下行函之副本皆以本機關業務承辦單位及其相關單位為主要考量。要特別注意的是上行函之副本不可給直屬上級機關，因為本公文之正本受文者即是該直屬上級機關。

肆　署名的方法

一、公文內容寫完後，必須在最後寫出發文機關首長職稱和姓名。

二、職稱和姓名從「正本」、「副本」後一行之首寫起，先寫「職稱」，後寫「姓名」，並適當調整字距，切勿太緊密。

三、上行函之職稱姓名字體大小與內容字體相同，平行函、下行函則要特別加大。

四、若只知首長姓氏不知名字時，以「○○」代之，如「部長楊○○」、「市長陳○○」、「縣長李○○」；姓名皆不知時則以「○○○」代之，如「部長○○○」、「鄉長○○○」「主任委員○○○」。

五、「僑務委員會」之首長稱「委員長」，其他行政院所屬委員會首長均稱為「主任委員」。

六、上行函於首長姓名下蓋「職章」，平行函與下行函則蓋「簽字章」。考試時於首長姓名下以括弧註明。如「部長李鴻源（簽名章）」（下行函）、「僑務委員會委員長吳英毅（蓋職章）」（上行函）。

第三節　公文的稱謂用語

　　行政院「文書處理手冊」公文製作部分第18點所列「公文用語規定」（請詳見本書第三章第二節），以下所列公文考試常用稱謂用語，以供參考：

鈞	公文中稱受文之直屬機關或首長時用之，如「〇鈞院」、「〇鈞府」、「〇鈞部」、「〇鈞長」等。用於上行文中。
大	公文中稱無隸屬關係之上級機關時使用。如交通部給監察院之公文，稱監察院為「〇大院」，銓敘部給行政院之公文稱其為「〇大院」等。
貴	公文中稱平級或下級機關、團體及其首長時用。如台北市政府給市屬機關民政局、財政局、建設局、教育局、人事處……等下級機關公文中稱其為「貴局」、「貴處」；給內政部、財政部、高雄市政府、南投縣政府等之公文中稱其為「貴部」、「貴府」等。
職	機關屬員陳機關首長之公文中自稱為「職」。如「職奉派於8月10日赴〇〇縣視察業務……」。
臺端	機關給人民或屬員之公文中稱其為「臺端」，多用於「主旨」以後各段中。如「主旨：臺端申請登記為台北市區稅務代理人，應予照准。請查照。」
君	或稱「先生」、「女士」。為機關對人民或屬員之稱謂，多用於「受文者」之下。如「受文者：張有為君」。
本	公文中稱自己之機關時用。如「本院」、「本部」、「本府」、「本局」、「本署」、「本中心」、「本校」等。
本人	人民給機關之公文自稱為「本人」。如「主旨：請核發本人繳納102年所得稅證明書三份，……。」大多用於「申請函」中。

第四節｜公文的祈請及期望目的用語

壹　下行函的用語

希查照	希其知悉照辦。
希照辦	希其照案辦理。
希辦理見復	希其照案辦理並將辦理情形回覆上級。
希查照見復	希其知悉照辦並答覆。
希轉行照辦	希其收文後轉行文下級機關告知照辦。其措詞多為「希查照並轉知所屬照辦」。

貳　平行函的用語

請查照	請其知悉或協助、配合辦理。
請查明見復	請其查明某案並回覆。
請查照見復	請其辦理並回覆。

參　上行函的用語

請鑒核	請上級鑒察、審核並指示。多用於自訂或奉上級指示訂定計畫、辦法、要點、實施要點等草案或陳報執行成果，請上級審核之公文。
請核示	請上級機關或首長指示以便遵行。多用於一般行政事務請示之公文。
請核備	請上級審核並留備查考。多用於一般行政工作之例行報表、憑證等，報請上級審核後以備日後查考之用。

第五節　考場公文分段要領及注意事項

壹　考場公文分段要領

一、下行函的分段要領

(一) 考場公文試題以「下行函」最多，從歷年試題分析約占百分之八十。「下行函」應以「主旨」、「說明」、「辦法」三段式撰擬為原則。

(二) 採三段式的原因，為考場公文考下行函，其題目大多為當前社會重大事件之預防與處理，社會不良風氣之改善或政府正積極推行之政策措施。撰寫時除第一段「主旨」敘述行文目的和期望，第二段「說明」陳述行文之原因外，尚須有第三段「辦法」向受文機關提出具體要求或指示處理方式，或具體要求、核示事項無法在「主旨」內簡述時，應加第三段列舉，以求完整週詳。

二、平行函的分段要領

(一) 考場公文試題為「平行函」時，除非題意只是一般業務協商洽辦，不需受文機關轉知所屬機關照辦，以「主旨」、「說明」二段撰擬外，其餘還是以「主旨」、「說明」、「辦法」三段式撰寫為原則。

(二) 題目類別雖為平行函，但實際上可用下行函命題，命題時將發文機關降低層級，改由業務主管機關發文給平級機關，且請求受文機關轉行所屬機關配合辦理，此類公文亦應以三段式撰擬為宜。

三、上行函的分段要領

(一) 如對上級機關有所請求、建議或自己機關有處理辦法腹案請上級機關核示時，應以三段式撰擬，則應以「三段式」撰擬，但要將第三段的段名「辦法」改為「請求」、「建議」或「擬辦」。

(二) 凡自訂或奉命訂定實施計畫、實施要點或實施辦法等草案報請上級機關鑒核時，亦以三段式為宜，但須於文末「職銜署名」之隔一行附上該草案之簡要內容。

貳　應考時特別注意之事項

考生參加考試前，再提醒幾點特別應注意之事項，如能考前閱讀當有助於考生應考公文，避免錯誤並獲得高分：

一、雖然事務管理手冊中說：「函的結構採用『主旨』、『說明』、『辦法』三段式，案情簡單者，用『主旨』一段完成，能用一段完成者勿硬性分割為二段、三段；『說明』、『辦法』兩段段名，均可因事、因案加以活用。」但參加考試是以錄取為目標，每一科目以能得高分之寫作為目的，考生製作「公文」時，一定要依據題意撰擬包括「主旨」、「說明」、「辦法」三段式公文，缺一不可。其主要目的是讓閱卷者透過考生撰寫的公文內容，來肯定考生對公文的了解。如以三段式書寫公文其成績一定比以一段或二段製作公文者為高。

二、機關公文一般均以「函」的形式行文，但我們要注意不能因為彼此以「函」行文，就認為他們的地位是平等的。「函」仍有「上行函」、「平行函」、「下行函」之分，其格式雖然相似，但實質上是不同的，如公文用語、行文語氣、首長署名、簽章等均有不同。如期盼用語：上行函用「請核示」、「請鑒核」；平行函則用「請查照」；下行文則用「希照辦」。又如上行函語氣應恭敬；平行函語氣應不卑不亢；下行文語氣應謙和。但如今政府機關的上下關

係，已經沒有以往那麼嚴格分明，所以在下行函裡用「希查照」或是用「請查照」均可。署名則上行函應寫「機關全銜」並加蓋「機關首長職章」，平行函及下行函僅蓋機關首長「職銜簽字章」即可，不必用全銜或蓋章。這是要特別注意的。

三、公文考試，皆以有格稿紙書寫，與一般機關所用之函稿用紙不同，為了使考生適應以有格稿紙書寫公文，本章範例皆以稿紙書寫標準格式之公文，以供讀者參考。

參　應考公文範例

下行函範例

請擬交通部函請內政部警政署督促所屬警察單位，嚴格取締酒後駕車，以防發生交通事故，造成人命財產之損失。

交 通 部　　函

地　　址：台北市仁愛路1段50號
聯 絡 人：○○○
聯絡電話：（02）2349-2900
電子郵件：temp@doh.gov.tw
傳　　真：（02）○○○○○○○○

受文者：內政部警政署

發文日期：中華民國○○年○月○○日
發文字號：（○○）交道安字第○○○○○○○號
速別：普通件
密等及解密條件或保密期限：普通
附件：

主旨：請貴署督促所屬警察單位嚴格取締酒後駕車，以防發生交通事故，造成人命財產之損失，請查照辦理。

說明：

一、依道路交通管理處罰條例第35條規定暨○○年○月○○日行政院第○○○○次會議決議辦理。

二、近來酒醉駕車有日漸增多的趨勢，根據上個月全國統計就有20人死傷，造成家破人亡悲劇，應予加強取締，以防不幸交通事故再次發生。

三、檢附「防範酒醉駕車宣導手冊」300本。

辦法：

一、請貴署組成專案小組研商有效取締方法，通函各警察機關澈底執行。

二、本案所需經費請在　貴署年度預算經費項下勻支。

三、本案執行有功人員從優敘獎，執行不力人員從嚴議處。

正本：內政部警政署

副本：本部交通安全督導會報

部長　○○○（蓋簽字章）

下行函範例

請試擬行政院衛生福利部函各直轄市及各縣市政府衛生局於夏天來臨前，加強疾病預防注射及宣導，防範流行性腸病毒及各種傳染病發生，以維全民身體健康。

衛生福利部　函

地　　址：台北市愛國東路100號
聯 絡 人：○○○
聯絡電話：（02）2396-5625
電子郵件：temp@doh.gov.tw
傳　　真：（02）2392-9723

受文者：台北市政府衛生局

發文日期：中華民國○○年○月○○日
發文字號：（○○）衛字第○○○○○○○號
速別：普通件
密等及解密條件或保密期限：普通
附件：

主旨：夏天來臨，請貴局加強環境衛生及預防注射，防範流行性腸病毒及各種傳染疾病之發生，以維全民身體健康，希轉行照辦。

說明：

一、依○○年○月○○日行政院第○○○○○次院會決議辦理。

二、去年夏天台灣地區發生腸病毒流行，有數百位幼童感染，十餘人因病死亡，造成民眾恐慌，各地方衛生機構應予重視並加強防範。

三、檢附「防範腸病毒注意要點」一份。

辦法：
一、請各縣市依「防範腸病毒注意要點」，組成專家防範小組，研議有效實施方法積極推展宣導。
二、辦理本案所需經費由本署專案補助，請將支出憑證報署核撥。
三、本案各縣市執行有功人員從優獎勵，執行不力人員從嚴議處。

正本：直轄市、縣市政府衛生局
副本：行政院、本部疾病管制署

部長　　○○○（蓋簽字章）

下行函範例

內政部警政署有鑑於青少年飆車問題日益嚴重，特通函各縣市政府警察局，應切實執行「旭日專案」，以導正社會風氣。

內政部警政署　函

地　　址：○○市○○路○○號
聯絡方式：（承辦人、電話、傳真、e-mail）

○○○
○○市○○路○○號
受文者：各直轄市及縣（市）政府警察局

發文日期：中華民國○○年○○月○○日
發文字號：（○○）○○字第○○○○號
速別：最速件
密等及解密條件或保密期限：
附件：旭日專案實施要點

主旨：有鑑於青少年飆車問題日益嚴重，各縣市警察局應切實執行「旭日專案」，以導正社會風氣，請查照。

說明：

一、依據內政部○○年○○月○○日○○字第○○○○○號函辦理。

二、邇來各縣市迭傳青少年聚眾飆車滋事，輕者造成交通安全問題，重者甚有包圍警局，衝撞執法警察，砍傷路人等違法行為，對社會治安造成莫大之影響，宜速謀對策，以消弭此一社會亂象，導正社會風氣。

三、檢附「旭日專案實施要點」一份。

辦法：

一、各直轄市及縣市政府警察局應即組成專案小組，依據本文所附實施要點，全力執行。

二、本案業經本署專案列管，並列為本署年終考核重點項目之一；各局執行本案有功人員，准予從寬敘獎。

正本：各直轄市及縣市政府警察局

副本：內政部

署長　○○○（簽名章）

附件：旭日專案實施要點（略）

▍下行函範例

行政院消防署函各縣市政府：請加強各項防震措施，定期辦理防震演習，以減低地震所帶來之人員傷亡及財物損失。

行政院消防署　函

地　　址：○○市○○路○○號
聯絡方式：（承辦人、電話、傳真、e-mail）

○○○
○○市○○路○○號
受文者：各縣市政府

發文日期：中華民國○○年○○月○○日
發文字號：（○○）○○字第○○○○號
速別：最速件
密等及解密條件或保密期限：
附件：防震須知

主旨：請加強各項防震措施，定期辦理防震演習，以減低地震所帶來之人員傷亡及財物損失，請查照。

說明：

一、依據行政院○○年○○月○○日○○字第○○○○○號函辦理。

二、台灣中部地區發生集集大地震，造成數千人傷亡，財物損失更無可衡量；而民眾缺乏防震應有常識、觀念，以致疏於防範，實為本次事件造成如此巨大災難之主因。台灣全區均屬強震地區，自應記取「九二一」地震之殷鑒，加強各項防震措施，以確保民眾生命財產安全。

三、檢附「防震須知」一份。

辦法：

一、各縣市政府應即組成專案小組，參考本件所附防震須知所列
各項，切實執行。

二、本案農經本府專案列管，並列為本府年終考核重點之一；各
縣市執行本案有功人員，准予從寬敘獎。

正本：各縣市政府
副本：行政院

署長　○○○（簽名章）

下行函範例

台中市政府函各級學校：請各校加強交通安全教育宣導，嚴格禁止學
生騎乘機車上下學，並嚴懲無照駕駛學生，以確保學生行的安全。

台中市政府　函

地　　址：○○市○○路○○號
聯絡方式：（承辦人、電話、傳真、e-mail）

○○○
○○市○○路○○號
受文者：本市公私立中等學校

發文日期：中華民國○○年○○月○○日
發文字號：（○○）○○字第○○○○號
速別：最速件
密等及解密條件或保密期限：
附件：

主旨：請各校加強交通安全教育宣導，嚴格禁止學生騎乘機車上下學，並嚴懲無照駕駛學生，以確保學生行的安全，請查照。

說明：

一、依據教育部〇〇年〇〇月〇〇日〇〇字第〇〇〇〇〇號函辦理。

二、本年度為「交通安全年」，政府訂有各項交通安全宣導措施及取締交通違規等實際作法，責成由各有關單位各依權責執行。有關學校權責部分，主要在於加強學生之交通安全教育與常識宣導，確實遵守行的規則。

三、又本市每年學生意外死亡案件中，車禍已高居第一位，其中又以騎乘機車肇事為主因，值得各校加以重視、防範。

辦法：

一、各校應配合辦理各項活動，加強交通安全教育與常識宣導，促使學生身體力行。

二、即日起，嚴格禁止日間部學生騎乘機車上下學；至於夜間部及補校學生是否准騎乘機車上下學，則由各校斟酌學校實際情況自行決定。

三、本府已另函請警察局對無照駕駛之學生，嚴加取締，並將學生名單轉知各校，請各校依校規嚴予懲處並加強輔導。

正本：本市公私立中等學校
副本：本府教育局、警察局

市　長　〇〇〇（簽名章）

▌平行函範例

　　試擬行政院環境資源部致函台北市政府、高雄市政府及各縣市政府，希切實推行垃圾分類處理，以維環境之整潔與生活品質之提升，使資源再生，減少污染。（並請擬具垃圾分類辦法作為本文之附件）

環境資源部　函

地　　　址：○○市○○路○○號
聯絡方式：（承辦人、電話、傳真、e-mail）

○○○
○○市○○路○○號
受文者：台北市政府、高雄市政府及各縣市政府

發文日期：中華民國○○年○○月○○日
發文字號：（○○）○○字第○○○○號
速別：最速件
密等及解密條件或保密期限：
附件：垃圾分類辦法

主旨：希切實推行垃圾分類處理，以維護環境之整潔與生活品質之
　　　提升，使資源再生，減少污染，請查照。
說明：
　一、依據行政院○○年○○月○○字第○○○○○號函辦理。
　二、我國近年來工商業發展快速，固然大幅提高我國民所得，顯
　　　著改善國人之物質生活；唯所製造出來之垃圾亦以倍數成
　　　長，不僅造成資源之浪費，更影響個人居家之環境整潔，生
　　　活環境品質每下愈況，推行垃圾分類處理實為當前環保措施
　　　之重要急務。
　三、檢附「垃圾分類辦法」一份。

辦法：
一、各機關應即邀請相關單位組成專案小組，切實積極推動垃圾
　　分類處理實施計畫。
二、本案農經行政院專案列管，並列入行政院年終考核重點項目
　　之一；各單位執行本案有功人員，准予從寬敘獎。

正本：台北市政府、高雄市政府及各縣市政府
副本：行政院

部長　　〇〇〇（簽名章）

附件：垃圾分類辦法
一、目的：為維護環境整潔，提升國人生活品質，使資源再生，
　　減少污染，訂定本辦法。
二、依據：行政院〇〇年〇〇月〇〇日第〇〇〇〇〇號函。
三、主辦單位：行政院環境資源部。
四、承辦單位：台北市、高雄市及各縣市環保局
五、實施要項：（略）
六、經費：在年度內相關經費項下勻支。
七、獎勵：（略）
八、其他：（略）
九、本辦法如有未盡事宜，得奉核准後修正公布之。

▌上行函範例

擬行政院人事行政總處上行政院函：為修正「天然災害停止辦公作業要點」，報請核定施行。

行政院人事行政總處　函

地　　址：○○市○○路○○號
聯絡方式：（承辦人、電話、傳真、e-mail）

○○○
○○市○○路○○號
受文者：行政院

發文日期：中華民國○○年○○月○○日
發文字號：（○○）○○字第○○○○號
速別：最速件
密等及解密條件或保密期限：
附件：修正「天然災害停止辦公作業要點」乙份，報請核定施行，請鑒核。

說明：
一、依據立法院○○年○○月○○日○○字第○○○○○號函辦
　　理。
二、關於現行「天然災害停止辦公作業要點」對於重大天然災害
　　停止辦公之標準、宣布時機、宣布權責與實際狀況頗多不
　　符，致多數公教人員及民眾頗有怨言，本局業已將現行要點
　　重新檢討修正。
三、檢陳修正「天然災害停止辦公作業要點」乙份。
辦法：奉准後通函所屬各機關及格省市政府轉知所屬遵照辦理。

正本：行政院
副本：立法院

人事長　○○○（簽名章）

附件：修正「天然災害停止辦公作業要點」（略）

第六章 公文之寫作方法與範例

第一節 令之作法與範例

　　「令」為發號施令的意思,具有強制性與拘束力,受令者接到後,應即遵行,換言之,「令」是要受令者奉命而行的意思。民國以來,凡是上級機關對下級機關行文,都用「令」。

　　現行公文程式條例第2條規定:「令:公布法規、任免、獎懲官員,總統、軍事機關、部隊發布命令時用之。」行政院「文書處理手冊」公文製作第十七點中規定:「令:公布法律、發布法規命令,解釋性規定與裁量基準之行政規則及人事命令時使用。」綜合上述規定,「令」可分為兩類:一為發布各種法律規章之令文,稱為「發布令」。一為發布人事任免、遷調、獎懲等之令文,稱為「人事命令」。

壹 「令」之寫作方法

　　「文書處理手冊」公文製作第十七點中規定如下:

一、發布令

公布法律、發布法規命令,解釋性規定與裁量基準之行政規則及人事命令:

(一) 公布法律、發布法規命令,解釋性規定與裁量基準之行政規則:

　　1. 令文可不分段,敘述時動詞一律在前,例如:

　　　　甲、訂定「○○○施行細則」。

　　　　乙、修正「○○○辦法」第○條條文。

　　　　丙、廢止「○○○辦法」。

2. 多種之制定或廢止，同時公布時，可併入同一令文處理，法規命令之發布，亦同。

3. 公、發布應以刊載於政府公報或其他出版品方式為之、並得於機關電子公布欄公布；必要時，並以公文分行由各機關。

(二) 人事命令：

1. 人事命令：任免、遷調、獎懲。

2. 人事命令格式由人事主管機關訂定，並應遵守由左至右之橫行格式原則。

貳　令的寫作方法舉例

一、「文書處理手冊」中發布令作法舉例

行政院　令

發文日期：中華民國○○年○○月○○日
發文字號：（○○）○○字第○○○○○號

修正「台灣地區與大陸地區人民關係條例施行細則」部分條文。
附修正「台灣地區與大陸地區人民關係條例施行細則」部分條文。

院長　　○○○

○○○ 令（稿）

(蓋機關印信)

受文者：○○○

發文日期：

發文字號：

主旨：核定○○○一員派免如下：

姓　名（身份證總號）

一、異動類別：○○（代碼），民國○○年○○月○○日生效。

二、現職：服務機關（代碼），○○單位○○職稱（代碼），官職等○○（代碼），職務編號（○○）。

三、新職：服務機關（代碼），○○單位○○職稱（代碼），官職列等○○（代碼），職務編號（○○），○○職系（代碼），擬支○○俸給，○○俸點。

四、其他事項：依據或補充說明。

辦法：奉准後通函所屬各機關及格省市政府轉知所屬遵照辦理。

說明：

正本：

副本：

○長　○○○（簽字章）

〇〇〇　令（稿）　　　(蓋機關印信)

受文者：〇〇〇

發文日期：
發文字號：

主旨：核定〇〇〇等員獎懲如下：
姓　名（身份證總號）
　一、姓名（身份證總號）
　二、現職：服務機關（代碼），單位職稱（代碼），官職等（代
　　　碼）。
　三、獎懲：〇〇〇（代碼）
　四、獎懲事由：〇〇（識別代碼）
　五、法令依據：
　六、其他事項：依據或補充說明。
　七、姓名（身份證總號）
　八、現職：服務機關（代碼），單位職稱（代碼），官職等（代
　　　碼）。
　九、獎懲：〇〇〇（代碼）
　十、獎懲事由：〇〇〇（識別代碼）
十一、法令依據：
十二、其他事項：依據或補充說明。
說明：

正本：
副本：

〇長　〇〇〇（簽字章）

二、筆者彙集之事例

範例(一)

總統　令

發文日期：中華民國○○年○○月○○日

發文字號：（○○）○○字第○○○○○號

特派○○○為○○年專門職業及技術人員特種考試不動產經紀人考試典試委員長。

總　　　　統　馬　英　九

行政院院長　江　宜　樺

總統　令

發文日期：中華民國88年8月27日

發文字號：華總二榮字第880185390號

主旨：茲授予薩爾瓦多共和國副總統卡洛斯‧金達尼亞‧史密特 特
　　　種大綬卿雲勳章。
　　　茲授予薩爾瓦多共和國外交部長瑪莉亞‧歐享尼雅‧布莉蘇
　　　耶拉‧阿畢拉 大綬景星勳章。

總　　　　統　李　登　輝

行政院院長　蕭　萬　長

外交部部長　胡　志　強

第二節　呈之作法與範例

　　「呈」為表白、陳述、呈送、奉上的意思，於向上司行文時使用，屬於上行文。民國初年，不分機關或人民，對上級行使公文一律用「呈」。民國3年規定「呈」僅限對大總統所專用，其他官吏對其長官改用「詳」，人民對官吏則用「稟」。民國5年恢復民初一律用「呈」，民國41年將「呈」的範圍予縮小，只限於下級機關對上級機關使用，至於人民對機關行文改用「申請書」。

　　現行公文程式條例第2條規定：「呈：對總統有所呈請或報告時用之。」適用範圍再度縮小，恢復民國3年之規定，只限於對總統所專用，但立法院及監察院與總統往復公文用「咨」。至於各機關之間行文一律改用「函」，比較符合民主潮流，並去掉過去「上行文」之官氣。

　　「呈」的寫作方法，「文書處理手冊」文書處理篇未有規定，因此原則上只要依「主旨」「說明」「辦法」三段式活用即可（「辦法」之段名，可隨呈文內容改用「建議」或「請求」），但用語應恭謹，以示對國家元首之尊敬。

「呈」之作法舉例：

考試院　呈

機關地址：台北市文山區試院路1號
電　　話：（02）○○○○○○○
傳　　真：（02）○○○○○○○

受文者：總統

發文日期：中華民國○○年○○月○○日
發文字號：（○○）○○字第○○○○○號

主旨：呈請特派○○○為○○年專門職業及技術人員特種考試消防
　　　設備人員考試典試委員長。
說明：依典試法第4條規定暨本院典試委員長遴派作業要點辦理。

考試院院長　　○○○（職章）

第三節 ｜ 咨之作法與範例

　　「咨」為諮詢、商洽之意，其性質可分為徵求、答復、洽請、移送 四種，屬於平行文。民國元年北京政府所公布公文書程式令，規定：「參議院與大總統或國務員之往返文書以咨行之。」其後迭經修正使用範圍。「咨」為平行文，「咨」為總統與立法院、監察院公文往復時用之。

壹　「咨」依其性質使用情形如下

徵求性	總統提名司法院院長、副院長及大法官,考試院院長、副院長及考試委員,監察院院長、副院長及監察委員徵求國民大會同意;提名審計長徵求立法院同意時用之。
答復性	國民大會、立法院對於總統所提司法院院長、副院長、大法官;考試院長、副院長及考試委員;監察院長、副院長及監察委員及審計長人選咨徵同意案,經行使同意權投票後,將投票結果答復總統時使用。
洽請性	總統提請立法院召集會議時用之。
移送性	立法院法律案通過後,送請總統公布時用之。

貳　「咨」之作法

　　「文書處理手冊」未列,因「咨」在行政機關並不適用。依公文程式條例第7條:「公文得分段敘述,冠以數字,採由左而右之橫行格式。」之規定,原則上採「主旨」、「說明」、「辦法」三段式活用即可。

參 「咨」之作法案例

總 統 咨

機關地址：台北市重慶南路1段122號

傳 真：（02）○○○○○○○○

受文者：立法院

發文日期：中華民國88年9月28日

發文字號：（88）○○字第○○○○○○○號

主旨：為台灣地區於本（88）年9月21日遭遇強烈地震，損失慘重，影響民生至鉅，災害救助、災民安置及災後重建，刻不容緩，爰依中華民國憲法增修條文第2條第三項規定於9月25日頒布緊急命令，請追認。

說明：依行政院○年○月○日第○○○○次院會之決議辦理。

正本：立法院

副本：行政院

總統 李 登 輝

總統　咨

發文日期：中華民國97年6月23日
發文字號：華總一信字第09710042481號

茲依據憲法增修條文第7條第二項規定，提名王建煊、沈富雄、陳健民、洪昭男、黃煌雄、錢林慧君、黃武次、高鳳仙、余滕芳、杜善良、劉玉山、林鉅鋃、洪德旋、楊美鈴、周陽山、李復甸、葛永光、馬秀如、趙榮耀、李炳南、陳耀昌、程仁宏、沈美真、尤美女、吳豐山、劉興善、趙昌平、許炳進、馬以工等二十九人為監察院第四屆監察委員；並以王建煊為院長、沈富雄為副院長，咨請

貴院同意見復後任命。此咨

立法院

總統　馬　英　九

第四節　函之作法與範例

民國1年11月，北京政府公布公文書程式令，第14條：「行政各官署無隸屬關係者之往復文書以公函為之。」民國41年11月，總統令修正公布公文程式條例，將「公函」改稱「函」。現行公文程式條例第2條中規定：「函：各機關間公文往復，或人民與機關間之申請與答復時用之。」其適用範圍包括：同級、不同級機關之間、不相隸屬機關之間、人民與機關之間均可使用之。其性質可分為下行函、平行函、上行函及

申請函（人民與機關之間用之）。下行函係上級機關對下級機關所使用，具有約束力，不可因形式上由「令」改為「函」，而以為任何機關都是平行的。

　　機關團體之一般公文均以「函」為主。故自民國60年起迄今，各項公職人員高、普、特考「公文」試題，均考「函」的製作（僅61年普考以「公告」為題），因此，對於「函」的作法，必須特別加以精讀。

壹　「函」之作法

　　行政機關之一般公文以「函」為主，其作法分述如下：

一、函的製作要領

　　(一)　文字敘述應儘量使用明白曉暢，詞意清晰之語體文，以達到公文程式條例第8條所規定「簡、淺、明、確」之要求。

　　(二)　文句應正確使用標點符號。

　　(三)　文內避免層層套敘來文，祇摘述要點。

　　(四)　應絕對避免使用艱深費解、無意義或模稜兩可之詞句。

　　(五)　應採用語氣肯定、用詞堅定、互相尊重之語詞。

二、函的分段要領

　　函的結構採用「主旨」、「說明」、「辦法」三段式，案情簡單者，用「主旨」一段完成，能用一段完成者勿硬性分割為二段、三段；「說明」、「辦法」兩段段名，均可因事、因案加以活用。其要領為：

主旨	為全文精要，以說明行文目的與期望，應力求具體扼要。
說明	當案情必須就事實、來源或理由，作詳細之敘述，無法於「主旨」內容納時，用本段說明。本段段名，可因公文內容改用「經過」、「原因」等其他名稱。
辦法	向受文者提出具體要求無法在「主旨」內簡述時，用本段列舉。本段段名，可因公文內容改用「建議」、「請求」、「擬辦」、「公告事項」、「核示事項」等名稱。

三、函的各段規格

(一) 每段均標明段名，段名之上不冠數字，段名之下加冒號「：」。

(二)「主旨」一段不分項，文字緊接段名冒號之右書寫。

(三)「說明」、「辦法」如無項次，文字緊接段名書寫；如分項標號條列，應另行低格書寫為一、二、三、……，(一)(二)(三)……，1、2、3、……，(1)(2)(3)……。

(四)「說明」、「辦法」中，其分項條列內容過於繁雜時，應編列為附件。

貳　函之作法舉例

一、「文書處理手冊」文書處理中之舉例

範例(一)

<h1 style="text-align:center">行政院　函</h1>

機關地址：臺北市○○路○○○號
聯絡人：○○○
電話：(02) ○○○○-○○○○
傳真：(02) ○○○○-○○○○

受文者：立法院

發文日期：中華民國○○年○○月○○日
發文字號：○○字第○○○○號
速別：最速件
密等及解密條件或保密期限：
附件：如文

主旨：函送「公文程式條例」第○條、第○條、第○條修正草案及「中
　　　央法規標準法」第○條修正草案，請查照審議。

說明：

一、鑑於國際間交往日愈密切，文書資料來往頻繁，歐美文字都
　　是由左而右橫式排列，國內目前直式書寫如遇引用外文或阿
　　拉伯數字時，往往形成扞格。為與國際接軌，並兼顧電腦作
　　業平臺屬性，使公文制作更具便利性，進而提升公文處理效
　　率，爰擬具「公文程式條例」第○條、第○條、第○條修正
　　草案及「中央法規標準法」第○條修正草案。

二、經提本（00）年00月00日本院第0000次會議決議：「通過，
　　送請立法院審議。」

三、檢送「公文程式條例」第○條、第○條、第○條修正草案及「中央
　　法規標準法」第○條修正草案條文對照表（含總說明）1份。

正本：立法院
副本：

院長　○○○

範例(二)

行政院 函

機關地址：台北市忠孝東路1段1號
聯絡電話：（02）○○○○○○○
傳　　真：（02）○○○○○○○
聯 絡 人：○○○

受文者：○○○

發文日期：中華民國○○年○○月○○日
發文字號：（○○）○○字第○○○○號
速別：最速件
密等及解密條件：
附件：

主旨：為杜絕流弊，節省公帑，各項營繕工程，應依法公開招標，並不得變更設計及追加預算，請轉知所屬機關學校照辦。

說明：
一、依本院○年○月○日○○會議決議辦理。
二、據查目前各級機關學校對營繕工程仍有未按規定公開招標之情事，或施工期間變更原設計，以及一再請求追加預算，致生弊端，浪廢公帑。

辦法：
一、各級機關學校對營繕工程應依法公開招標，並按「機關營繕工程及購置定製變賣財務稽查條例」辦理。
二、各單位之工程應將施工圖、設計圖、契約書、結構圖、會議紀錄等工程資料，報請上級單位審核，非經核准，不得變更原設計及追加預算。

正本：直轄市政府及各縣市政府
副本：本院主計處、本院秘書處

院長　○○○

二、著者彙集之案例

範例(一)

行政院　函

機關地址：台北市忠孝東路1段1號
聯絡電話：（02）2341-3454
傳　　真：（02）2341-3454

受文者：台北市政府

發文日期：中華民國○○年9月29日
發文字號：台(○○)規字第36017號
速別：最速件
密等及解密條件：
附件：

主旨：總統於○○年9月25日依中華民國憲法增修條文第2條第3項
　　　規定所發布之緊急命令，咨請立法院追認一案，業經該院決
　　　議：「本緊急命令予以追認」，請查照。
說明：本案係依立法院○○年9月28日（○○）台立議字第3319號函辦
　　　理。

正本：本院所屬各部會行處局署暨省市政府、各縣市政府
　　　司法院、考試院、監察院、國民大會秘書處、國家安全會議
　　　秘書長
副本：本院各組、室、會

院長　　○○○

範例(二)

教育部 函

機關地址：台北市中山南路5號
聯絡電話：（02）○○○○○○○
傳　　真：（02）○○○○○○○

受文者：如正、副本

發文日期：中華民國○○年○○月○○日
發文字號：台（○○）人（二）字第○○○○○○○號
速別：最速件
密等及解密條件或保密期限：
附件：附件隨文

主旨：為維護辦公紀律及政府為民服務之良好形象暨避免酒後誤
　　　事，請加強宣導酒後不開車，並要求所屬公務人員於上班
　　　前，及非週末中午時間應避免喝酒，倘因喝酒肇事，應按情
　　　節輕重分別予以懲處，其觸犯刑事法令者，並依各該法令處
　　　罰，請查照並轉知貴屬遵照辦理。

說明：依行政院秘書長○○年○○月○○日台○○院人政考字第
　　　○○○○○○號函辦理，並附原函影本乙份。

正本：部屬機關學校、本部各單位（含中部辦公室）
副本：本部人事處

部長　　○○○

範例(三)

法務部　函

地　　址：○○○ 臺北市○○路○○號
聯絡方式：承辦人○○○
電話：(02)○○○○○○○○
傳真：(○○)○○○○○○○○
e-mail：○○@○○.○○.○○.○○

○○○
臺北市○○區○○路○○段○○號
受文者：各所屬檢、調單位

發文日期：中華民國101年○○月○○日
發文字號：（101）○○字第○○○○○○○○○號
速別：最速件
密等及解密條件或保密期限：
附件：

主旨：邇來因金融詐騙案件層出不窮，希加強查緝，以遏止不法行
　　　為，請查照。
說明：
　一、依據行政院一百年○月○日第○○次院會院長指示辦理。
　二、近年來各地屢傳不肖人士假借金融單位巧立名目遂行詐騙，不
　　　僅受害民眾增加，更擾亂金融秩序，敗壞社會治安，亟需加強
　　　查緝取締。
辦法：
　一、各檢、調單位宜成立專案小組，全面查察蒐證轄區內各金融單
　　　位是否有客戶資料外流之不法情事，及是否有不肖銀行員工介
　　　入欺騙民眾之行為，不容宵小恣意肆虐。
　二、本案已列為年度重點工作，執行本案有功，績效卓著之單位將
　　　從寬敘獎。
正本：所屬各檢、調單位
副本：行政院

部長　○○○（簽字章）

範例(四)

國立教育研究院　函

　　　　　　　機關地址：新北市三峽區三樹路2號
　　　　　　　聯絡電話：（02）8671-1111
　　　　　　　傳　　真：（02）8671-1101

受文者：○○○○

發文日期：中華民國○○年○○月○○日
發文字號：（○○）研教字第○○○○○○號
速別：
密等及解密條件：
附件：如主旨、說明六、七

主旨：本院第○○○○期將辦理河洛語種子教師研習班，請依研習
　　　員名單（詳附件）轉知所屬來院參加研習，請惠辦。

說明：
　　一、依教育部○○年○月○○日台（○○）研字第○○○○○號
　　　　函核定本院○○ 年度研習計劃辦理。
　　二、研習對象及人數：請各縣市政府依研習名單轉知所屬來院參
　　　　加研習，共計50人。
　　三、研習時間：○○年○○月○○日至○○月○○日止（一週）。
　　四、報到日期：○○年○○月○○日上午10時至11時止。（詳見
　　　　報到須知各項規定）
　　五、本研習供膳宿，交通費不予補助。
　　六、檢附研習員報到須知及資料卡每人各乙份，資料卡填妥後，
　　　　請於研習一週前逕寄本院，以利作業。
　　七、檢附課程表乙份，以供參考。

正本：直轄市及各縣市政府
副本：教育部
　　　本院各單位

院長　　○○○

範例(五)

彰化縣政府 函

機關地址：彰化市中山路2段416號
聯絡電話：（04）○○○○○○○
聯 絡 人：○○○

受文者：各鄉鎮市公所

發文日期：中華民國○○年○○月○○日
發文字號：（○○）彰府建用字第○○○○○○號
速別：最速件
密等及解密條件或保密期限：
附件：如主旨

主旨：檢送「交通部補助省市興建示範停車場計畫工程興建表」暨
　　　「交通部補助地方政府興建路外公共停車場計畫補助要點」
　　　各乙份，請考量地方興建停車場之需求，於○○月○○日前
　　　報府彙辦，請查照。

說明：
　一、依據交通部○○年○○月○○日傳真該部○○年○○月○○日交
　　　路○○字第○○○○○○號函抄本（檢附該函影本乙份）辦理。
　二、請貴所考量地方興建停車場之急迫性，於停車場計畫工程興
　　　建表內排定優先順序，除應符合旨揭「交通部補助地方政府
　　　興建路外公共停車場計畫補助要點」各項規定外，並應檢附
　　　第五點規定相關文件資料於○○年○○月○○日前報府，逾
　　　期不受理。基於時效，本案停車場計畫工程興建表請先電傳
　　　本府建設局：傳真7280922公用課彙整。
　三、基於時效，本案相關資料本府已先行於○○年○○月○○日電傳
　　　各鄉鎮市公所辦理在案。至有關本件補助地方政府興建路外公共
　　　停車場計畫，交通部補助本縣比例為總工程費的三分之二，餘三分
　　　之一應請各鄉鎮公所自行籌措辦理，本府無法補助，並予敘明。

正本：各鄉鎮市公所
副本：本府財政局、主計室、建設局

縣長　○○○

範例(六)

南投縣政府　函

機關地址：540南投市南崗一路300號
聯　絡　人：○○○
聯絡電話：（049）222106轉297

受文者：各鄉鎮市公所

發文日期：中華民國○○年○○月○○日
發文字號：（○○）投府計設字第○○○○○○號
速別：最速件
密等及解密條件或保密期限：
附件：

主旨：茲為瞭解本縣各鄉鎮市災後重建之狀況，及研議將災後重建
　　　與本縣綜合發展計畫相結合，請貴所於召開重建工作之相關
　　　會議時，通知本府委託辦理「南投縣綜合發展計畫」之規劃
　　　單位－國立成功大學都市計畫學系參與。請查照。

正本：各鄉鎮市公所
副本：本府縣長室／副縣長室、主任秘書室、企畫室

縣長　　○○○

範例(七)

彰化縣政府 函

機關地址：彰化市中山路2段416號
聯絡電話：（04）○○○○○○○
傳　　真：（04）72280922

受文者：彰化地政事務所

發文日期：中華民國○○年○○月○○日
發文字號：（○○）彰府地用字第○○○○○○號
速別：普通件
密等及解密條件或保密期限：
附件：如主旨

主旨：交通部高速鐵路工程局為興辦台灣西部走廊高速鐵路工程用地
　　　需要，申請撥用彰化市快官段一八七之六四九地號土地乙案，
　　　業經奉准撥用，茲檢送奉准撥用清冊乙份，請依說明三辦理。

說明：
　　一、依據交通部高速鐵路工程局○○年○○月○○日（○○）高
　　　　鐵局五字第○○○○○○號函辦理。
　　二、本案業經行政院○○年○○月○○日台○○內地字第
　　　　○○○○○○號函「准予撥用」。（如附件）
　　三、請依行政院○○年○○月○○日台○○財字第○○○○○號函
　　　　規定逕為辦理管理機關變更登記，通知原管理機關繳交土地
　　　　所有權狀，改註新管理機關名義後再通知新管理機關領取土
　　　　地所有權狀。

正本：彰化地政事務所
副本：交通部高速鐵路工程局(無附件)、本府財政局、工務局、地政科

縣長　　○○○

範例(八)

國立台中師範學院　函

機關地址：台中市西區民生路140號
聯 絡 人：○○○
聯絡電話：（04）22400549

受文者：柯進雄先生

發文日期：中華民國○○年○○月○○日
發文字號：（○○）中師院秘字第○○○○號
速別：最速件
密等及解密條件或保密期限：
附件：見主旨

主旨：為辦理本校校長遴選事宜，茲檢送公開徵求校長遴選委員
　　　會委員代表一人啟事及推薦表各一份，敬請惠予推薦適當
　　　人選。

說明：依據本校校長遴選辦法第3條第1項第3款規定暨○○學年度
　　　第一次校務會議決議辦理。

正本：本校台北市校友會、台中市校友會、校慶籌備會各年級代表
副本：本校秘書室

校長　　○○○

範例(九)

新北市三光國民小學 函

機關地址：新北市三重區大同南路157號
聯 絡 人：○○○
聯絡電話：（02）○○○○○○○○

受文者：新北市政府

發文日期：中華民國○○年○○月○○日
發文字號：（○○）三光國總字第○○○○號
速別：最速件
密等及解密條件或保密期限：
附件：如文

主旨：本校為儘速修護地震災害，以維全校師生安全，敬請鈞府補
　　　助復建經費新台幣貳拾伍萬元整，請鑒核。

說明：
　一、依據新北市政府天然災害善後暨復建經費補助勘查處理要點
　　　辦理。
　二、檢陳本校○○學年度天然災害所需復建經費請求縣府補助概
　　　算表參份。

正本：新北市政府
副本：本校總務處

新北市三光國民小學 校長 ○○○(蓋職章)

範例(十)

彰化縣僑義國民小學 函

機關地址：彰化縣溪州鄉中山路2段326號
聯 絡 人：○○○
聯絡電話：（04）○○○○○○○○

受文者：彰化縣政府

發文日期：中華民國○○年○○月○○日
發文字號：（○○）義國小字第○○○○號
速別：
密等及解密條件或保密期限：
附件：如說明二

主旨：本校○○年度建築物公共安全檢查簽證經費，請核撥。
說明：
　　一、依據鈞府○○彰府教國字第○○○○○號辦理。
　　二、檢陳本校收據、原始憑證各一份。

正本：彰化縣政府
副本：本校總務處

彰化縣僑義國民小學 校長 ○○○(蓋職章)

第五節 公告之作法與範例

「公告」之「公」乃公開的意思，「告」本作「誥」，為告諭的意思。「公告」則為公諸於眾的意思。用之於公文，則為對公眾宣布特定事項或有所勸誡之文書，即以公共之事務，公開告知於眾。

民國元年初沿用清制用「示」，民國1年11月北京政府公布公文書程式改用「布告」，其後有用「佈告」或「通告」，民國41年起始用「公告」。其發布方式，可張貼於機關之佈告欄（公告牌），或刊登於機關公報、或登報，藉以廣為宣布。

壹　公告之作法

一、「公告」之作法

「文書處理檔案管理手冊」文書處理篇第11點中規定如下：

(一) 公告一律使用通俗，簡淺易懂之語體文製作，絕對避免使用艱深費解之詞彙。

(二) 公告文字必須加註標點符號。

(三) 公告內容應簡明扼要，非必要者如各機關來文日期、文號及會商研議過程等，不必在公告內層層套用敘述。

(四) 公告之結構分為「主旨」、「依據」、「公告事項」或「說明」三段，段名之上不冠數字，分段數應加以活用，可用「主旨」一段完成者，不必勉強湊成兩段、三段，如可用表格處理者儘量利用表格。

二、公告分段要領

(一)「主旨」應扼要敘述，公告之目的和要求，其文字緊接段名冒號之右書寫。

(二)「依據」應將公告事件之原由敘明，引據有關法規及條文名稱或機關來函，非必要不敘來文日期、字號。有兩項以上「依據」者，每項應冠以數字，並分項條列，另行低格書寫。

(三)「公告事項」（或說明） 應將公告內容，分項條列、冠以數字，另行低格書寫。使層次分明，清晰醒目。公告內容僅就「主旨」補充說明事實經過或理由者，改用「說明」為段名。公告如另有附件、附表、簡章、簡則等文件時，僅註明參閱「某某文件」，公告事項內不必重複敘述。

(四)公告登報時，得用較大字體簡明標示公告之目的，不署機關首長職稱、姓名。

(五)一般工程招標或標購物品等公告，儘量用表格處理，免用三段式。

(六)公告張貼於機關佈告欄時，必須蓋用機關印信，於公告兩字下闕出空白位置蓋印，以免字跡模糊不清。

貳　公告之作法舉例

一、「文書處理檔案管理手冊」文書處理篇之舉例(登報用)

內政部　公告

發文日期：中華民國○○年○○月○○日
發文字號：（○○）○○字第○○○○○號

主旨：公告民國○○年出生的役男應辦理身家調查。
依據：徵兵規則
公告事項：

一、民國○○年出生的男子，本年已屆徵兵年齡，依法應接受徵兵處理。
二、請該徵兵及齡男子或戶長依照戶籍所在地（鄉、鎮、市、區）公所公告的時間、地點及手續，前往辦理申報登記。

※本例說明：登報公告免署機關首長職銜、姓名。

二、筆者彙集之案例

範例(一)

內政部　　公告(蓋機關印信)

發文日期：中華民國○○年○○月○○日
發文字號：台（○○）內警字第○○○○○號

主旨：公告槍砲、彈藥主要組成零件種類。
依據：槍砲彈藥刀械管制條例第4條第3項。
公告事項：各類槍砲、彈藥主要組成零件種類如下：

槍砲彈藥名稱	主要組成零件種類
爆裂物	火藥、炸藥、雷管、制式導火索。
附　註	右列公告主要組成零件符合以下情形之一，係屬槍砲彈藥刀械管制條例第4條第2項但書所指「無法供組成槍砲、彈藥之用者」： 一、經加工改(製)造成為飾品或其他器械者。 二、經使用、破壞或變形，非加工、修護不能再供組成槍砲、彈藥者。

部長　　○○○

範例(二)

桃園縣楊梅鎮公所　公告(蓋機關印信)

發文日期：中華民國○○年○○月○○日
發文字號：（○○）楊鎮民字第○○○○○○○○號

主旨：公告本鎮第三公墓（楊梅鎮草湳段埔心小段17、18、18之
　　　4、18之16地號）範圍內，自公告日起禁葬。

依據：

　一、墳墓設置管理條例第24條暨同條例施行細則第22條規定。

　二、桃園縣政府○○年○○月○○日府社政字第○○○○○號函。

公告事項：

　一、禁葬地點：本鎮第三公墓範圍內土地。

　二、禁葬原因：規劃茶藝博物館。

　三、生效日期：自公告日起實施禁建。

楊梅鎮鎮長　　○○○

第六節｜書函之作法與範例

　　「書函」為「書」與「函」之結合，代替過去之「便函」、「備忘錄」、「簽呈」。其用語、用字與「函」相同，僅款式、結構上較具彈性。「書函」名稱在現行公文程式條例中並未明列。「文書處理手冊」文書處理篇第15點中規定：「甲、於公務未決階段需要磋商、徵詢意見或通報時使用。乙、舉凡答復內容無涉准駁、解釋之簡單案情，寄送普通文件、書刊，或為一般聯繫、查詢等事項行文時均可使用，其性質不如函之正式性。

壹　書函之作法

　　書函之作法，「文書處理檔案管理手冊」文書處理篇第17點中規定如下：

一、　書函之結構及文字用語比照「函」之規定。

二、　書函首行應標明「受文者」，受文之機關（單位）或職銜姓名緊接書寫。

三、　書函結構可視需要採條列式或三段式，由各機關自行規定。

貳　書函之作法舉例

一、「文書處理檔案管理手冊」文書處理篇之舉例

台北市〇〇國民中學　書函

機關地址：台北市〇〇〇路〇〇〇號
傳　真：（02）〇〇〇〇〇〇〇〇〇

受文者：台北市立動物園

發文日期：中華民國〇〇年〇〇月〇〇日
發文字號：（〇〇）〇〇字第〇〇〇〇〇號
速別：
密等及解密條件或保密期限：
附件：

主旨：本校為舉辦課外教學需要，擬前往　貴園參觀，敬請惠予協
　　　助、指導，請查照。
說明：
　　一、本校〇年級學生計〇〇人，訂於〇〇年〇〇月〇〇日前往
　　　　貴園參觀，屆時惠請派員導引、解說。
　　二、本校聯絡人：〇〇〇，電話：〇〇〇〇〇〇〇〇。

正本：台北市立動物園
副本：台北市政府教育局

(台北市〇〇國民中學條戳)

二、筆者彙集之案例

人事行政總處　書函

機關地址：台北市濟南路1段2-2號10樓
傳　真：(02) 23975565

受文者：內政部人事處

發文日期：中華民國○○年○○月○○日
發文字號：○○處考字第○○○○○○號
速別：
密等及解密條件或保密期限：
附件：

一、貴處本（○○）年○○月○○日人台（○○）字第○○○○○
　　號函詢有關技工、工友轉任約聘僱人員，年資銜接未中斷者，
　　其休假年資可否比照公務人員請假規則第 8 條規定得前後併
　　計，並於當年實施慰勞假一案，已悉。

二、查民國○○年○○月○○日考試院會同行政院修正發布之
　　「公務人員請假規則」業已刪除原請假規則第12條不予休
　　假之情事。復查同法第8條第1項規定：「公務人員因轉調
　　（任） 或因退休、退職、資遣、辭職再任年資銜接者，其
　　休假年資得併計。」有關技工、工友轉任約聘僱人員，考量
　　其同為政府貢獻心力，其年資銜接未中斷者，同意參照公務
　　人員請假規則第8條之規定，准予前後併計並於當年實施慰
　　勞假。

正本：內政部人事處
副本：銓敘部、行政院所屬各機關人事處(室)

(行政院人事行政總處條戳)

第七節　表格化公文之作法與範例

　　「表格化公文」係以最簡便方式，使用一定格式之表格處理公文之意思，為公文中真正做到「簡、淺、明、確」要求之方式。其使用範圍，事務管理手冊文書處理篇規定如下：

一、簡便行文表：

　　答復簡單案情，寄送普通文件、書刊、或為一般聯繫、查詢等事項行文時使用。

二、開會通知單或會勘通知單：

　　召集會議或辦理會勘時使用。

三、公務電話紀錄：

　　凡公務上聯繫、洽詢、通知等可以電話簡單正確說明之事項，經通話後，發話人如認有必要，可將通話紀錄作成兩份並經發話人簽章，以一份送達受話人簽收，雙方附卷，以供查考。惟機密之公務，應依「國家機密保護法」規定使用電話密語，否則不得傳遞，以防洩密。

四、其他可用表格處理之公文，其格式由各機關視業務需要自行訂定。

開會通知單範例

南投縣政府 開會通知單

地　　址：540南投市中興路660號
傳　　真：（049）223852

受文者：如出（列）席單位人員

發文日期：中華民國○○年○○月○○日
發文字號：（○○）投府建都字第○○○○○○號
速別：特急件
密等及解密條件或保密期限：
附件：會議議程

開會事由：南投縣921震災後邀請各界聯席研討有關復建事宜
開會時間：○○年○○月○○日（星期四）下午2時
開會地點：本縣衛生局大禮堂
主　持　人：○縣長○○
預備主持人：賴主任秘書文吉
出（列）席者：本縣議會全體議員、本縣都市計畫委員會全體委
　　　　　　　員、本縣都市設計委員會全體委員、南投縣再造工
　　　　　　　作隊、各鄉鎮市公所、本府民政局、社會科、財政
　　　　　　　局、建設局、教育局、地政科、觀光局籌備處、建
　　　　　　　築師公會南投辦事處黃主任崇喜暨全體建築師、逢
　　　　　　　甲大學都計系賴美蓉教授、成功大學都計系張益三
　　　　　　　教授、建研所翁金山教授、台北科技大學建都所彭
　　　　　　　光輝教授

南投縣政府條戳

第八節　簽、稿之作法與範例

　　「簽」是公務承辦人員，就有關事項經查明案情後，依據法令規定簽註意見、或報告案情、或研擬處理方案請示主管長官。對於案情涉及其他機關或其他單位者，並應事先協調或會簽，以提供上級瞭解案情後，作為抉擇依據之文書。

　　「稿」是擬發公文之草本，撰擬後應依各機關規定程序，送陳核閱批改、判行，然後照稿繕發。

　　「簽」、「稿」擬辦方式，應依文書處理檔案管理手冊文書處理篇第13點規定辦理：

壹　簽稿之一般原則

一、性質

　　(一)　簽為幕僚處理公務表達意見，以供上級瞭解案情、並作抉擇之依據，分為下列兩種：
　　　　1. 機關內部單位簽辦案件：依分層負責規定核決，簽末不必敘明陳某某長官字樣。
　　　　2. 具有幕僚性質的機關首長對直屬上級首長之「簽」，文末得用「右陳○○長」字樣。

　　(二)「稿」為公文之草本，依各機關規定程式核判後發出。

二、擬辦方式

　　(一)　先簽後稿
　　　　1. 有關政策性或重大興革案件。
　　　　2. 牽涉較廣，會商未獲結論案件。
　　　　3. 擬提決策會議討論案件。

　　　　4. 重要人事案件。

　　　　5. 其他性質重要必須先行簽請核定案件。

(二) 簽稿並陳

　　　1. 文稿內容須另為說明或對以往處理情形須酌加析述之案件。

　　　2. 依法准駁，但案情特殊須加說明之案件。

　　　3. 須限時辦發不及先行請示之案件。

(三) 以稿代簽為一般案情簡單或例行承轉之案件。

三、作業要求

(一) 正確

　　文字敘述和重要事項記述，應避免錯誤和遺漏，內容主題應避免偏差、歪曲。切忌主觀、偏見。

(二) 清晰

　　文義清楚、肯定。

(三) 簡明

　　用語簡練，詞句曉暢，分段確實，主題鮮明。

(四) 迅速

　　自蒐集資料，整理分析，至提出結論，應在一定時間內完成。

(五) 整潔

　　簽稿均應保持整潔，字體力求端正。

(六) 一致

　　機關內部各單位撰擬簽稿，文字用語、結構格式應力求一致，同一案情的處理方法不可前後矛盾。

(七) 完整

　　對於每一案件，應作深入廣泛之研究，從各種角度、立場考慮問題，對相關單位應切實協調聯繫。

(八) **周詳**

所提意見或辦法，應力求週詳具體、適切可行。並備齊各種必需之文件，構成完整之幕僚作業，以供上級採擇。

貳　簽之撰擬

一、款式

(一) **先簽後稿**

簽應按「主旨」、「說明」、「擬辦」三段式辦理。

(二) **簽稿並陳**

視情形使用「簽」，如果案情簡單，可不分段，以條列式簽擬。

(三) **一般存參或案情簡單之案件，得於原件中空白處簽擬。**

二、撰擬要領

(一)**「主旨」**

扼要敘述，概括「簽」之整個目的與擬辦，不分項，一段完成。

(二)**「說明」**

對案情之來源、經過與有關法規或前案，以及處理方法之分析等，作簡單之敘述，並視需要分項條列。

(三)**「擬辦」**

為「簽」之重點所在，應針對案情，提出具體處理意見，或解決問題之方案。意見較多時分項條列。

(四)**「簽」**之各段應截然劃分，「說明」一段不提擬辦意見，「擬辦」一段不重複「說明」。

三、「文書處理手冊」所訂「簽」之作法舉例，具有幕僚性質之下級機關首長對直屬上級機關首長行文時應一致採用，至各機關內部單位簽辦案件得參照自行規定。

參　稿之撰擬

　　草擬公文「稿」按文別應採之結構撰擬，撰擬要領如下：

一、按行文事項之性質選用公文名稱，如「令」、「函」、「書函」、「公告」等。

二、一案須辦數文時，請參考下列原則辦理：

　　(一)　設有幕僚長之機關，分由機關首長及幕僚長署名發文，分稿擬辦。

　　(二)　一文之受文者有數機關時，內容大同小異者，同稿並敘，將不同文字列出，並註明某處文字針對某機關；內容小同大異者，用同一稿面分擬，如以電子方式處理者，可用數稿。

三、「函」之正文，除按規定結構撰擬外，並請注意下列事項：

　　(一)　訂有辦理或復文期限者，請在「主旨」內敘明。

　　(二)　承轉公文，請摘敘來文要點，不宜在「稿」內書：「照錄原文，敘至某處」字樣，來文過長仍請儘量摘敘，無法摘敘時，可照規定列為附件。

　　(三)　概括之期望語「請核示」、「請查照」、「請照辦」等，列入「主旨」，不在「辦法」段內重複；至具體詳細要求有所作為時，請列入「辦法」段內。

　　(四)「說明」、「辦法」分項標號條列時，每項表達一意。

　　(五)　文末首長簽署、敘稿時，為簡化起見，首長職銜之後可僅書「姓」，名字則以「○○」表示。

　　(六)　須以副本分行者，請在「副本」項下列明；如要求副本收受者作為時，則請在「說明」段內列明。

　　(七)　如有副件，請在「說明」段最後一項敘述附件名稱及份數。

肆　文書處理檔案管理手冊

簽之作法舉例：

（具有幕僚單位性質的機關首長對上級機關首長用）

簽　　於（機關或單位）

主旨：○○部為亞洲開發銀行請撥付亞洲蔬菜研究發展中心補助費新台幣○○○元，擬准動支本年度第二預備金，簽請核示。

說明：○○部函為○○銀行以亞洲開發銀行請自該行 B 帳戶我國繳付本國幣股本內支付亞洲蔬菜研究發展中心新台幣○○○元，業已先行墊付，上項亞洲蔬菜研究發展中心補助費，本年度未列預算，既由○○銀行墊付，請准在○○年度第二預備金下撥還歸墊。又本案事關涉外重要案件，特專案簽辦。

擬辦：擬准照○○部所請在本年度中央政府總預算第二預備金項下動支。

　　　敬陳

○○長

副○長

○○○(蓋職章) (日期)

伍　文書處理手冊

稿之作法舉例：

行政院　函

地　　址：台北市忠孝東路1段1號
聯絡方式：(承辦人、電話、傳真、e-mail)

○○○
○○市○○路○○號
受文者：○○○○

發文日期：中華民國○○年○○月○○日
發文字號：(○○)○○字第○○○○○號
速別：最速件
密等及解密條件或保密期限：
附件：

主旨：為杜絕流弊，節省公帑，各項營繕工程，應依法公開招標，
　　　並不得變更設計及追加預算，請轉知所屬機關學校照辦。
說明：
　一、依本院○○年○○月○○日第○○○會議決議辦理。
　二、據查目前各級機關學校對營繕工程仍有未按規定公開招標之
　　　情事，或施工期間變更原設計，以及一再請求追加預算，致
　　　生弊端，浪費公帑。
辦法：
　一、各級機關學校對營繕工程應依法公開招標，並按「機關營繕
　　　工程及購置定製變賣財務稽查條例」辦理。
　二、各單位之工程應將施工圖、設計圖、契約書、結構圖、會議
　　　紀錄等工程資料，報請上級單位審核，非經核准，不得變更
　　　原設計及追加預算。

正本：台灣省政府、福建省政府、各直轄市政府
副本：本院主計處、本院秘書處

院長　○○○

附錄一、相關法規彙編

一　公文程式條例

民國96年03月21日修正

第 1 條　稱公文者，謂處理公務之文書；其程式，除法律別有規定外，依本條例之規定辦理。

第 2 條　公文程式之類別如下：

一、令：公布法律、任免、獎懲官員，總統、軍事機關、部隊發布命令時用之。

二、呈：對總統有所呈請或報告時用之。

三、咨：總統與立法院、監察院公文往復時用之。

四、函：各機關間公文往復，或人民與機關間之申請與答復時用之。

五、公告：各機關對公眾有所宣布時用之。

六、其他公文。

前項各款之公文，必要時得以電報、電報交換、電傳文件、傳真或其他電子文件行之。

第 3 條　機關公文，視其性質，分別依照左列各款，蓋用印信或簽署：

一、蓋用機關印信，並由機關首長署名、蓋職章或蓋簽字章。

二、不蓋用機關印信，僅由機關首長署名，蓋職章或蓋簽字章。

三、僅蓋用機關印信。

機關公文依法應副署者，由副署人副署之。

　　機關內部單位處理公務，基於授權對外行文時，由該單位
主管署名、蓋職章；其效力與蓋用該機關印信之公文同。

　　機關公文蓋用印信或簽署及授權辦法，除總統府及五院自
行訂定外，由各機關依其實際業務自行擬訂，函請上級機
關核定之。

　　機關公文以電報、電報交換、電傳文件或其他電子文件行
之者，得不蓋用印信或簽署。

第 4 條　　機關首長出缺由代理人代理首長職務時，其機關公文應由
首長署名者，由代理人署名。

　　機關首長因故不能視事，由代理人代行首長職務時，其機
關公文，除署首長姓名註明不能視事事由外，應由代行人
附署職銜、姓名於後，並加註代行二字。

　　機關內部單位基於授權行文，得比照前二項之規定辦理。

第 5 條　　人民之申請函，應署名、蓋章，並註明性別、年齡、職業
及住址。

第 6 條　　公文應記明國曆年、月、日。

　　機關公文，應記明發文字號。

第 7 條　　公文得分段敘述，冠以數字，採由左而右之橫行格式。

第 8 條　　公文文字應簡淺明確，並加具標點符號。

第 9 條　　公文，除應分行者外，並得以副本抄送有關機關或人民；
收受副本者，應視副本之內容為適當之處理。

第10條　　公文之附屬文件為附件，附件在二種以上時，應冠以數字。

第11條　　公文在二頁以上時，應於騎縫處加蓋章戳。

第12條　　應保守秘密之公文，其制作、傳遞、保管，均應以密件處
理之。

第12-1條　機關公文以電報交換、電傳文件、傳真或其他電子文件行之者，其制作、傳遞、保管、防偽及保密辦法，由行政院統一訂定之。但各機關另有規定者，從其規定。

第13條　機關致送人民之公文，除法規另有規定外，依行政程序法有關送達之規定。

第14條　本條例自公布日施行。

本條例修正條文第7條施行日期，由行政院以命令定之。

二　印信條例

民國96年03月21日修正

第 1 條　印信之製發及使用，依本條例行之。

第 2 條　印信之種類如左：

一、國璽。　　二、印。　　　三、關防。

四、職章。　　五、圖記。

第 3 條　印信之質料及形式，規定如下：

一、質料：國璽用玉質；總統及五院之印用銀質；總統、副總統及五院院長職章，用牙質或銀質；其他之印、關防、職章均用銅質。但得適應當地情形，暫用木質或鋁質，並得以角質暫製職章；圖記用木質。

二、形式：國璽為正方形，國徽鈕；印、職章均為直柄式正方形；關防、圖記均為直柄式長方形。但牙質職章為立體式正方形。

前條第1款至第5款之印信字體，均用陽文篆字。

第 4 條　印信之尺度依附表之規定；附表所未規定者，比照相當機關印信之尺度。

第 5 條　　　國璽及總統之印暨職章，由立法院院長於總統就職時授與
　　　　　　之；副總統職章之授與，亦同。

第 6 條　　　中央及地方機關之印信，其首長為薦任以上者，由總統
　　　　　　府製發；為委任者，由其所屬主管部、會或省（市）縣
　　　　　　（市）政府依定式製發。

　　　　　　經總統府製發印或關防之機關首、次長，得製發職章，未
　　　　　　經總統府製發印或關防之特任、特派、簡任、簡派官員有
　　　　　　應用職章之必要者，得由總統府予以製發。但薦任以下
　　　　　　者，得分別由其所屬中央主管部、會或省（市）政府依定
　　　　　　式製發。

　　　　　　永久性機關發印，臨時性或特殊性機關發關防。

第 7 條　　　邊遠地方機關或職官，或不及呈請總統製發印信者，得暫
　　　　　　由直屬上級機關依定式製發，層報總統備案，並請補發。

第 8 條　　　軍事機關、學校、部隊其主官編階為將級者，由總統府製發
　　　　　　印或關防及職章；其主官編階為上校以下者，由國防部按軍
　　　　　　事權責劃分原則，決定其印或關防及職章之製發機關。

　　　　　　國防部及各高級司令部直屬第一層幕僚機構，經國防部視其
　　　　　　業務性質，有使用印信之必要者，得依前項之規定辦理。

　　　　　　依前二項規定，應由總統府製發之印或關防及職章，如因
　　　　　　特殊情形不及製發時，得由國防部依定式暫為製發，層報
　　　　　　總統備案，並請補發。

　　　　　　依前三項規定，由國防部逕行或暫為製發，或由其決定機
　　　　　　關所製發之印或關防及職章，其製發及使用規則，由國防
　　　　　　部擬訂，層呈總統核准施行。

第 9 條　　　文職簡任以上，武職將級之幕僚長，為辦理公務有使用職
　　　　　　章之必要時，得層請總統核准製發職章；其有對外行文之
　　　　　　必要者，並得呈請總統核准製發印或關防。

第 10 條　　各級地方民意機關印或關防之製發，適用同級政府機關印
　　　　　　信之規定；議長職章之製發亦同。

第 11 條　公立專科以上學校，及全國性之教育、文化事業機構印信，由總統府製發；國立中等學校印信，由教育部製發；省（市）立中等學校及教育、文化事業機關印信，由省（市）政府製發；國民學校及縣（市）鄉（鎮）立教育、文化事業機關印信，由縣（市）政府製發。

　　　　　私立專科以上學校，及全國性之教育、文化事業機構印信，由教育部製發，其餘私立學校及教育、文化事業機構印信，比照前項規定辦理。

　　　　　各級私立學校，及教育、文化事業機構印信之質料、形式及尺度，比照公立者辦理。

第 12 條　國營事業機構，其業務總主管人之職級，依其組織法所定相當於薦任以上並經總統任命者，由總統府製發印或關防及職章；依組織規程由主管院、部、會聘派者，由各該主管院、部、會製發關防及職章。

　　　　　省（市）縣（市）公營事業機構，由省（市）政府或縣（市）政府製發關防及職章。

　　　　　依公司法組織設立之公營事業機構，由其主管機關製發圖記，其質料、形式及尺度依本例之規定，分支機構之圖記，由其總機構自行製發，呈報備案。

第 13 條　蒙、藏地方特殊性質之機關或官職，必須製發印信者，得比照本條例之規定製發，或依向例辦理。

第 14 條　全國性人民團體圖記，由內政部製發；省（市）人民團體圖記，由省（市）政府社會行政機關製發；縣（市）鄉（鎮）人民團體圖記，由縣（市）政府製發。

　　　　　民營公司之圖記，由其自行製用，報請主管機關備案，其質料、形式及尺度，比照本條例規定辦理。

　　　　　私人事業機構印信，適用圖記，由其自行製用，報請主管機關備案，其質料、形式及尺度不予限制。

第 15 條　印信之使用規定如左：

一、國璽：中華民國之璽，蓋用於總統所發之各項外交文書；榮典之璽，蓋用於總統所發之各項褒獎書狀。

二、印及關防：印蓋用於永久性機關之公文；關防蓋用於臨時性或特殊性機關之公文。

三、職章：蓋用於呈文、簽呈各種證券、報表，及其他公務文件。

四、圖記：蓋用於公務業務，或各項證明文件上。

第 16 條　本條例施行前之原有印信，繼續使用。但與本條例規定不合者，應於一年內換發之。

印信之製發、啟用、管理、換發及廢、舊印信之繳銷辦法，以命令定之。

第 17 條　本條例自公布日施行。

三　印信製發啟用管理換發及廢舊印信繳銷辦法

民國93年10月13日修正

第 1 條　本辦法依印信條例第16款第2項之規定訂定之。

第 2 條　各機關、學校及事業機構需用印信時，應填具請製發印信申請表（格式如附件一），依照印信條例有關規定向製發機關申請製發，其有上級機關者，並應報由上級機關層轉，領取時亦同。

新成立之機關、學校及事業機構，其印信由各該主管機關依前項之規定辦理。

第 3 條　各級地方民意機關之印信，由各該同級政府依前條之規定申請之。

第 4 條　　　印信條例第6條第3項所稱之機關，其性質由製發機關依據各該組織法規
認定之。

第 5 條　　　各機關、學校及事業機構之印信啟用時，應銼去四角小柱，填具印信啟用
報備表（表內印模以墨色拓印，格式如附件二）並於啟用後一週內，依原申請製發程序，報請製發機關備查；其係同級政府代領者，由領用印信之機關，函送該同級政府層報。

第 6 條　　　各機關、學校及事業機構，對於印信管理事項，應指定專人辦理，其有所屬機關、學校及事業機構者，並應指定內部單位專責統一辦理。

各級地方民意機關印信及各級人民團體圖記之管理，準用前項規定。

第 7 條　　　印信蓋用時，管理人員應備置印信蓋用登記簿，對於已核定需蓋用印信之文件，應載明蓋用印信之收（發）文字號；至於不辦文稿之文件，如需蓋用印信時，應先由申請人填具「蓋用印信申請表」，其格式由各機關自訂，惟內容應包括申請人簽章、蓋用印信之文別、受文者、主旨　用途、份數及蓋用日期等項目，陳奉核定後，始予蓋用印信，並將申請表妥為保存，以備查考。

前項登記簿及蓋用印信申請表，於新舊任交代時，應隨同印信專案移交。

第 8 條　　　各機關、學校及事業機構基於業務需要，須將印信拓模或縮小製模套印於文件者，應經該機關首長核准，並依第5條之規定拓模二份向印信原製發機關報備。

製版及套印過程中，應指定專人監督；套印完畢後，底片、印版應予銷燬或指定單位或人員保管。

第 9 條　　　印信蓋用日久致印文模糊必須申請換發者，應拓具印模表，敘明製發及啟用日期，依第2條之規定申請換發。

第 10 條　　印信毀損或遺失申請補發者，應敘明該印信之質料、種類、等級、印文、製發及啟用日期、毀損或遺失之經過詳情及失職人員議處情形，依第2條之規定申請補發。

第 11 條　　依前二條換發及補發之印信，應於其所鐫刻製發之年月下加鐫換發或補發字樣，補發之印信，其印文篆法並應與原印信有所差異，以資識別。

第 12 條　　依印信條例第7條申請補發印信者，應將其暫為製發印信之啟用日期連同拓具之印模（啟用報備表格式同附件二）一併層報，領到補發印信後，應即停止使用，並依第13條之規定繳銷。

第 13 條　　各機關、學校及事業機構，因裁撤、歸併、變更名稱、或依第9條、第10條及第12條之規定換發、補發及繳銷印信時，應填具繳銷廢舊印信申報表（格式如附件三），並將原領印信左下方截去一角，其他部分不得毀損，洗刷潔淨，於繳銷廢舊印信申報表上拓具墨模後，連同封固之廢舊印信，依原申請製發程序，按左列規定遞繳原製發機關銷燬，不得自行銷燬。

　　　　　　一、因裁撤、歸併、變更名稱而繳銷，應於生效日起一個月內為之。但基於業務特殊需要，有暫時借用或留用原印信之必要，未能於前項規定之期限繳銷者，應說明具體理由，專案層請原製發機關核准。

　　　　　　二、因依第9條、第12條之規定換發補發而繳銷，應於新印信啟用後，隨即為之。

　　　　　　三、因依第10條遺失後尋獲而繳銷，應於尋獲後，隨即為之。

第 14 條　　各製發機關對於本辦法所規定之事項，得另定辦法，其與本辦法不牴觸者，從其規定。

第 15 條　　本辦法自發布日施行。

四　國家機密保護法

民國92年02月06日公布

第一章　總則

第 1 條　為建立國家機密保護制度，確保國家安全及利益，特制定本法。

第 2 條　本法所稱國家機密，指為確保國家安全或利益而有保密之必要，對政府機

關持有或保管之資訊，經依本法核定機密等級者。

第 3 條　本法所稱機關，指中央與地方各級機關及其所屬機構暨依法令或受委託辦

理公務之民間團體或個人。

第 4 條　國家機密等級區分如下：

一、絕對機密　適用於洩漏後足以使國家安全或利益遭受非常重大損害之事項。

二、極機密　適用於洩漏後足以使國家安全或利益遭受重大損害之事項。

三、機密　適用於洩漏後足以使國家安全或利益遭受損害之事項。

第 5 條　國家機密之核定，應於必要之最小範圍內為之。

核定國家機密，不得基於下列目的為之：

一、為隱瞞違法或行政疏失。

二、為限制或妨礙事業之公平競爭。

三、為掩飾特定之自然人、法人、團體或機關（構）之不名譽行為。

四、為拒絕或遲延提供應公開之政府資訊。

第 6 條　　　各機關之人員於其職掌或業務範圍內，有應屬國家機密之事項時，應按其

機密程度擬訂等級，先行採取保密措施，並即報請核定；有核定權責人員，應於接獲報請後三十日內核定之。

第二章　國家機密之核定與變更

第 7 條　　　國家機密之核定權責如下：

一、絕對機密由下列人員親自核定：

(一)總統、行政院院長或經其授權之部會級首長。

(二)戰時，編階中將以上各級部隊主官或主管及部長授權之相關人員。

二、極機密由下列人員親自核定：

(一)前款所列之人員或經其授權之主管人員。

(二)立法院、司法院、考試院及監察院院長。

(三)國家安全會議秘書長、國家安全局局長。

(四)國防部部長、外交部部長、行政院大陸委員會主任委員或經其授權 之主管人員。

(五)戰時，編階少將以上各級部隊主官或主管及部長授權之相關人員。

三、機密由下列人員親自核定：

(一)前二款所列之人員或經其授權之主管人員。

(二)中央各院之部會及同等級之行、處、局、署等機關首長。

(三)駐外機關首長；無駐外機關首長者，經其上級機關授權之主管人員 。

(四)戰時，編階中校以上各級部隊主官或主管及部長授權之相關人員。

前項人員因故不能執行職務時，由其職務代理人代行核定之。

第 8 條　　　國家機密之核定，應注意其相關之準備文件、草稿等資料有無一併核定之必要。

第 9 條　　　國家機密事項涉及其他機關業務者，於核定前應會商該其他機關。

第 10 條　　國家機密等級核定後，原核定機關或其上級機關有核定權責人員得依職權或依申請，就實際狀況適時註銷、解除機密或變更其等級，並通知有關機關。

　　　　　　個人或團體依前項規定申請者，以其所爭取之權利或法律上利益因國家機密之核定而受損害或有損害之虞為限。

　　　　　　依第1項規定申請而被駁回者，得依法提起行政救濟。

第 11 條　　核定國家機密等級時，應併予核定其保密期限或解除機密之條件。

　　　　　　前項保密期限之核定，於絕對機密，不得逾三十年；於極機密，不得逾二十年；於機密，不得逾十年。其期限自核定之日起算。

　　　　　　國家機密依前條變更機密等級者，其保密期限仍自原核定日起算。

　　　　　　國家機密核定解除機密之條件而未核定保密期限者，其解除機密之條件逾第2項最長期限未成就時，視為於期限屆滿時已成就。

　　　　　　保密期限或解除機密之條件有延長或變更之必要時，應由原核定機關報請其上級機關有核定權責人員為之。延長之期限不得逾原核定期限，並以二次為限。國家機密至遲應於三十年內開放應用，其有特殊情形者，得經立法院同意延長其開放應用期限。

　　　　　　前項之延長或變更，應通知有關機關。

第 12 條　　涉及國家安全情報來源或管道之國家機密，應永久保密，不適用前條及檔案法第22條之規定。

　　　　　　前項國家機密之核定權責，依第7條之規定。

第三章　國家機密之維護

第 13 條　國家機密經核定後，應即明確標示其等級及保密期限或解除機密之條件。

第 14 條　國家機密之知悉、持有或使用，除辦理該機密事項業務者外，以經原核定機關或其上級機關有核定權責人員以書面授權或核准者為限。

第 15 條　國家機密之收發、傳遞、使用、持有、保管、複製及移交，應依其等級分別管制；遇有緊急情形或洩密時，應即報告機關長官，妥適處理並採取必要之保護措施。

國家機密經解除機密後始得依法銷毀。

絕對機密不得複製。

第 16 條　國家機密因戰爭、暴動或事變之緊急情形，非予銷毀無法保護時，得由保管機關首長或其授權人員銷毀後，向上級機關陳報。

第 17 條　不同等級之國家機密合併使用或處理時，以其中最高之等級為機密等級。

第 18 條　國家機密之複製物，應照原件之等級及保密期限或解除機密之條件加以註明，並標明複製物字樣及編號；其原件應標明複製物件數及存置處所。

前項複製物應視同原件，依本法規定保護之。

複製物無繼續使用之必要時，應即銷毀之。

第 19 條　國家機密之資料及檔案，其存置場所或區域，得禁止或限制人員或物品進出，並為其他必要之管制措施。

第 20 條　各機關對國家機密之維護應隨時或定期查核，並應指派專責人員辦理國家機密之維護事項。

第 21 條　其他機關需使用國家機密者，應經原核定機關同意。

第 22 條　立法院依法行使職權涉及國家機密者，非經解除機密，不得提供或答復。

但其以秘密會議或不公開方式行之者，得於指定場所依規定提供閱覽或答復。

前項閱覽及答復辦法，由立法院訂之。

第 23 條　依前二條或其他法律規定提供、答復或陳述國家機密時，應先敘明機密等級及應行保密之範圍。

第 24 條　各機關對其他機關或人員所提供、答復或陳述之國家機密，以辦理該機密人員為限，得知悉、持有或使用，並應按該國家機密核定等級處理及保密。

監察院、各級法院、公務員懲戒委員會、檢察機關、軍法機關辦理案件，對其他機關或人員所提供、答復或陳述之國家機密，應另訂保密作業辦法；其辦法，由監察院、司法院、法務部及國防部於本法公布六個月內分別依本法訂之。

第 25 條　法院、檢察機關受理之案件涉及國家機密時，其程序不公開之。

法官、檢察官於辦理前項案件時，如認對質或詰問有洩漏國家機密之虞者，得依職權或聲請拒絕或限制之。

第 26 條　下列人員出境，應經其（原）服務機關或委託機關首長或其授權之人核准：

一、國家機密核定人員。

二、辦理國家機密事項業務人員。

三、前二款退、離職或移交國家機密未滿三年之人員。

前項第3款之期間，國家機密核定機關得視情形縮短或延長之。

第四章　國家機密之解除

第 27 條　國家機密於核定之保密期限屆滿時,自動解除機密。

解除機密之條件逾保密期限未成就者,視為於期限屆滿時已成就,亦自動解除機密。

第 28 條　國家機密核定之解除條件成就者,除前條第2項規定外,由原核定機關或其上級機關有核定權責人員核定後解除機密。

第 29 條　國家機密於保密期限屆滿前或解除機密之條件成就前,已無保密之必要者,原核定機關或其上級機關有核定權責人員應即為解除機密之核定。

第 30 條　前二條情形,如國家機密事項涉及其他機關業務者,於解除機密之核定前,應會商該他機關。

第 31 條　國家機密解除後,原核定機關應將解除之意旨公告,並應通知有關機關。

前項情形,原核定機關及有關機關應在國家機密之原件或複製物上為解除機密之標示或為必要之解密措施。

第五章　罰則

第 32 條　洩漏或交付經依本法核定之國家機密者,處一年以上七年以下有期徒刑。

因過失犯前項之罪者,處二年以下有期徒刑、拘役或科或併科新臺幣二十萬元以下罰金。

第1項之未遂犯罰之。

第 33 條　洩漏或交付依第6條規定報請核定國家機密之事項者,處五年以下有期徒刑。

因過失犯前項之罪者,處一年以下有期徒刑、拘役或科或併科新臺幣十萬元以下罰金。

第1項之未遂犯罰之。

第 34 條　刺探或收集經依本法核定之國家機密者，處五年以下有期徒刑。

刺探或收集依第6條規定報請核定國家機密之事項者，處三年以下有期徒刑。

前二項之未遂犯罰之。

第 35 條　毀棄、損壞或隱匿經依本法核定之國家機密，或致令不堪用者，處五年以下有期徒刑，得併科新臺幣三十萬元以下罰金。

因過失毀棄、損壞或遺失經依本法核定之國家機密者，處一年以下有期徒刑、拘役或新臺幣十萬元以下罰金。

第 36 條　違反第26條第1項規定未經核准而擅自出境或逾越核准地區者，處二年以下有期徒刑、拘役或科或併科新臺幣二十萬元以下罰金。

第 37 條　犯本章之罪，其他法律有較重處罰之規定者，從其規定。

第 38 條　公務員違反本法規定者，應按其情節輕重，依法予以懲戒或懲處。

第六章　附則

第 39 條　本法施行前，依其他法令核定之國家機密，應於本法施行後二年內，依本法重新核定，其保密期限溯自原先核定之日起算；屆滿二年尚未重新核定者，自屆滿之日起，視為解除機密，依第31條規定辦理。

第 40 條　本法施行細則，由行政院定之。

第 41 條　本法施行日期，由行政院定之。

五　國家機密保護法施行細則

民國92年09月26日發布

第 1 條　　本細則依國家機密保護法（以下簡稱本法）第40條規定訂
　　　　　　定之。

第 2 條　　本法所定國家機密之範圍如下：

一、軍事計畫、武器系統或軍事行動。

二、外國政府之國防、政治或經濟資訊。

三、情報組織及其活動。

四、政府通信、資訊之保密技術、設備或設施。

五、外交或大陸事務。

六、科技或經濟事務。

七、其他為確保國家安全或利益而有保密之必要者。

第 3 條　　本法第2條所稱資訊，指政府機關於職權範圍內作成或取得
　　　　　　而存在於文書、圖畫、照片、磁碟、磁帶、光碟片、微縮
　　　　　　片、積體電路晶片等媒介物及其他得以讀、看、聽或以技
　　　　　　術、輔助方法理解之任何紀錄內之訊息。

第 4 條　　本法第3條所稱機構，指實（試）驗、研究、文教、醫療、
　　　　　　軍事及特種基金管理等機構。

第 5 條　　本法第4條第1款所稱非常重大損害，指有下列各款情形之一：

一、造成他國或其他武裝勢力，以戰爭、軍事力量或武裝
　　行為敵對我國。

二、使軍事作戰遭受全面挫敗。

三、造成全國性之暴動。

四、中斷我國與邦交國之外交關係或重要友好國家之實質
　　關係。

五、喪失我國在重要國際組織會籍。

六、其他造成戰爭、內亂、外交或實質關係重大變故，或
　　危害國家生存之情形。

第 6 條　本法第4條第2款所稱重大損害，指有下列各款情形之一：

一、中斷或破壞我國與他國軍事交流、軍事合作或軍事協
　　定之推展。

二、使單一軍（兵）種或作戰區聯合作戰遭受挫敗。

三、危害從事或協助從事情報工作人員之身家安全，或中
　　斷、破壞情報組織之運作。

四、使政府通信、資訊之保密技術、設備、設施遭受破解
　　或破壞。

五、中斷或破壞與大陸地區、香港或澳門之協議或談判。

六、嚴重不利影響我國與邦交國之外交關係或友好國家之
　　實質關係。

七、破壞我國在重要國際組織享有之會員地位或重大權益。

八、破壞洽談中之建交案、條約案、協定案或加入國際組
　　織案。

九、中斷或破壞我國與他國經貿之諮商、協議、談判或合
　　作事項。

十、其他使國家安全或利益相關政務發展產生嚴重影響之
　　情形。

第 7 條　本法第4條第3款所稱損害,指有下列各款情形之一:

一、有利他國或減損我國情報蒐集、研析、處理或運用。

二、減損整體國防武力,或破壞建軍備戰工作推展。

三、使作戰部隊、重要軍事設施或主要武器裝備之安全遭受損害。

四、不利影響與大陸地區、香港或澳門之交流活動。

五、不利影響與邦交國之外交關係或友好國家之實質關係。

六、妨礙洽談中之建交案、條約案、協定案、諮商案、合作案或加入國際組織案。

七、其他使國家安全或利益相關政務發展產生影響之情形。

第 8 條　本法第6條所定先行採取保密措施,應由擬訂機密等級人員自擬訂時起,採取本法第13條至第26條規定之保密措施。

本法第6條所定有核定權責人員,於接獲報請核定三十日內未核定者,原採取保密措施之事項應即解除保密措施,依一般非機密事項處理。

第 9 條　國家機密原核定機關因組織裁併或職掌調整,致該國家機密事項非其管轄者,相關保護作業由承受其業務之機關辦理;無承受業務機關者,由原核定機關之上級機關或主管機關為之。

第 10 條　本法第7條第1項第1款第2目、第2款第5目及第3款第4目所定部長,為國防部長。

本法第7條第1項第2款第1目、第4目及第3款第1目、第3目所定主管人員,為本機關所屬幕僚主管、機關首長及編階中將以上之部隊主官。

本法第7條第1項第3款第3目所定駐外機關,包括駐外使領館、代表處(團)、辦事處;所定駐外機關首長,為政府派駐該國(地)之最高代表。

本法第7條第1項規定之授權，應以書面為之；其被授權對象、範圍及期間，以必要之最小程度為限，且被授權對象不得再為授權。

第 11 條　國家機密之核定，應留存書面或電磁紀錄。

第 12 條　本法第8條所定國家機密相關之準備文件、草稿等資料，應依其內容分別核定不同機密等級。但與國家機密事項有合併使用或處理之必要者，應核定為同一機密等級。

第 13 條　國家機密或其解除之核定，依本法第9條或第30條規定應於核定前會商其他機關者，其會商程序及內容，均應作成書面紀錄附卷。

前項會商，就應否核定、核定等級及應否解密等事項發生爭議時，由共同上級機關決定；無共同上級機關時，由各該上級機關協議定之。

第 14 條　本法第10條第1項所定國家機密等級之變更，由原機密等級與擬變更機密等級二者中較高機密等級之有核定權責人員核定。

依本法第10條第1項規定申請變更機密等級者，應向原核定機關為之。

依本法第10條第1項規定申請解除國家機密或變更其等級者，有核定權責人員應於接獲申請後三十日內核定；戰時，於十日內核定之。

本法第10條第1項所定註銷、解除國家機密或變更其等級之作業程序，應按異動前後較高之機密等級先行採取保密措施。

第 15 條　依本法第11條第5項後段規定送請立法院同意延長國家機密開放應用期限者，應於期限屆滿六個月前送達立法院。立法院於期限屆滿時仍未為同意之決議者，該國家機密應即解除。

第 16 條　　本法第12條第1項所稱涉及國家安全情報來源或管道之國家機密，指從事或協助從事國家安全情報工作之組織或人員，及足資辨別從事或協助從事國家安全情報工作之組織或人員之相關資訊。

第 17 條　　本法第13條所定國家機密等級之標示，其位置如下：

一、直書單頁或活頁文書、照相底片及所製成之照片，於每張左上角標示；加裝封面或封套時，並於封面或封套左上角標示。

二、橫書活頁文書，於每頁頂端標示；裝訂成冊時，應於封面外頁及封底外面上端標示。

三、錄音片（帶）、影片（帶）或其他電磁紀錄片（帶），於本片（帶）及封套標題下或其他易於識別之處標示，並於播放或放映開始及終結時，聲明其機密等級。

四、地圖、照相圖或圖表，於每張正反面下端標示。

五、物品，於明顯處或另加卡片標示。但有保管安全之虞者，得另擇定適當位置標示。

機密資料含有外國文字，而以外國文字標示機密等級者，須加註中文譯名標示。

本法第13條所定國家機密保密期限或解除機密條件之標示，應以括弧標示於機密等級之下。

國家機密之變更或解除，應於變更或解除生效後，將該國家機密原有機密等級、保密期限或解除機密之條件以雙線劃除，並於左右兩側或其他明顯之處，註記下列各款事項：

一、解除機密或變更後之新機密等級、保密期限及解除機密之條件。

二、生效日期。

三、核准之機關名稱及文號。

四、登記人姓名及所屬機關名稱。

國家機密複製物之標示，應與原件相同。

第 18 條　國家機密送達受文機關時，收發人員應依內封套記載情形登記，並依下列規定處理：

一、受文者為機關或機關首長者，送機關首長或其指定人員啟封。

二、受文者為其他人員者，逕送各該人員本人啟封。

第 19 條　國家機密之收發處理，以專設文簿或電子檔登記為原則，並加註機密等級。如採混合方式，登註資料不得顯示國家機密之名稱或內容。

第 20 條　擬辦國家機密事項，須與機關內有關單位會辦時，其會辦程序及內容，應作成書面紀錄附卷。

第 21 條　國家機密之傳遞方式如下：

一、在機關內相互傳遞，屬於絕對機密及極機密者，由承辦人員親自持送。

二、在機關外傳遞，屬於絕對機密或極機密者，由承辦人員或指定人員傳遞，必要時得派武裝人員或便衣人員護送。屬於機密者，由承辦人員或指定人員傳遞，或以外交郵袋或雙掛號函件傳遞。

依前項第2款規定，由承辦人員或指定人員傳遞者，事先應作緊急情形之銷毀準備。國家機密非由承辦人員親自持送傳遞者，應密封交遞。

以電子通信工具傳遞國家機密者，應以加裝政府權責主管機關核發或認可之通信、資訊保密裝備或加密技術傳遞。

第 22 條　國家機密文書用印，由承辦人員親自持往辦理。監印人憑主管簽署用印，不得閱覽其內容。

第 23 條　國家機密之封發方式如下：

一、「絕對機密」及「極機密」之封發，由承辦人員監督辦理。

二、國家機密應封裝於雙封套內，內封套左上角加蓋機密等級，並加密封，外封套應有適當厚度，內、外封套均註明收（發）文地址、收（發）文者及發文字號。但外封套不得標示機密等級或其他足以顯示內容之註記。

三、體積及數量龐大之機密物品，不能以前款方式封裝者，應作適當之掩護措施。

第 24 條　依本法第16款規定銷毀國家機密者，應於緊急情形終結後七日內，將銷毀之國家機密名稱、數量與銷毀之時間、地點、方式及銷毀人姓名等資料以書面陳報上級機關；銷毀機關非該國家機密核定機關者，並應同時以書面通知核定機關。

前項所稱上級機關，於直轄市政府，為行政院；於縣（市）政府，為中央各該主管機關；於鄉（鎮、市）公所，為縣政府。

第1項銷毀之國家機密，其屬檔案法規定之檔案者，應即通知檔案中央主管機關。

第 25 條　本法第18條所定國家機密之複製物，其複製，應先經原核定機關或其上級機關有核定權責人員以書面授權或核准。

第 26 條　國家機密必須印刷或以其他方法複製時，應派員監督製作。印製時使用之模具、底稿或其他物品及產生之半成品、廢棄品等，內含足資辨識國家機密資訊者，印製完成後應即銷毀，不能即時銷毀時，應視同複製物，依本法第18條規定保護之。

依本法第18條第3項規定銷毀複製物，不經解密程序。但應以書面紀錄附於國家機密原件。

第 27 條　會議議事範圍涉及國家機密者，應事先核定機密等級，並由主席或指定人員在會議開始及終結時口頭宣布。

前項機密會議，未經主席或該國家機密核定人員許可，不得抄錄、攝影、錄音及以其他方式保存會議內容或對外傳輸現場影音；其經許可所為之產製物，為國家機密原件，應與會議核列同一機密等級。

第1項機密會議之議場，得禁止或限制人員、物品進出，並為其他必要之管制措施。絕對機密及極機密會議議場，應於周圍適當地區，佈置人員擔任警衛任務。

第 28 條　國家機密之保管方式如下：

一、國家機密應保管於辦公處所；其有攜離必要者，須經機關首長或其授權之主管人員核准。

二、國家機密檔案應與非國家機密檔案隔離，依機密等級分別保管。

三、國家機密應存放於保險箱或其他具安全防護功能之金屬箱櫃，並裝置密鎖。

四、國家機密為電子資料檔案者，應以儲存於磁（光）碟帶、片方式，依前三款規定保管；其直接儲存於資訊系統者，須將資料以政府權責主管機關認可之加密技術處理，該資訊系統並不得與外界連線。

第 29 條　保管國家機密人員調離職務時，應將所保管之國家機密，逐項列冊點交機關首長指定之人員或檔案管理單位主管。

第 30 條　原核定機關依本法第21條規定為使用國家機密之同意或不同意，應以書面為之，並註明同意使用之內容、範圍、目的或不同意之理由。

原核定機關於有下列情形之一時，得不同意：

一、有具體理由足以說明須使用國家機密之機關使用後，將使國家安全或利益遭受損害。

二、須使用國家機密之機關無法提出具體理由，說明其使用必要性。

三、須使用國家機密之機關得以其他方式達到相同之目的。

第 31 條　本法第24條第2項所定軍法機關，包括各級軍事法院及軍事檢察署。

本法第25條第1項所定法院、檢察機關，包括各級軍事法院、軍事檢察署；第2項所定法官、檢察官，包括軍事審判官、軍事檢察官。

第 32 條　本法第26條第1項各款所定人員，包括於本法施行前，依其他法令核定或辦理國家機密事項業務，且該國家機密已依本法第39條規定重新核定者。

本法第26條第1項各款所定人員出境，應於出境二十日前檢具出境行程、所到國家或地區、從事活動及會晤之人員等書面資料，向（原）服務機關或委託機關提出申請，由該機關審酌申請人之涉密、守密程度等相關事由後據以准駁，並將審核結果於申請人提出申請後十日內以書面通知之。但申請人為機關首長，或現任職原服務機關或委託機關之上級機關者，其申請應向上級機關提出，並由該上級機關首長或其授權人員予以准駁。

依本法第26條第1項規定應經核准始得出境之人員，其

（原）服務機關或委託機關應於本法施行後三個月內，繕具名冊及管制期間送交入出境管理機關，並通知當事人；有異動時，並應於異動後七日內，通知入出境管理機關及當事人。但機關另有出境管制規定者，依其規定。

第 33 條　國家機密依本法第27條規定自動解除者，無須經原核定機關或其上級機關之核定或通知，該機密即自動解除。

前項情形，原核定機關得將解除之意旨公告。

第 34 條　依本法第28條或本法第29條規定解除國家機密者，有核定權責人員應於接獲報請後十日內核定之。

第 35 條　第33條第2項及本法第31條第1項所定公告，得登載於政府公報、新聞紙、機關網站或以其他公眾得以周知之方式為之。

第 36 條　本細則自本法施行之日施行。

六　機關公文傳真作業辦法

民國82年04月07日訂定發布

第 1 條　本辦法依公文程式條例第12-1條訂定之。

第 2 條　機關公文傳真作業，除法律另有規定外，依本辦法之規定。但總統府及立法、司法、考試、監察四院另有規定者，從其規定。

本辦法之規定，於公營事業機構及公立學校適用之。

第 3 條　本辦法所稱傳真，係指送方將文件資料，以電話等通訊設備，透過電信網路傳輸，受方於其通訊設備上，即可收受該文件資料影印本之傳達方式。

第 4 條　　各機關應指定單位或指派適當人員，負責辦理公文傳真作業。

第 5 條　　傳真之公文，以公文程式條例第2條第1項第4款及第6款所定之公文為限。但左列公文，非經核准不得傳真：

一、機密性公文。

二、受文者為人民、法人或非法人團體之公文。

三、附件為大宗文卷、書籍的照（圖）片，或超過八開以上圖表之公文。

四、其他因傳真可能影響正確性之公文。

第 6 條　　各機關對於內容涉及重要事項，須迅予處理之公文，得以先行傳真，事後應即補送原件之方式處理，並於文面註明。

第 7 條　　承辦人員對於擬傳真之公文，應於公文原稿適當位置註明；並依規定程序鑒核、繕校、鑒用印信或簽署及編號後始得傳真。

第 8 條　　公文傳真應以原件為之；如係影印本，應經核准，其附件亦同。

第 9 條　　公文傳真作業發文程序如左：

一、登錄傳真公文登記表（簿），記載受文者、發文字號、案由、傳送日期、時間、頁數及承辦單位（人員）等。

二、加蓋傳真作業辦理人員名章，於公文末頁適當位置。

三、撥通受方傳真電話，確認接收者身分後，開始傳真。

四、傳畢再通話對照傳真頁數無誤，文面加蓋傳真文件戳，附原稿歸檔。

第10條　受文單位傳真作業辦理人員收到傳真公文時，應於文面加蓋機關全銜之傳真收文章，註明頁數及加蓋騎縫章，並按收文程序辦理。

前項傳真公文，如有頁數不全或其他有關問題，傳真作業辦理人員應通知發文單位補正。

第11條　各機關收受傳真公文用紙之質料及規格，均應照規定標準使用。

第12條　各機關因處理傳真公文需要之章戳，得自行刻用之。

第13條　各機關為配合實際業務需要，得依本辦法及有關規定，訂定公文傳真作業要點。

第14條　傳真公文之保管、保密及其他未盡事宜，依事務管理規則及其手冊等有關規定辦理。

第15條　本辦法自發布日施行。

七　機關公文電子交換作業辦法

民國99年05月11日修正發布

第 1 條　本辦法依公文程式條例第12條之一訂定之。

第 2 條　機關公文電子交換作業，依本辦法之規定。但總統府及立法、司法、考試、監察四院另有規定者，從其規定。

第 3 條　本辦法所稱電子交換，係指將文件資料透過電腦及電信網路，予以傳遞收受者。

第 4 條　各機關對於適合電子交換之機關公文，於設備、人員能配合時，應以電子交換行之。

第 5 條　　　機關公文以電子交換行之者，得不蓋用印信或簽署，並得採由左而右之橫行格式製作。

第 6 條　　　各機關應由文書單位負責辦理機關公文電子交換作業。但依公文性質、行文對象及時效，有適當控管程序者，不在此限。

第 7 條　　　機關公文電子交換作業發文處理程序及應注意事項如下：

一、公文於電子交換前應列印全文，並校對無誤後做為抄件。

二、發文作業人員應輸入識別碼、通行碼或其他識別方式，於電腦系統確認相符後，始可進行發文作業。

三、檢視電腦系統已發送之訊息。

四、行文單位兼有電子交換及非電子交換者，應列示其清單，以資識別。

五、電子交換後，得於公文原稿加蓋「已電子交換」戳記，並將抄件併同原稿退件或歸檔。

六、透過電子交換之公文，至遲應於次日在電腦系統檢視發送結果，並為必要之處理。

發文機關得視需要，將所傳遞公文及發送紀錄予以存證。

第1項第五款之章戳，由各機關自行刊刻。

第 8 條　　　機關公文電子交換作業收文處理程序及應注意事項如下：

一、收文作業人員應輸入識別碼、通行碼或其他識別方式，於電腦系統確認相符後，即時或定時進行收文作業。

二、列印收受之公文，同時由收文方之電腦系統加印頁碼及騎縫標識，並得由收文方標明電子公文，按收文處理作業程序辦理。

三、來文誤送或疏漏者，通知原發文機關另為處理。

第 9 條　機關公文電子交換之收、發文程序，應採電子認證方式處理，並得視需要增加其他安全管制措施。

第10條　機關公文電子交換之管理事項，由行政院指定機關辦理。

第11條　各機關辦理機關公文電子交換事宜，其電腦化作業應依行政院訂頒之相關規定行之。

第12條　各機關為配合實際業務需要，得依本辦法及有關規定，自行訂定機關公文電子交換作業要點。

第13條　受文者為人民之機關公文，以電子交換行之者，得不適用第6條至第8條之規定，由各機關依其業務需要另定之。

第14條　本辦法之規定，於公營事業機構及公立學校準用之。

第15條　本辦法自發布日施行。

八　文書處理手冊

民國104年07月29日修正公布

一、本手冊所稱文書，指處理公務或與公務有關，不論其形式或性質如何之一切資料。凡機關與機關或機關與人民往來之公文書，機關內部通行之文書，以及公文以外之文書而與公務有關者，均包括在內。

二、文書製作應採由左至右之橫行格式。

三、檢察機關之起訴書、行政機關之訴願決定書、外交機關之對外文書、僑務機關與海外僑胞、僑團間往來之文書、軍事機關部隊有關作戰及情報所需之特定文書或其他適用特定業務性質之文書等，除法律別有規定者外，均得依據需要自行規定其文書之格式，並應遵守由左至右之橫行格式原則。

四、本手冊所稱文書處理，指文書自收文或交辦起至發文、歸檔止之全部流程，分為下列步驟：

(一) 收文處理：簽收、拆驗、分文、編號、登錄、傳遞。

(二) 文件簽辦：擬辦、送會、陳核、核定。

(三) 文稿擬判：擬稿、會稿、核稿、判行。

(四) 發文處理：繕印、校對、蓋印及簽署、編號、登錄、封發、送達。

(五) 歸檔處理：依檔案法及其相關規定辦理。

關於文書之簡化、保密、流程管理、文書用具及處理標準等事項，均依本手冊之規定為之。

五、機關公文以電子交換行之者，其交換機制、電子認證及中文碼傳送原則等，依機關公文電子交換作業辦法及「文書及檔案管理電腦化作業規範」辦理。

六、機關公文以電子文件處理者，其資訊安全管理措施，應依「行政院及所屬各機關資訊安全管理要點」、「行政院及所屬各機關資訊安全管理規範」及「公文電子交換系統資訊安全管理規範」等安全規範辦理。各機關如有其他特殊需求，得依需要自行訂定相關規範。

七、機關對人民、法人或其他非法人團體之文書以電子交換行之者，應依機關公文傳真作業辦法及機關公文電子交換作業辦法辦理。

八、機關公文得採線上簽核，將公文之處理以電子方式在安全之網路作業環境下，採用電子認證、權限控管或其他安全管制措施，並在確保電子文件之可認證性下，進行線上傳遞、簽核工作。各機關實施公文線上簽核採電子認證者，應依「文書及檔案管理電腦化作業規範」辦理。

九、各機關之文書處理電子化作業，應與檔案管理結合，並依行政院訂
　　定之相關規定辦理；對適合電子交換之公文，應以電子交換行之。

十、文書除稿本外，必要時得視其性質及適用範圍，區分為正本、副
　　本、抄本（件）、影印本或譯本。正本及副本，均用規定公文紙繕
　　印，蓋用印信或章戳；以電子文件行之者，得不蓋用印信或章戳，
　　並應附加電子簽章。抄本（件）及譯本，無須加蓋印信或章戳。抄
　　本（件）、影印本及譯本，其文面應分別標示「抄本（件）」、
　　「影印本」及「譯本」。

十一、各機關為實施分層負責，逐級授權，依中央行政機關組織基準法
　　　第8條第2項規定，得就授權範圍訂定分層負責明細表。

十二、各層決定之案件，其對外行文所用名義，應分別規定。凡性質以
　　　用本機關為宜者，雖可授權第2層或第3層決定，仍以機關名義行
　　　文。凡性質以用單位名義為宜者，可由單位主管逕行決定，並以
　　　該單位名義行文。

十三、依分層負責之規定處理文書，如遇特別案件，必須為緊急之處理
　　　時，次一層主管得依其職掌，先行處理，再補陳核判。

十四、第2層、第3層直接處理之案件，必要時得敘明「來（受）文機
　　　關」、「案由」及「處理情形」、「發文日期字號」等，定期列
　　　表陳報首長核閱。下級機關被授權處理之案件，亦得比照辦理。

九　行政機關公文製作表解

基本要求：簡淺明確

1.正確	2.清晰
3.簡明	4.迅速
5.整潔	6.一致
7.完整	

1　公文類別與結構

(一)公文類別

1.令：
  (1)公布法律、發布法規命令、解釋性規定與裁量基準之行政規則：可不分段
  (2)發布法規命令及人事命令：格式由人事主管機關訂定
  (3)蓋用機關印信

2.呈：限對 總統使用

3.咨：總統與立法院、監察院間使用

4.函：
  (1)上級機關對下級機關
  (2)下級機關對上級機關
  (3)同級或不隸屬機關
  (4)民眾與機關間

5.公告：
  (1)向公眾或特別對象宣布
  (2)張貼公布欄（蓋機關印信）
  (3)利用報刊等傳播
  (4)得用表格處理
  (5)登報公告免署職稱姓名

6.其他公文：書函、開會（會勘）通知單、公務電話紀錄、手令或手諭、簽、報告、箋函或便箋、聘書、證明書、證書或執照、契約書、提案、紀錄、節略、說帖、定型化表單

(二)公文結構：

1.主旨：
  (1)全文精要說明目的與期望
  (2)力求具體扼要
  (3)不分段一項完成
  (4)能用主旨1段完成的勿分割為2段、3段
  (5)定有辦理或復文期限的須敘明

2.說明：
  (1)敘述事實來源經過或理由勿重複期望語（如請核示、請查照等）
  (2)只摘述來文要點
  (3)提出處理方法分析（簽）
  (4)視內容改稱「經過」「原因」
  (5)公告用改為「依據」指出法條或機關名稱
  (6)須列明副本收受者的作為、附件名稱份數

3.辦法：
  (1)提出具體要求或處理意見勿重複期望語
  (2)視內容改稱「建議」、「請求」、「擬辦」、「公告事項」、「核示事項」
  (3)公告改為或「說明」
  (4)3段式內容截然劃分避免重複

(三)注意事項：一文、一事、一項、一意、條列、次序：採一字（符號）一碼為原則

2　公文用語與用字

(一)稱謂用：
1.上級對下級：稱「貴」
2.下級對上級：稱「鈞」「鈞長」「大」（無隸屬）
3.機關或首長對屬員：稱「臺端」
4.間接對機關團體：稱「全銜」或「簡銜」必要時稱「該」
5.間接對機關職員：稱「職稱」
6.機關對人民：稱「先生」「女士」或通稱「臺端」「君」
7.平行：稱「貴」
8.自稱：稱「本」
9.行文數機關或單位時，如於文內同時提及：通稱「貴機關」或「貴單位」
(二)期望用：視需要酌用
「希」
「請」
「查照」
「照辦」
「辦理見復」
「核示」、「鑒核」
「請轉行照辦」
「轉行」、「轉告」

(三)統一用字（語）：
公布
身分
占有
徵稅
帳目
牴觸
計畫、策劃
雇員、僱用
聲請（對法院）、申請（對機關）
關於
紀錄、記錄
領事館
蒐集
儘量
貫徹、澈底
設機關、置人員
第98條、第100條、第118條制定（法律）、訂定（命令）
(四)注意事項：
1.使用標點符號
2.避免艱深費解無意義模稜兩可
3.肯定堅定互相尊重
4.阿拉伯字註明承辦月日時分
5.法條條文序數不用大寫
6.司法審判文書另訂實施

公文改革目的

發揮溝通意見功能
普遍提高行政效率

十　現行各機關行文系統

(一)中央機關

總統——行政、司法、考試三院	令——呈
總統——立法、監察二院	咨——咨
行政院——所屬各部會局處署及省、市政府	下行函——上行函
行政院——市議會	下行函——上行函
五院——非本院之各部會	平行函——平行函
各部會——各省、市政府、市議會（諮議會）	平行函——平行函
各部會——隸屬的各省、市所屬各廳、處、局	下行函——上行函
各部會——不隸屬的各省、市所屬各廳、處、局	平行函——平行函

(二)直轄市及精省後所保留之機關

市（省）政府——所屬各局、附屬機關及區公所	下行函——上行函
市（省）政府——市議會（省諮議會）	平行函——平行函
各局（廳處）——縣（市）政府	平行函——平行函
市（省）政府——高等法院、地方法院	平行函——平行函
市（省）教育局——國立學校	平行函——平行函
市（省）教育局——市（省）立學校	下行函——上行函
市（省）政府及所屬各機關——縣（市）議會、市（省）人民團體	平行函——平行函

(三)縣級機關（省轄市同）

縣政府——所屬各局、附屬機關、鄉鎮公所	下行函——上行函
縣教育局——國（省）立學校	平行函——平行函
縣教育局——縣立學校	下行函——上行函
縣政府及所屬各機關——縣市議會、縣人民團體	平行函——平行函
縣議會——省政府及所屬各廳處局	平行函——平行函

(四)鄉鎮級以下自治組織（縣轄市同）

鄉鎮市公所——縣政府	上行函——下行函
鄉鎮民代表會——縣政府	平行函——平行函
鄉鎮市公所及其鄉鎮市民代表會——縣政府所屬各局	平行函——平行函
及其他附屬機關鄉鎮市公所——所屬村里辦公處、鄰里長	下行函——上行函
鄉鎮市公所——鄉鎮市民代表會	平行函——平行函
鄉鎮市民代表會——村里辦公處、鄰里長	平行函——平行函

十一　法律統一用字表

用字舉例	統一用字	曾見用字	說　　明
公布、分布、頒布	布	佈	
徵兵、徵稅、稽徵	徵	征	
部分、身分	分	份	
帳、帳目、帳戶	帳	賬	
韭菜	韭	韮	
礦、礦物、礦藏	礦	鑛	
釐訂、釐定	釐	厘	
使館、領館、圖書館	館	舘	
穀、穀物	穀	谷	
行蹤、失蹤	蹤	踪	
妨礙、障礙、阻礙	礙	碍	
賸餘	賸	剩	
占、占有、獨占	占	佔	
牴觸	牴	抵	
雇員、雇主、雇工	雇	僱	名詞用「雇」。
僱、僱用、聘僱	僱	雇	動詞用「僱」。
贓物	贓	臟	
黏貼	黏	粘	
計畫	畫	劃	名詞用「畫」。
策劃、規劃、擘劃	劃	畫	動詞用「劃」。

用字舉例	統一用字	曾見用字	說　　明
蒐集	蒐	搜	
菸葉、菸酒	菸	煙	
儘先、儘量	儘	盡	
麻類、亞麻	麻	蔴	
電表、水表	表	錶	
擦刮	刮	括	
拆除	拆	撤	
磷、硫化磷	磷	燐	
貫徹	徹	澈	
澈底	澈	徹	
祇	祇	只	副詞
並	並	并	連接詞
聲請	聲	申	對法院用「聲請」
申請	申	聲	對行政機關用「申請」
關於、對於	於	于	
給與	與	予	給與實物
給予、授予	予	與	給予名位、榮譽等抽象事物
紀錄	紀	記	名詞用「紀錄」
記錄	記	紀	動詞用「記錄」
事蹟、史蹟、遺蹟	蹟	跡	
蹤跡	跡	蹟	
糧食	糧	粮	

用字舉例	統一用字	曾見用字	說　　明
覆核	覆	複	
復查	復	複	
複驗	複	復	
取消	消	銷	

十二　公文寫作常犯錯誤的字詞

	字詞	正確 ○	名詞	錯誤 ×
1	公布	○	公佈	×
2	周到	○	週到	×
3	失蹤	○	失踪	×
4	牴觸	○	抵觸	×
5	韭菜	○	菲菜	×
6	占有	○	佔有	×
7	菸酒	○	煙酒	×
8	儘量	○	盡量	×
9	貫徹	○	貫澈	×
10	澈底	○	徹底	×
11	蒐集	○	搜集	×
12	身分證	○	身份證	×
13	圖書館	○	圖書舘	×
14	和顏悅色	○	和言悅色	×

	字詞	正確 ○	名詞	錯誤 ×
15	集思廣益	○	集思廣議	×
16	直截了當	○	直接了當	×
17	迫不及待	○	迫不急待	×
18	真知灼見	○	真知卓見	×
19	戰戰兢兢	○	戰戰競競	×
20	一籌莫展	○	一愁莫展	×
21	一蹴可幾	○	一蹴可及	×
22	貽笑大方	○	遺笑大方	×
23	無遠弗屆	○	無遠弗界	×
24	言簡意賅	○	言簡意該	×
25	莫名其妙	○	莫明其妙	×
26	名副其實	○	名符其實	×
27	三緘其口	○	三咸其口	×
28	昭然若揭	○	招然若揭	×
29	追根究底	○	追根究柢	×
30	計畫	名詞	計劃	動詞
31	紀錄	名詞	記錄	動詞
32	聲請	法院用	申請	行政機關
33	給與	實物	給予	名位榮譽
34	雇員	名詞	聘僱	動詞
35	制定	法律	訂定	命令

十三 法律統一用語表

統一用語	說　明
「設」機關	如：「教育部組織法」第4條：「行政院為辦理全國教育業務，特設教育部」。
「置」人員	如：「司法院組織法」第9條：「司法院置秘書長一人，特任；……」。
「第九十八條」	不寫為：「第九八條」。
「第一百條」	不寫為：「第一〇〇條」。
「第一百十八條」	不寫為：「第一百『一』十八條」。
「自公布日施行」	不寫為：「自公『佈』『之』日施行」。
「處」五年以下有期徒刑	自由刑之處分，用「處」，不用「科」。
「科」五千元以下罰金	罰金用「科」不用「處」。且不寫為：「科五千元以下『之』罰金」。
「處」五千元以下罰鍰	罰鍰用「處」不用「科」，且不寫為：「處五千元以下『之』罰鍰」。

統一用語	說　明
準用「第〇條」之規定	法律條文中，引用本法其他條文時，不寫「『本法』第〇條」，而逕書「第〇條」。又如：「違反第二十條規定者，科五千元以下罰金」。
「第二項」之未遂犯罰之	法律條文中，引用本條其他各項規定時，不寫「『本條』第〇項」，而逕書「第〇項」。如刑法第三十七條第四項「依第一項宣告褫奪公權者，自裁判確定時發生效力。」
「制定」與「訂定」	法律之創制，用「制定」：行政命令之制作，用「訂定」。
「制定」、「製作」	書、表、證照、冊、據等，公文書之製成用「製定」或「製作」，即用「製」不用「制」。
「一、二、三、四、五、六、七、八、九、十、百、千」	法律條文中之序數不用大寫，即不寫為：「壹、貳、參、肆、伍、陸、柒、捌、柒、捌、玖、拾、佰、仟」。
「零、萬」	法律條文中之數字「零、萬」不寫為：「〇、萬」。

十四　標點符號用法表

符號	名稱	用法	舉例
。	句號	用在一個意義完整文句的後面。	公告〇〇商店負責人張三營業地址變更。
，	逗號	用在文句中要讀斷的地方。	本工程起點為仁愛路，終點為……
、	頓號	用在連用的單字、詞語、短句的中間。	1、建、什、田、旱等地…… 2、河川地、耕地、特種林地等…… 3、不求報償、沒有保留、不計任何代價……
；	分號	用在下列文句的中間： 1、並列的短句。 2、聯立的復句。	1、知照改為查照；遵辦改為照辦；遵照具報改為辦理見復。 2、出國人員於返國後1個月內撰寫報告，向〇〇部報備；否則限制申請出國。
：	冒號	用在有下列情形的文句後面： 1、下文有列舉的人、事、物、時。 2、下文是引語時。 3、標題。 4、稱呼。	1、使用電話範圍如次：(1)……(2)…… 2、接行政院函： 3、主旨： 4、〇〇部長：
？	問號	用在發問或懷疑文句的後面。	1、本要點何時開始正式實施為宜？ 2、此項計畫的可行性如何？

符號	名稱	用法	舉例
！	驚歎號	用在表示感嘆、命令、請求、勸勉等文句的後面。	1、又怎能達成這一為民造福的要求！ 2、來努力創造我們共同的事業、共同的榮譽！
「」『』	引號	用在下列文句的後面，（先用單引，後用雙引）： 1、引用他人的詞句。 2、特別著重的詞句。	1、總統說：「天下只有能負責的人，才能有擔當」。 2、所謂「效率觀念」已經為我們所接納。
―	破折號	表示下文語意有轉折或下文對上文的註釋。	1、各級人員一律停止休假－即使已奉准有案的，也一律撤銷。 2、政府就好比是一部機器－－一部為民服務的機器。
……	刪節號	用在文句有省略或表示文意未完的地方。	憲法第58條規定，應將提出立法院的法律案、預算案……提出於行政院會議。
（）	夾註號	在文句內要補充意思或註釋時用的。	1、公文結構，採用「主旨」「說明」「辦法」（簽為「擬辦」）3段式。 2、臺灣光復節（10月25日）應舉行慶祝儀式。

十五　行政院所屬部會機關

依憲法第61條規定：「行政院之組織，以法律定之」。行政院組織法，於民國36年3月31日公布，於民國37年5月25日施行，並先後於民國36年4月22日、36年12月25日、37年5月13日、38年3月21日、41年11月20日、69年6月29日、99年2月3日等經過7次修正。

本法於36年制定時設14部3會，38年3月21日修正為8部2會1處，其基本架構雖沿用至今，但實際上為因應政務需要，已陸續增設二十餘個部會機關，99年2月3日修正為14部8會3獨立機關1行1院及2個總處（共29個機關），於101年1月1日開始施行。

14部	內政部、外交部、國防部、財政部、教育部、法務部、經濟及能源部、交通及建設部、勞動部、農業部、衛生福利部、環境資源部、文化部、科技部。
8會	國家發展委員會、大陸委員會、金融監督管理委員會、海洋委員會、僑務委員會、國軍退除役官兵輔導委員會、原住民族委員會、客家委員會。
3獨立機關	中央選舉委員會、公平交易委員會、國家通訊傳播委員會。
1行	中央銀行。
1院	國立故宮博物院。
2總處	行政院主計總處、行政院人事行政總處。

附錄二、公文製作應行注意事項及常見之缺失

一、制式簽的撰擬究竟採一段式、二段式或三段式的格式，應依其實際案情確實區分，茲說明如下，以供參考：

(一) 一段式：案情簡單者，採「主旨」一段。

(二) 二段式：案情較複雜者，採「主旨」、「說明」二段；或是「主旨」、「擬辦」二段。其中「主旨」係扼要說明簽的主要目的、期望或擬辦意見，不宜太長，以不超過六〇字為原則；至於其他需要讓首長或主管瞭解之案情來源、問題關鍵、法令依據、主要理由、可能產生之作用及影響等相關事項於「說明」段敘述，案情較複雜者，可分一、二、三、四、……項敘述；「說明」段的內容，宜避免提出擬辦意見。如果首長或主管對該案之整個案情已經瞭解，該簽敘述的重點係著重在提出擬辦意見者，可採「主旨」、「擬辦」二段。擬辦的文字，避免與主旨重複。「主旨」段之擬辦，應屬原則性、概況性或方向性之擬辦意見；而「擬辦」段之擬辦，則應提出具體作法或細節性之擬辦意見。

(三) 三段式：對於案情較複雜，且擬辦意見無法於「主旨」段容納者，則採「主旨」、「說明」、「擬辦」三段。

二、便簽的撰擬，係承辦人對於一般案件，使用便條紙直接簽擬處理意見，報請首長或主管核判時使用。便簽的格式，使用一、二、三、四、……條列式格式撰寫之順序，應先敘明案由，再就相關事項逐一予以說明，最後才提出擬辦意見。

三、為期精簡「簽」之頁數及篇幅，避免過於冗長，凡是需要長官瞭解之事項（包括案情來源、問題關鍵、法令依據、主要理由、可能產生之作用及影響等），均應依照規定格式，然後有組織、有系統、有條理的加以敘述，同時應注意前後連貫，避免有前後矛盾或有交代不清之情形，俾使核稿人員很容易看的懂，也很容易瞭解。至於無需簽出事項（包括來文日期、來文字號、瑣細的處理經過等），如認為仍有讓長官瞭解之必要，宜採最簡要敘述方式，並將相關資料，改列為附件一併陳核，以減少簽之篇幅。

四、簽內稱陳核長官為「鈞長」、自稱「職」。

五、簽的期望用語，應依該簽的主要用意選擇使用，例如：請鑒核（係簽報長官瞭解，並兼有請示之意）、請鑒察（係將辦理情形簽報長官瞭解）、請核示（係提出擬辦意見，簽報長官核可）、請鈞閱（係檢陳相關資料，簽請長官過目時使用）、請核閱（亦係檢陳相關資料，簽請長官過目時使用）、請鈞參（係檢陳相關資料或提出建議供長官參考時使用）。

六、函稿的撰擬，究竟採一段式、二段式或三段式的格式，亦應依實際案情確實區分（請併公文製作應行注意事項及常見之缺失第一項簽的撰擬），茲說明如下：

(一) 一段式：案情簡單者，採一段。

(二) 二段式：案情較複雜者，採「主旨」、「說明」二段；或是「主旨」、「辦法」二段。

(三) 三段式：採「主旨」、「說明」、「辦法」三段。「辦法」可因公文內容改稱「建議」、「請求」、「擬辦」、「核示事項」。

七、函稿之「主旨」為全文精要，應力求簡明扼要，並具體提出行文目的與期望，或是答復意旨。除有特殊不得已的情形，宜儘量避免使用「復如說明」等方式答復。

八、函復的公文，通常在說明一引敘或說明來文機關之日期、文號，以方便受文機關調案處理。引敘方式有二種，一種是答復對方的公文，格式為：「復　貴部○年○月○日○○字第○○○○○○○○○○號函」。另一種是依據某某機關的公文辦理，或是依據某機關較早的來文辦理，那麼答復的格式為「依據○○機關○年○月○日○○字第○○○○○○○○○○號函辦理」或「依據　貴部（或貴署等）○年○月○日○○字第○○○○○○○○○○號函辦理」。如該來文曾經答復過，再次答復時之格式為「續復　貴部（或貴署等）○年○月○日○○字第○○○○○○○○○○號函」。

九、公文應採用語氣肯定、用語堅定、互相尊重之語詞。宜避免使用艱深費解、威嚇性、情緒性、無意義或模稜兩可之詞句，例如「嗣後如再發生類似情事，將嚴懲不貸」，這是威嚇性用語，均不適宜。

十、函轉有關機關之規定時，如果來函字數不多時，可將其內容於函稿內引述清楚即可，不必再檢附來函影本。如果來函內容、字數較多，可在函稿摘述其主要內容、重點，並另檢附來函影本，俾便於受文機關詳細查閱。尤其應避免在函稿中，已經完全照抄來文，又再檢附來文影本，反而形成重複浪費。

十一、「主旨」不分項，文字緊接段明冒號之右書寫；「說明」、「辦法」段如無項次，文字應緊接段名冒號書寫；如有分項標號條列，應另列縮格書寫。

十二、下級機關請示上級機關時，主旨段末尾之期望語不可用「請核復」，應用「請核示」、「請鑒核」，以示敬意。

十三、對於受文者並無要求或請其配合辦理事項，主旨段之期望語應用「請查照」，不可用「請查照辦理」。

十四、對於無隸屬關係之上級機關提出答辯或報告時（例如銓敘部答復監察院之公文），主旨段之期望語應用「請察照」。

十五、「請查照」、「請核示」之概括性期望語，應僅列於「主旨」段，不應在「說明」段、「辦法」段重複敘述。

十六、上級機關要求下級機關表示意見，下級機關函復時，主旨段末尾之期望語，應用「請鑒核」，不可用「請卓參。」

十七、凡屬建議、准駁、採擇及判斷等性質之公文用語，應注意明確肯定。

十八、提供意見供平行機關參考時，主旨段末尾之期望語應用「請卓參。」

十九、公文分段要確實，不可將「說明」與「辦法」相互混淆。最常見的缺失，就是將具體要求或辦法，混入「說明」段中。

二十、凡屬通案性之公文，必須發文數個機關時，一律使用正本，不宜使用副本。

二一、為避免造成冒失，副本不宜隨便抄送上級長官或上級機關（除非上級長官或機關要求副知）。

二二、本機關行文所屬下級機關，並擬知會本機關內部單位時，不得以內部單位為正本收受者，應該以下級機關為正本收受者，內部單位為副本收受者。

二三、公文受文者應正確填列，對於以法人名義申請者，應函復該法人，不應以其負責人為受文者。

二四、機關內部單位間公文之會簽洽辦，應以便箋、原文影印分送會簽，或以電子方式處理，不宜以對外正式發文方式處理。

二五、凡屬具有強制性之公文，要求他機關或下級機關應依法令規定辦理者，應於文稿內直接敘明，不宜使用「請協助配合」之類有彈性詞語。

二六、公文各段及各分項，如係以「鈞院」、「鈞長」、「台端」等稱謂為行文開頭時，應頂格書寫，不必空一格書寫。

二七、本機關所訂之作業規定，如擬於行文他機關之文稿中敘及時，應稱「本（部、處、局）……作業規定」，不應稱為「（機關全銜）……作業規定」。又本機關內部之作業規定，係規範本機關之內部作業，對外行文時應儘可能不要引用。

二八、公文稿內如同時引用兩個以上機關文號時，上級機關之文號在前，下級機關之文號在後；時間早者在前，時間晚者在後。

二九、函稿應避免使用不必要的敬語，應注意不卑不亢。例如以書函答復個人來函時，使用「接悉」、「已悉」即可，不宜使用「敬悉」。

三十、凡屬工作計畫、會議紀錄、專題報告、各種表報等之標題用語，應力求簡單明確，不可加註標點符號。

三一、公文內，如有引用機關名稱或報表名稱，應用全銜，不宜省略，如須多次引用時，可於文內首次引用時敘明「以下簡稱○○」或以「該部」、「該會」稱之。

三二、對於他機關轉來之會議紀錄等,於簽陳首長時,應就需要配合事項及預定辦理進度簽陳,不宜僅簽「檢陳○○會議紀錄,如奉核可,擬……。」

三三、答復立法委員國會辦公室之案件,說明段內應寫「復貴委員國會辦公室○年○月○日○函」避免簡稱「復貴辦公室○年○月○日○函」,以示尊重。

三四、對於立法委員接受選民陳情或請託之案件,已經處理完竣者,於答復時,應將詳細處理經過情形,完整予以答復;如尚在研處階段,除應敘明「現正函詢各機關意見」或「正審慎處理中」外,並應再加上「俟有結果當儘速函復」或「俟處理完竣即函復」。

三五、對於擬簽請存查之案件,得於原件文中空白處簽擬,並應摘要簡述案由,以及有無本機關應行辦理事項或擬處意見,不宜僅簽「文擬存查」。

三六、下級機關首長簽請上級機關首長核示案件,簽末對象詞的排列順序,應依職務位階排列,位階最高者放在最後,不必寫長官之姓氏或名字。

三七、公文採行由左至右之橫行格式,公文、法規、要點等之項次,以分款方式敘述時,應稱「下列」、「如下」,不稱「左列」、「如左」。

三八、公文中以阿拉伯數字書寫金額、數量時,同一組數字應書寫在同一行,不宜拆成兩行書寫,且數字超過三位以上者,應以「,」區隔。

三九、簽之首行「於○○」字樣,係書寫承辦單位或所屬機關名稱,非寫簽辦之時間或地點。

四十、「代行」與「決行」公文用語意義不同，使用時應注意下列規定：

> (一) 「代行」為機關首長因故不能視事，由代理人代行首長職務，其機關公文，依照公文程式條例規定除署首長姓名註明不能視事之原因（包括公假、公出、請假，或事由）外，應由代行人附署職銜、姓名於後，並加註「代行」兩字。

> (二) 「決行」為單位主管依該機關分層負責逐級授權規定代決公文，於對外行文時，應以該被授權者之名義為之，並在公文上加註「代決」兩字。

四一、下級機關以上級機關名義代擬文稿時，簽或稿內之用字遣詞，應注意要以上級機關之立場及語氣撰寫。

四二、以機關首長簽函行文時，應以「首長」之立場撰擬，不得使用機關內部單位之口吻，如「本司（處）」、「本科」或「本科科長」等詞語。

四三、法規、行政規則制（訂）定，法律統一用語規定如下：

> (一) 法律：制定、公布、施行。

> (二) 法規命令：訂定、發布、施行。

> (三) 行政規則：訂定、函頒（自90年一月一日行政程序法施行後屬該法第一五九條第二項第二款規定者改為發布）、實施。

四四、法律用語要特別注意使用，例如：機關用「設」，人員用「置」，自由刑之處分用「處」，罰金用「科」、罰鍰用「處」等。

四五、依行政程序法第一五九條第二項第二款規定，凡屬統一解釋法令、認定事實及行使裁量權，而訂頒之解釋性規定或裁量基準，應另刊登政府公報。

四六、引用法律條文用「條、項、款、目」；引用作業要點用「點、項、款、目」。

四七、引用法規、統計數據等相關資料時，應力求正確無誤，並附卷隨
　　　案陳核，以利核稿人員查閱。

四八、行政規則之條次不列「第○條」字樣，而以一、二、三……等數
　　　字為之，各點內得參酌法規格式，分項或以(一)、(二)、(三)……
　　　及一.、二.、三.……等定之。

四九、行政規則應依性質，以要點、注意事項、作業程序、作業須知、
　　　作業原則等定其名稱，如其性質特殊者，並得以章程、範本、方
　　　案、補充規定等定其名稱。

五十、公文之用語應考量受文者的立場，一文有幾個受文機關時，文稿
　　　內稱呼受文機關，應使用「貴機關」，而不是「各機關」。

五一、公文書、表、證照、冊、據等之製成用「製定」與「製作」，不
　　　用「制定」或「制作」。

五二、「申請」與「聲請」均係就某事項對機關提出說明或要求，惟在
　　　適用上，依行政院函頒「統一法律用字表」規定，對法院用「聲
　　　請」，對行政機關用「申請」。

五三、「準用」與「適用」有別，「適用」係完全依其規定而適用，「準
　　　用」則只就某事項所定之法規，於性質不相牴觸之範圍內，適用於
　　　其他事項之謂。換言之，「準用」非完全適用所援引之法規，而僅
　　　在應予準用事項之性質所容許之範圍內，始得類推適用而已。

五四、答復民眾查詢事項，不宜用「所囑」或「函囑」等字句。「囑
　　　查」二字，亦僅適用於函復上級機關或民意代表之交辦事項，不
　　　適用於答復下級機關請示或民眾陳情事項。

五五、「交下」二字僅適用於直屬上級對下級的關係。對於民意代表轉
　　　交人民陳情案件，於函復民意代表時不宜用「交下」二字。

五六、以首長箋函答復立法委員時，稱謂應得宜。例如:對男性立法委員應稱兄，如「〇〇（名）委員吾兄勛鑒」；其名為單字者稱「〇（姓）委員吾兄勛鑒」，首長自稱「弟〇〇〇」。對於女性立法委員稱「〇〇（名）委員勛鑒」，首長自稱「〇〇〇」，可免去「弟」字。

五七、公文應以直敘方式撰擬，形容詞或雙重否定句，如「似可照准」、「似可同意」、「尚無不合」等不肯定的語氣，應儘量避免使用。

五八、使用引號「」引敘法令規定，或有關機關函釋內容時，應照錄原文，不必引用之文字，可以刪節號……略過，切莫自行予以重新組合。如果僅係引敘其大意，則用略以……或略稱……。不可使用引號。

五九、公文中引敘原來文，如未使用引號「」引敘時，其直接語氣均應改為間接語氣，如「貴部」應改為「本部」，「本局」應改為「該局」等。

六十、公文中敘及金額及數字，如係以國字大寫壹、貳、　、肆、……表示時，其金額單位亦應大寫「仟」、「佰」、「拾」書寫，而非「千」、「百」、「十」。

六一、機關首長以「公文」、「便條」、「口頭」、「會議」時所做的指示，其用語應分別為「批示」、「指示」、「諭示」、「裁示」。

六二、「諭」是上級吩咐下級，無上下隸屬關係不能用「諭示」。

六三、公文內敘及「鈞長」、「貴部」等字，業已表示敬意，該字前面可免再空一格。

六四、「百分比」與「百分點」意義不同。「百分比」係指兩個數字相除，稱百分之幾，例如「百分之五」；「百分點」係指兩個百分比相減，稱增加或減少多少個百分點，例如「增加五個百分點」。

六五、 公文用語應注意前後一貫原則，同一公文內，例如前面使用「張先生」，其後即不宜改為「張君」、「張員」等，或是前面使用「格式及內容」，其後即不宜改為「內容及格式」等不一致之情形。

六六、公文內敘及機關名稱或法規名稱，應全部套用不可簡略；但於文內首次引用時，應敘明（以下簡稱○○），如此在該文中第二次引用時，即可使用簡稱，才不致太過累贅。

六七、公文內敘述辦理經過情形，宜儘量少用「在卷」、「在案」或「各在卷」、「各在案」等用語。

六八、「記錄」、「紀錄」用法不同，動詞用「記錄」，名詞用「紀錄」。

六九、結尾用語如「為要」、「為荷」、「為禱」等宜取消不用。

七十、「業」與「已」同義，固可使用「業已」做完，惟「業已於」則應修正為「業於」或「已於」。

七一、各項會議紀錄，如部（局）務會議紀錄、○○研討會、座談會、協調會紀錄，無須重複「會議」二字。

七二、「按語」用在一段的起頭，主要係在點出該段的意旨；「轉接詞」則用在公文中間，主要係用以承下啟下，使語意更加順暢。因此，撰擬公文時，不論是簽或函等，宜如何正確、巧妙使用按語及轉接詞，確實十分重要。茲將常見之按語及轉接詞之用法列舉如下，以供參考：

(一) 查—在第二段之後，要引敘有關依據、規定、狀況或事實時用。

(二) 復查（或再查）—要繼續敘述其他有關依據、規定、狀況或事實時用。

(三) 另查—要敘述不同面向之有關規定、狀況及事實時用。

(四) 經查—於敘述指示或背景之後，接續要敘述所查明之有關規定、狀況或事實時用。

(五) 案查—要敘述以往曾經做過之處理情形、或曾經辦理之有關檔存資料時用。

(六) 惟查—要敘述所查明之反面有關規定或不同事實時用。

(七) 惟—要敘述不合之規定、困難所在、或需要顧慮之處等等反面因素時用。

(八) 茲—「茲」為起敘語，或在行文中要開始導入正題時使用。另作「此處」、「現在」用。

(九) 乃—為因應上述原因，接著要敘述採行之作法時用。

(十) 以—要敘述理由時用。

(十一) 茲以—要轉向敘述緣由時用。

(十二) 案經—要敘述有案可稽之處理經過情形時用。

(十三) 甫經—要敘述於近期內，已經做的處理情形時用。

(十四) 頃經—要敘述剛剛所做的處理情形時用。

(十五) 經—要敘述已經做了怎樣之處理時用。

(十六) 茲據—在說明緣由後，要提出實施辦法或建議意見前，先引據有關依據時用。

(十七) 茲經—於事故發展過程中，要敘述已經做了怎樣處理時用。

(十八) 復經—要繼續敘述已經做了怎樣之處理時用。

(十九) 嗣經—要接續敘述時間在後,同時有銜接性、階段性或步驟性之處理情形時用。

(二十) 復以—要敘述另一個併列之因素時用。

(二一) 按—在公文內,要分析道理時用。

(二二) 爰—在公文內,承接上述事實或理由,要提出因應之做法時用。

(二三) 至於—要轉向敘述另一個問題或部分時用。

七三、公文的每一項起頭,可用「關於」、「查」、「依」等做為起首語;「又」、「至」、「另」、「惟」等係屬轉折語或連接詞,不宜做為起首語,放置於各項之起頭。

七四、公文的表達方式,應讓受文者清楚明白,不得過分簡略,例如「各機關之文書收發,應由編制內職員擔任。」其中之「文書收發」宜加上「人員」兩個字,改為「文書收發人員」較妥。

七五、為使公文中的每個句子,讀起來流暢順口,宜妥善運用虛字(例如:有、才、的、了、於)等,虛字不足或虛字太多,都會讓人有不順暢、不調和的感覺。例如:「函稿內重要數字,應用大寫。」應改為「函稿內有重要數字,應用大寫。」,亦即加上一個「有」字。

附錄三、公文作法舉例

發布令作法舉例

行政院　　令

發文日期：中華民國○○年○○月○○日

發文字號：○○字第○○○○○○○○號

印信位置
（限令、公告使用）

修正「臺灣地區與大陸地區人民關係條例施行細則」部分條文。

附修正「臺灣地區與大陸地區人民關係條例施行細則」部分條文

院　長　　○○○

「函」的標準格式

○○○○○○　函

地　　址：○○市○○路○○號
承辦人○○○
電話：(○○)○○○○○○○
傳真：(○○)○○○○○○○
E-MAIL：○○@○○.○○.○○.○○

郵遞區號：
地　　址：
受文者：○○○、○○○

發文日期：中華民國○○年○○月○○日
發文字號：（○○）○○字第○○○○號
速別：最速件
密等及解密條件或保密期限：
附件：

主旨：
說明：
　　一、
　　二、
　　　　（一）
　　　　（二）
辦法：
　　一、
　　二、

正本：○○○、○○○
副本：○○○

（銜）○長　姓○○(簽名章或職章)

附錄四、公文結構

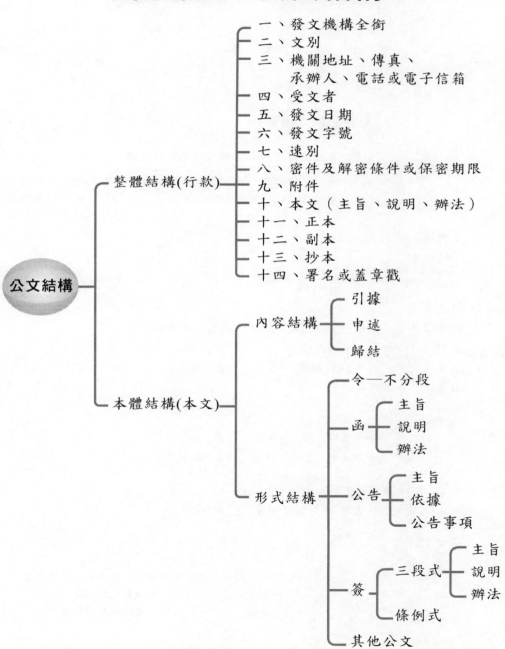

整體結構(行款)
- 一、發文機構全銜
- 二、文別
- 三、機關地址、傳真、承辦人、電話或電子信箱
- 四、受文者
- 五、發文日期
- 六、發文字號
- 七、速別
- 八、密件及解密條件或保密期限
- 九、附件
- 十、本文（主旨、說明、辦法）
- 十一、正本
- 十二、副本
- 十三、抄本
- 十四、署名或蓋章戳

公文結構

本體結構(本文)
- 內容結構
  - 引據
  - 申述
  - 歸結
- 形式結構
  - 令─不分段
  - 函
    - 主旨
    - 說明
    - 辦法
  - 公告
    - 主旨
    - 依據
    - 公告事項
  - 簽
    - 三段式
      - 主旨
      - 說明
      - 辦法
    - 條例式
  - 其他公文

附錄五、公文紙格式

2.5公分　　　　　　檔　　號：
　　　　　　　　　　保存年限：

（機關　銜）　　（文別）

（會銜公文機關排序：主辦機關、會辦機關）

地址：（會銜公文列主辦機關，令、公告不須此項）
聯絡方式：（會銜公文列主辦機關，令、公告不須此項）

裝

（郵遞區號）
（地址）
受文者：（令、公告不須此項）

發文日期：

訂　　　發文字號：（會銜公文機關排序：主辦機關、會辦機關）
速別：（令、公告不須此項）

1.5
公分

1
公分
密等及解密條件或保密期限：（令、公告不須此項）
附件：（令不須此項）

2.5
公分

（本文）（令：不分段
　　　　　公告：主旨依據公告事項三段式
線　　　　　函、書函等：主旨、說明、辦法三段式）

正本：（令、公告不須此項）
副本：（含附件者說明：含附件或○○附件）

（蓋章戳）

（會銜公文：按機關排序蓋用機關首長簽字章
令：蓋用機關印信、機關首長簽字章
公告：蓋用機關印信、機關首長簽字章

函：上行文－署機關首長職銜蓋職章
平、下行文－機關首長簽字章
書函、一般事務性之通知等：蓋機關（單位）條戳

說明：

一、本格式以A4 70磅以上模造紙或再生紙製作。

二、依據「公文程式條例」，如以電子交換方式行之，得不蓋用印信。生涯規劃

三、一般公文蓋用機關印信之位置，以在首頁中間偏右上方空白處用印為原則，簽署使用之章戳位置則於全文最後。

2.5公分

附錄六、公文處理流程圖

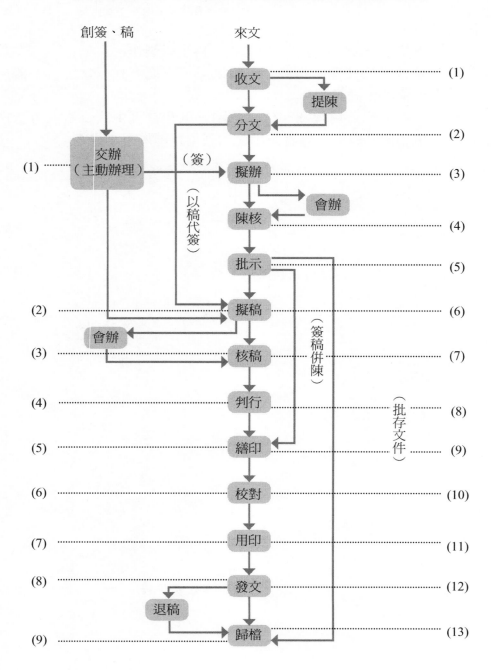

附錄七、歷年公文解答範例

94年 初考（一般行政）

☑試擬行政院研究發展考核委員會致函行政院各部會：請儘速建立網路使用規範及稽核制度，以防止公務員利用網路從事非公務用途。

行政院研究發展考核委員會　函

地　　　址：○○○臺北市○○路○○號
聯絡方式：承辦人○○○
電話：(02)○○○○○○○○
傳真：(○○)○○○○○○○○
e-mail：○○@○○.○○.○○.○○

□□□
○○市○○路○○號
受文者：各縣市政府衛生局

發文日期：中華民國94年○月○日
發文字號：（94）字第○○○○○○○○○○號
速別：
密等及解密條件或保密期限：
附件：

主旨：請儘速建立網路使用規範及稽核制度，以防止公務員利用網路
　　　從事非公務員用途，請查照。

說明：

　一、依本院○年○月○日第○○次院會院長指示辦理。

　二、邇來公務員於辦公時間，從事非公務的活動時有所聞，影響公
　　　務員形象稽深，亟需相關單位指導改進。

辦法：

　一、制定「網路使用規範及績核制度」，並且切實實施。

　二、制定懲處標準，對於經徹查有違反規定之公務員，絕不寬貸。

　三、請各部會加強宣導此項規範，以達推廣之效。

正本：各部會

副本：本院研究發展考核委員會

主任委員：○○○（蓋職銜簽字章）

94年　初考（非一般行政）

☑試擬教育部致各縣市教育局函，要求各校加強對國、高中中輟生動向之關切，積極輔導中輟學生重回校園。

教育部　函

地　　址：○○○臺北市○○路○○號
聯絡方式：承辦人○○○
電話：(02)○○○○○○○○
傳真：(○○)○○○○○○○○
e-mail：○○@○○.○○.○○.○○

□□□
○○市○○區○○○路○段○號
受文者：臺北市教育局

發文日期：中華民國○年○月○日
發文字號：○○字第○○○○○○○○○○○號
速別：最速件
密等及解密條件或保密期限：
附件：

主旨：要求各校加強對國、高中中輟生動向之關切，積極輔導中輟生重返校園。希照辦。

說明：

　一、請貴局切實要求各校依本部○○年○月○日○○字第○○○○號函辦理。

　二、邇來國、高中中輟生有增加之情形，其造成許多社會問題，因此輔導工作刻不容緩。

辦法：

一、各校相關單位應確實掌握學生出、缺席人數，對於未缺席之學生，應主動了解原因。

二、班級導師每學期定期安排學生家庭訪問，以了解每位學生成長背景。

三、對於中輟學生，加強其輔導工作，鼓勵學生重回校園，使其步上正軌，能夠完成學業。

正本：各縣市教育局
副本：行政院、本部○○司

部長：○○○（蓋職銜簽字章）

94年　地方特考三等

☑請試擬警政署致各縣市警察局函：邇來電話詐騙事件層出不窮，致善良人民蒙受損失。請加強宣導並積極查緝，以保障人民財產之安全。

內政部警政署　函

地　　址：○○○臺北市○○路○○號
聯絡方式：承辦人○○○
電話：(02)○○○○○○○○
傳真：(○○)○○○○○○○○
e-mail：○○@○○.○○.○○.○○

□□□
○○市○○區○○○路○段○號
受文者：各縣市警察局

發文日期：中華民國○年○月○日
發文字號：○○字第○○○○○○○○○○○號
速別：最速件
密等及解密條件或保密期限：
附件：

主旨：邇來詐騙事件層出不窮，致善良人民蒙受損失。請加強宣導並
　　　積極查緝，以保障人民財產之安全。
說明：
　一、依行政院○年○月○日第○○次院會院長指示辦理。
　二、近來詐騙集團詐騙手段不但推陳出新。且行徑囂張，不少民眾
　　　蒙受其害，影響社會秩序甚鉅。為打擊詐騙集團、保障人民財
　　　產之安全，亟需積極查緝。
辦法：
　一、各級主管人員應督導所屬依照本署所訂定之各種預防詐騙措施
　　　切實執行，嚴密防範詐騙事件發生。
　二、加強宣導民眾不可隨便對外提供自己的身分證字號、帳號、卡
　　　號等個人資料。
　三、凡對查緝詐騙有功之員警，本署將從優獎勵。

正本：各縣市警察局
副本：內政部

署長：○○○

94年　地方特考四等

☑試擬內政部警政署致全國各縣市警察局函：請加強取締違法偷渡或逾期滯留的外籍人口，以確保治安。

內政部警政署　函

地　　址：○○○臺北市○○路○○號
聯絡方式：承辦人○○○
電話：(02)○○○○○○○○
傳真：(○○)○○○○○○○○
e-mail：○○@○○.○○.○○.○○

□□□
○○市○○區○○○路○段○號
受文者：各縣市警察局

發文日期：中華民國○年○月○日
發文字號：○○字第○○○○○○○○○○號
速別：最速件
密等及解密條件或保密期限：
附件：

主旨：請加強取締違法偷渡或逾期滯留的外籍人口，以確保治安。
說明：
　一、依行政院○年○月○日第○○次院會院長指示辦理。
　二、近年違法偷渡來台及逾期滯留的外籍人口，在台灣從事非法打工，造成社會治安死角，影響人民生活安全，亟需加強取締，以確保秩序安寧。
辦法：
　一、一經查獲違法偷渡及逾期滯留的外籍人口，應即遣返；並調查及處罰曾經留用非法外勞的事業單位。
　二、凡對取締有功之員警，本署將從優獎勵。
正本：各縣市警察局
副本：內政部
署長：○○○

94年 地方特考五等

☑試擬內政部函警政署：加強預防詐欺犯罪，設立反詐騙諮詢專線，提供民眾求證；製作各類宣導資料，廣為周知，以共同打擊犯罪，防範詐欺。

內政部　函

地　　址：○○○臺北市○○路○○號
聯絡方式：承辦人○○○
電話：(02)○○○○○○○○
傳真：(○○)○○○○○○○○
e-mail：○○@○○.○○.○○.○○

□□□
○○市○○區○○○路○段○號
受文者：本部警政署

發文日期：中華民國○年○月○日
發文字號：○○字第○○○○○○○○○○○號
速別：最速件
密等及解密條件或保密期限：
附件：

主旨：加強預防詐欺犯罪，設立反詐騙諮詢專線，提供民眾求證；製
　　　作各類宣導資料，廣為周知，以共同打擊犯罪，防範詐欺，請
　　　轉行照辦。

說明：
　一、依本院○年○月○日第○○次院會院長指示辦理。
　二、邇來詐騙事件層出不窮，致善良人民蒙受損失，影響社會秩序
　　　甚鉅，為打擊詐騙集團，亟需宣導民眾反詐騙之方法。

辦法：
　一、成立反詐騙諮詢專線，提供民眾一查證管道。
　二、定期舉辦宣導會議，加強民眾正確觀念，提醒民眾不可隨便把
　　　個人資料給予陌生人。

正本：警政署
副本：行政院、本部○○司

部長：○○○

95年　初考（一般行政）

☑ 劉君，因公司經營上需要，奉派肯亞（國名）之國外分公司主持業務，全家因而遷居肯亞。民國94年底，從友人口中獲悉必須換發國民身分證。劉君因一時無法回國，又不知如何辦理手續，爰書妥信函一封，寄達其原來所轄之戶政事務所，請求戶政事務所告知其如何辦理手續。假設您是該戶政事務所承辦人員，請您參照附件資料（第三張至第五張），以戶政事務所正式公文回復劉君。

○○市○○區戶政事務所　函

地　　　址：○○市○○路○○號
聯絡方式：承辦人○○○
　　　　　電話：(02)○○○○○○○○
　　　　　傳真：(○○)○○○○○○○○
　　　　　e-mail：○○@○○.○○.○○.○○

□□□
○○市○○區○○○路○段○○○號
受文者：劉君

發文日期：中華民國○○年○○月○○日
發文字號：○○字第○○○○○○○○○○○號
速別：最速件
密等及解密條件或保密期限：
附件：詳見說明第四點

主旨：復台端所詢旅居國外人民申辦換發國民身分證等相關事項，請查照。

說明：

一、依據內政部○○年○○月○○日○○字第○○○○○號函辦理。

二、政府以便民服務為考量，若當事人無法親自申請換發新國民身分證，請至內政部網站http://www.ris.gov.tw自行下載一制式格式出具委託書，委託他人辦理。受委託人除應攜帶當事人上列文件辦理外，應另攜帶個人印章（簽名亦可）、國民身分證或其他身分文件。

三、台端因旅居國外，無法親自申請換發新證，可依所附之相關附件規定辦理之。

四、檢送「九十四年全面換發國民身分證通知單」、「九十四年全面換發國民身分證委託書」及「九十四年全面換發國民身分證相片規格」各乙份。

正本：劉君

副本：

主任　○○○

附件一：

<table>
<tr><td colspan="2" align="center">九十四年全面換發國民身分證通知單</td></tr>
<tr><td>戶長及戶內換證人口姓名</td><td></td></tr>
<tr><td>戶籍地址</td><td></td></tr>
<tr><td>繳交相片時間※</td><td></td></tr>
<tr><td>繳交相片地點</td><td></td></tr>
<tr><td>領取新證時間※</td><td></td></tr>
<tr><td>領取新證地點</td><td></td></tr>
</table>

（若需中午彈班或夜間領證時，請事先來電告知，俾便安排。）

注意事項

一、請依戶政事務所通知的時間、地點，申請換領新證。

二、申請換領新證時，請當事人（14歲以上）、法定代理人（未滿14歲或禁治產人已領有國民身分證者）或受委託人，攜帶下列文件辦理：

（一）本通知單。

（二）當事人國民身分證。

（三）當事人最近1年內所攝彩色相片1張。相片背面註明姓名、國民身分證統一編號及拍照日期。（相片規格如附件三，每戶1張，樣張並已登載於內政部網站：http://www.ris.gov.tw）

（四）當事人印章（可簽名）。

三、未滿14歲已領有國民身分證申請換領新證者，應由法定代理人（父母共同或監護人）辦理（如法定代理人之一方，無法申請時，可出具同意書或委託書，由另一方代為申請）；已領有國民身分證之禁治產人，由法定代理人辦理換證。法定代理人除應攜帶當事人上列文件外，應另攜帶個人之印章（可簽名）、國民身分證或身分證明文件。

四、當事人無法親自申請換發新證，請出具委託書（如附件二，每戶1張，樣張並已登載於內政部網站：http://www.ris.gov.tw，可自行下載使用或向戶政事務所索取）委託他人辦理，受委託人除應攜帶當事人上列文件辦理外，應另攜帶個人印章（可簽名）、國民身分證或身分證明文件。

五、國民身分證毀損或相片模糊，無法核對人貌者，應親自辦理，不得委託申請，並須另攜帶貼有相片之證明文件。

六、當事人國民身分證如遺失，應親自向戶籍地戶政事務所申請補發並繳交規費，並請另攜帶貼有相片之證明文件。

七、領取新證時，當事人應親自領取。

八、經戶政事務所受理換證，嗣後戶籍遷出者，應另檢附相片一張，向遷入地戶政事務所重新辦理換證手續。

九、未滿14歲或14歲以上初領國民身分證者，應向戶籍地戶政事務所依請領國民身分證相關規定辦理，並繳交規費。

十、持舊證換新證者，免費。但舊證遺失、第一次初領新證者，仍應繳交規費。

十一、換領新證後，舊證失效。

十二、請依照戶籍地戶政事務所通知日期申請換證及領取新證。未依排定日期辦理換證者，請自行向戶籍地戶政事務所辦理，並請留意戶政事務所加班時間。

十三、本通知單如漏列戶內已領有國民身分證者姓名或有其他疑問，請與戶籍地戶政事務所聯絡，電話：

戶政事務所　敬啟

附件二：

九十四年全面換發國民身分證委託書

茲因□工作忙碌□行動不便□其他（請註明原因：＿＿＿＿＿＿＿＿），無法親自申請九十四年換發國民身分證事，特委託＿＿＿＿＿持本人之國民身分證、相片及本委託書，代為辦理。

委託人：＿＿＿＿＿＿＿（簽名或蓋章）

國民身分證統一編號：＿＿＿＿＿＿＿＿＿＿＿＿＿＿＿＿＿＿＿＿

戶籍地址：＿＿＿縣市 ＿＿＿鄉鎮市區 ＿＿＿村里 ＿＿＿鄰 ＿＿＿街路
＿＿＿段＿＿＿巷＿＿＿弄＿＿＿號＿＿＿樓之＿＿＿

連絡電話：（＿＿＿）＿＿＿＿＿＿＿＿＿＿

委託人：＿＿＿＿＿＿＿（簽名或蓋章）

國民身分證統一編號：＿＿＿＿＿＿＿＿＿＿＿＿＿＿＿＿＿＿＿＿

戶籍地址：＿＿＿縣市 ＿＿＿鄉鎮市區 ＿＿＿村里 ＿＿＿鄰 ＿＿＿街路
＿＿＿段＿＿＿巷＿＿＿弄＿＿＿號＿＿＿樓之＿＿＿

連絡電話：（＿＿＿）＿＿＿＿＿＿＿＿＿＿

委託人：＿＿＿＿＿＿＿（簽名或蓋章）

國民身分證統一編號：＿＿＿＿＿＿＿＿＿＿＿＿＿＿＿＿＿＿＿＿

戶籍地址：＿＿＿縣市 ＿＿＿鄉鎮市區 ＿＿＿村里 ＿＿＿鄰 ＿＿＿街路
＿＿＿段＿＿＿巷＿＿＿弄＿＿＿號＿＿＿樓之＿＿＿

連絡電話：（＿＿＿）＿＿＿＿＿＿＿＿＿＿

※委託人：＿＿＿＿＿＿＿（簽名或蓋章）

國民身分證統一編號：＿＿＿＿＿＿＿＿＿＿＿＿＿＿＿＿＿＿＿＿

戶籍地址：＿＿＿縣市 ＿＿＿鄉鎮市區 ＿＿＿村里 ＿＿＿鄰 ＿＿＿街路
＿＿＿段＿＿＿巷＿＿＿弄＿＿＿號＿＿＿樓之＿＿＿

連絡電話：（＿＿＿）＿＿＿＿＿＿＿＿＿＿

說明：

一、新式國民身分證必須親自領取，不可委託。

二、當事人委託他人申請換發新式國民身分證，其行為效果直接歸於本人；請慎選受委託人，維護個人權益。

三、同一戶內換發新式國民身分證者，得共同使用同一張委託書。

四、受委託人應攜帶個人印章（可簽名）、國民身分證或身分證明文件。

五、國民身分證遺失、毀損或相片模糊，無法核對人貌者，不得委託。

六、未滿14歲已領有國民身分證申請換領新證者，應由法定代理人（父母共同或監護人）辦理（如法定代理人之一方，無法申請時，可出具同意書或委託書，由另一方代為申請）。

七、本委託書已登載於內政部網站：http://www.ris.gov.tw，如不敷使用，請自行下載或另行影印。

附件三：

九十四年全面換發國民身分證相片規格

當事人應繳交最近1年內所攝彩色，脫帽、未戴有色眼鏡，眼、鼻、口、臉、兩耳輪廓及特殊痣、胎記、疤痕等清晰、不遮蓋，相片不修改，足資辨識人貌，直4.5公分，橫3.5公分，人像自頭頂至下顎之長度不得小於3.2公分及超過3.6公分，白色背景之正面半身薄光面紙相片1張，不得使用合成相片。相片背面註明姓名、國民身分證統一編號及拍照日期。規格如下：（相片樣張登載內政部網站：http://www.ris.gov.tw）

一、1年之內拍攝。

二、直4.5公分且橫3.5公分，以頭部及肩膀頂端近拍，使臉部佔據整張照片面積的70~80%。

三、對焦需清晰且鮮明，高品質，無墨跡或摺痕。

四、眼睛正視相機鏡頭拍攝，自然地顯現出皮膚的色調，有合適的亮度及對比。

五、以高解析度沖（列）印在高品質的相紙上。

六、如相片是以數位相機拍攝，必須為高彩度而且以相紙沖（列）印。

七、相片為中性的色彩。

八、眼睛必須張開且清晰可見，不能被頭髮遮蓋，呈現清楚的臉型輪廓，不能側向一邊（似肖像畫形式）或傾斜，且臉型兩側、兩耳輪廓及特殊痣、胎記、疤痕需清楚呈現，相片不修改。小耳症患者其頭髮可遮蓋耳朵輪廓，但臉型兩側仍須顯明，不遮蓋。

九、需以白色背景拍攝。

十、光源需均勻而且不能有影子或閃光反射在臉部，不能有紅眼。

十一、如果配戴眼鏡：

眼睛需清楚呈現，不能有閃光反射在眼鏡上，且不能配戴有色眼鏡（視障者得配戴有色眼鏡）。

確認鏡架不遮住眼睛任何的一部分（請避免配戴粗重的鏡架，配戴較輕巧之眼鏡）。

十二、　因宗教因素須戴頭巾者，相片人貌之五官從下巴的底部至額頭的頂端及臉的兩側輪廓，必須清楚呈現。

十三、　相片必須單獨顯現當事人的影像（不能有椅背、玩具或其他人的影像），眼睛正視相機鏡頭拍攝，無特殊表情且嘴巴合閉。

附件：相片大小尺寸

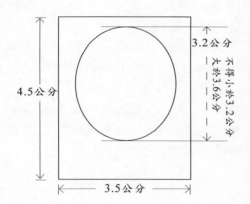

附註：

一、為避免影響相片效果及新證美觀，建議民眾宜穿著深色系衣服照相，避免穿著淺色系衣服。

二、未限制不得綁頭髮或染髮。若因疾病而化學治療者，或因個人體質而頭髮稀少者，並無限制不得戴假髮。

三、留長髮者，其瀏海以不得遮蓋眉毛及臉部五官為原則；鬢角亦為頭髮之一部分，如過長已明顯遮蓋耳朵，則宜適度修剪，惟亦不得故意遮蓋耳朵；另並無限制不得蓄鬍鬚。

四、未限制不得戴耳環、鼻環等，惟不得刻意遮蓋眼、鼻、口、臉、兩耳等臉部五官或輪廓。

五、「無特殊表情且嘴巴合閉」，係指表情自然不誇張，並未限制不得微笑。

95年　初考（非一般行政）

☑「性騷擾防治法」業於今(95)年2月5日施行，內政部家庭暴力及性侵害防治委員會特製作宣傳圖檔光碟及宣傳廣播帶光碟各一片，發送相關機關宣導。試擬內政部函各直轄市、縣市政府，加強法令宣導，並督促所屬注意行為規範。

※參考條文：

第20條　規定：「對他人為性騷擾者，由直轄市、縣（市）主管機關處新臺幣一萬元以上十萬元以下罰鍰。」

第21條　規定：「對於因教育、訓練、醫療、公務、業務、求職或其他相類關係受自己監督、照護之人，利用權勢或機會為性騷擾者，得加重科處罰鍰至二分之一。」

第25條　規定：「意圖性騷擾，乘人不及抗拒而為親吻、擁抱或觸摸其臀部、胸部或其他身體隱私處之行為者，處二年以下有期徒刑、拘役或科或併科新臺幣十萬元以下罰金。

前項之罪，須告訴乃論。」

內政部　函

地　　址：○○○ 臺北市○○路○○號
聯絡方式：承辦人　○○○
　　　　　電話：(02)○○○○○○○○
　　　　　傳真：(○○)○○○○○○○○
　　　　　e-mail：○○@○○.○○.○○.○○

□□□
○○市○○區○○○路○段○○○號
受文者：直轄市及各縣市政府

發文日期：中華民國○○年○○月○○日

發文字號：○○字第○○○○○○○○○○○號

速別：

密等及解密條件或保密期限：

附件：「性騷擾防治法」最新條文

主旨：「性騷擾防治法」已於九十五年二月五日施行，本部家庭暴力
　　　及性侵害防治委員會特製作宣傳圖檔光碟及宣傳廣播帶光碟各
　　　乙份，發送相關機關，以為宣導，請查照。

說明：

一、依據內政部○○年○○月○○日第○○次院會決議案辦理。

二、邇來，性騷擾事件頻傳，甚至發生家庭暴力與性侵害等案件，
　　致使民眾身心受到傷害，故以法律防制人權受害，為當今刻不
　　容緩之要務。

三、基於上開情事，政府特實施「性騷擾防治法」，使性騷擾者得
　　依此受到懲處，藉以保障民眾的基本人權。

辦法：

一、請各縣市政府與社會局密切合作，對相關問題家庭實施追蹤與
　　輔導，以降低此類不幸事件。

二、確實落實「性騷擾防治法」，使意圖性騷擾者受到懲處，保障
　　民眾的生活安全。

三、茲附「性騷擾防治法」之最新條文，爰請各相關單位加強法令
　　之宣導。

正本：各直轄市、縣市政府

副本：

部長　○○○（蓋職銜簽字章）

95年　高考三級

根據統計，目前30 歲至49 歲之信用卡持卡人，60%以上係因創業需求、投資失敗或失業等因素背負卡債，行政院金融監督管理委員會經邀請內政部、經濟部、行政院勞工委員會、行政院經濟建設委員會及中華民國銀行公會等相關單位研商，達成提供工作機會及創業貸款等相關配套方案。

☑ 試為行政院金融監督管理委員會擬函，儘速將該方案報請行政院核備並准予轉知各直轄市及縣（市）政府宣導辦理。

行政院金融監 管理委員會　函

地　　址：○○○台北市○○路○○號
聯絡方式：承辦人○○○
電話：(02)○○○○○○○○○
傳真：(○○)○○○○○○○○○
e-mail：○○@○○.○○.○○.○○

□□□
臺北市○○區○○路○○段○○號
受文者：行政院

發文日期：中華民國○○年○月○日
發文字號：○○字第○○○○○○○○○○號
速別：最速件
密等及解密條件或保密期限：
附件：「協助國內民眾解決因求職及投資造成之債務問題相關配套方案」乙份。

主旨：為協助國內民眾解決因求職及投資造成之債務問題，擬訂相關
　　　配套方案，請鑒核。

說明：

一、遵照鈞院○○年○月○日○○字第○○○○號函辦理。

二、為協助中年齡層持卡人因創業需求、投資失敗或失業等因素而
　　背負卡債，經相關部會單位協商研議，達成提供工作機會及創
　　業貸款等相關配套方案。

辦法：奉准後，通函所屬各機關及各直轄、縣、市政府，轉知所屬遵
　　　照辦理。

正本：行政院
副本：本會第○局

主任委員○○○（蓋職章）

95年　普考

觀光產業是世界各國普遍重視的服務業，為此政府特於挑戰2008國家發展重點計畫中推出各項觀光發展計畫，希望藉著台灣特殊條件，彙整各地方觀光特色，行銷國內外。

☑試擬交通部請各直轄市、縣（市）政府儘速配合辦理函。

交通部 函

地　　址：○○○台北市○○路○○號
聯絡方式：承辦人○○○
電話：(02)○○○○○○○○
傳眞：(○○)○○○○○○○○
e-mail：○○@○○.○○.○○.○○

□□□
○○市○○區○○路○○段○○號
受文者：各直轄市及縣（市）政府

發文日期：中華民國○○年○月○日
發文字號：○○字第○○○○○○○○○○號
速　　別：最速件
密等及解密條件或保密期限：
附　　件：

主旨：因應2008國家觀光發展計畫之推行，儘速配合辦理各地觀光特
　　　色彙整作業，請查照。
說明：
　一、依據挑戰2008國家重點發展計畫之觀光客倍增策略辦理。
　二、觀光產業為各國普遍重視之服務業，故彙整各地方觀光特色，
　　　配合策略辦理，使臺灣之美行銷國內外。
辦法：
　一、各級政府應配合計畫，進行區域地景的維護與改造，及觀光路
　　　線的整理宣傳，以達彙整之效。
　二、各級政府應協助當地觀光產業與其他產業之調和發展。

正本：各直轄市及縣（市）政府
副本：行政院

部長　○○○

95年　司法特考三等

☑試擬法務部致所屬各檢調機關函：為期刑事案件之偵查，能符合刑事訴訟法偵查不公開原則，並兼顧被告、犯罪嫌疑人或其他相關人士之隱私與名譽，爰統一規定新聞發布相關事項，請依照規定審慎處理新聞發布事宜。

法務部　函

地　　　址：○○○台北市○○路○○號
聯絡方式：承辦人○○○
電話：(02)○○○○○○○○
傳真：(○○)○○○○○○○○
e-mail：○○@○○.○○.○○.○○

□□□
○○市○○區○○路○○段○○號
受文者：法務部最高法院檢察署、臺灣高等法院檢察署、調查局

發文日期：中華民國○○年○月○日
發文字號：○○字第○○○○○○○○○○號
速　　別：最速件
密等及解密條件或保密期限：

主旨：刑事案件之偵查，應依照新聞發布相關事項之統一規定審慎處理，並轉知所轄各級檢調單位遵行，希查照。

說明：
一、依據行政院○○年○月○日○○字第○○○○號函辦理。
二、為期刑事案件之偵查，能符合刑事訴訟法偵查不公開原則，並兼顧被告、犯罪嫌疑人或其他相關人士之隱私與名譽，請依照新聞發布相關事項之統一規定，審慎處理新聞發布事宜。

辦法：
一、本部所屬之檢調機關，應轉知以下所轄各級單位，依「檢察、警察暨調查機關偵查刑事案件新聞處理注意要點」審慎辦理相關事宜，藉以改進現下各單位刑事案件偵查新聞發布情況。
二、參考本部「主管法規資料庫查詢系統」法規資訊。

正本：法務部最高法院檢察署、臺灣高等法院檢察署、調查局
副本：行政院

部長　○○○（簽字章）

95年　司法特考四等

☑ 試擬法務部致所屬各監院所函：為強化矯正教化功能，落實人性化管理，請結合民間公益團體，善加運用社會資源，加強辦理監、院、所之受刑人、收容人各項關懷活動。

法務部　函

地　　址：○○○台北市○○路○○號
聯絡方式：承辦人○○○
電話：(02)○○○○○○○○
傳真：(02)○○○○○○○○
e-mail：○○@○○.○○.○○.○○

□□□
○○市○○區○○○路○段○號
受文者：所屬各監院所

發文日期：中華民國○○年○○月○○日

發文字號：臺(○○)法○字第○○○○○號

速　　別：

密等及解密條件或保密期限：

附　　件：各監院所辦理○○上半年度受刑人關懷活動計畫

主旨：為強化矯正教化功能，落實人性化管理，請結合民間公益團
　　　體，善加運用社會資源，加強辦理監、院、所之受刑人、收容
　　　人各項關懷活動。

說明：

一、依行政院○○年○○月○○日臺95○○字第○○○○○○○○○
　　號函辦理。

二、為了加強監、院、所之受刑人、收容人教化效益，各監院所應
　　加強辦理○○上半年度受刑人和收容人關懷活動。

三、請各監院所研擬欲結合之學校團體及民間公益團體，提出具體實
　　施計畫及經費概算表，於○○月○○日以前備文送本部審核。

四、實施計畫及經費概算表應符合「各監院所辦理○○上半年度受
　　刑人關懷活動計畫」之各項規定。

正本：各監院所

副本：行政院、法務部矯正司

部長　　○○○(蓋職銜簽字章)

95年　司法特考五等

☑ 假設○○地方法院檢察署近來文書處理出現疏漏、公文時效亦有退步，為加強管理，請試擬○○地方法院檢察署致內部各單位函，要求同仁應確依行政院訂頒之文書處理手冊規定辦理，以改進現有缺失。

臺灣○○地方法院檢察署　函

　　　地　　址：○○○ ○○市○○路○○號
　　　聯絡方式：承辦人○○○
　　　電話：(02)○○○○○○○○
　　　傳真：(○○)○○○○○○○○
　　　e-mail：○○@○○.○○.○○.○○

□□□
○○市○○區○○○路○段○號
受文者：本署所屬各機關

發文日期：中華民國○○年○月○日
發文字號：○○字第○○○○○○○○○號
速　　別：最速件
密等及解密條件或保密期限：
附　　件：「文書處理檔案管理手冊」乙份

主旨：各單位同仁應確依行政院訂頒之文書處理手冊規定辦理公務，希照辦。
說明：
　一、依據行政院○○年○月○日○○字第○○○○號函辦理。
　二、近來署內文書處理多有疏漏，公文時效亦有延退，為改進現有缺失，各單位同仁應確實遵照行政院修訂之文書處理手冊，進行文書處理及檔案管理，以求改善。

辦法：
　一、詳參行政院「文書處理手冊」內容，尤以公文結構、作法要求
　　　及收文處理方式為要，藉以修正現下各單位文書處理之缺失。
　　　如附件。
　二、參考行政院「公文e網通」網站資訊。

正本：本署所屬各機關
副本：法務部

署長　○○○（簽字章）

95年　警察特考三等

☑試擬財政部致各關稅局函，希加強查緝毒品走私，以維國民健康。

財政部　函

　地　　址：○○○臺北市○○路○○號
　聯絡方式：承辦人　○○○
　電話：(02)○○○○○○○○
　傳真：(○○)○○○○○○○
　e-mail：○○@○○.○○.○○.○○

□□□
○○市○○區○○○路○段○○○號
受文者：台北關稅局

發文日期：中華民國○○年○○月○○日
發文字號：○○字第○○○○○○○○○○號
速　　別：普通

密等及解密條件或保密期限：
附　　　件：

主旨：為確保國民健康，加強全體國民之競爭力，期望各關稅局落實
　　　毒品走私之查緝作業，務達成無毒之健全社會。

說明：
　一、依據財政部○○年○○月○○日第○○次部會決議案辦理。
　二、為了確保全體國民的健康，建立無毒害之社會，各關稅局應依
　　　法加強查緝毒品走私，確實執行並嚴格掃蕩，詳加搜索，以避
　　　免民眾接觸毒品而成癮，並降低社會犯罪率。
　三、為確保民眾權益，各關稅局應防範走私，完全禁絕毒品入侵，
　　　建立一個安全單純的社會環境。

辦法：
　一、各關稅局應加強關口之查緝作業。
　二、各關稅局官員應對失職人員予以懲處。
　三、以認真負責的態度查緝走私，務求嚴謹實行此法。

正本：台北關稅局
副本：財政部秘書處

部長　　○○○（蓋職銜簽字章）

95年　警察特考四等

☑ 試擬內政部函各級地方政府：加強有關公務人員懲戒肅貪法令之宣導，以建立廉能而有效率的政府。

內政部　函

地　　　址：○○○臺北市○○路○○號
聯絡方式：承辦人○○○
電話：(02)○○○○○○○○
傳真：(○○)○○○○○○○○
e-mail：○○@○○.○○.○○.○○

□□□
○○市○○區○○○路○段○○○號
受文者：台中市政府

發文日期：中華民國○○年○○月○○日
發文字號：○○字第○○○○○○○○○○號
速　　別：普通
密等及解密條件或保密期限：
附　　件：

主旨：為確保全體納稅人之權益，請各級地方政府加強整飭公家機
　　　關，澈底肅清貪污之公務人員，並宣導相關法令，務期能建立
　　　廉能高效的政府。請查照。
說明：
　一、依據本部○○年○○月○○日第○○次部會決議案辦理。
　二、為了確保納稅人的權益，將稅額妥善運用於國家建設上，各級
　　　地方政府應加強懲戒肅清貪法令之宣導，以收警惕之效。
　三、確保民眾權利，徹底宣導條文，建立廉能的政府機構。
辦法：
　一、各級地方政府應確實督導宣傳條文，並依法執行相關行政事項。
　二、徹底實行，務必使清廉觀念深植人心，並對失職人員予以懲處。

三、以負責認真的態度，積極的精神，宣導公務人員懲戒肅貪法令，以建立廉能政府。

四、民眾之意見，應誠懇接受並適切回應其需求，以獲得人民信任。

正本：台中市政府
副本：內政部秘書處

部長　○○○（蓋職銜簽字章）

95年　基層、行政警察人員、海巡人員

☑ 科技進步日新月異，電腦技能是未來職務上的有利工具。試擬內政部致所屬機關函，希積極規劃資訊相關課程，強化同仁電腦技能，以提升行政績效。

內政部　函

地　　址：○○○臺北市○○路○○號
聯絡方式：承辦人○○○
電話：(02)○○○○○○○○
傳真：(○○)○○○○○○○○
e-mail：○○@○○.○○.○○.○○

□□□
○○市○○路○○號
受文者：所屬各機關單位

發文日期：中華民國○年○月○日
發文字號：○○字第○○○○○○○○○○○○號
速　　別：
密等及解密條件或保密期限：
附　　件：

主旨：科技進步日新月異，電腦技能是未來職務上的有利工具，希積
　　　極規劃資訊相關課程，強化同仁電腦技能，以提升行政績效，
　　　請查照。

說明：
　一、依據行政院〇〇年〇〇月〇〇日第〇次院會院長指示辦理。
　二、全球資訊化及電子化的時代已經來臨，為提升政府行政效能，
　　　資訊化及電子化過程勢在必行，故若同仁電腦技能不足，恐將
　　　影響行政效率。

辦法：
　一、所屬各級機關單位應辦理資訊電腦等相關課程，並鼓勵同仁參與。
　二、各單位主管人員應積極進行督導責任，對於課程表現優良之同
　　　仁予以獎勵。

正本：所屬各級單位
副本：內政部

部長　　〇〇〇（蓋職銜簽字章）

95年 中央警察大學（消佐班）第11期(第1、2類)入學考

一、簡答題

☑何謂「簽稿併陳」？其處理時機為何？

答案：1. 定義：簽和稿一起給長官過目並核章。
　　　2. 使用時機：機關欲推行辦理各項公務，因時效上恐緩不濟急，
　　　　 所以內部簽呈，與外部發文函件一併陳報上級長官核准，而後
　　　　 推行公務。

二、實例題

☑ 請試擬內政部消防署函各級消防機關：為落實所屬轄內各大型健身房、三溫暖及健康中心等公共場所之消防安全檢查，請督飭所屬加強管理與取締不法，以避免不幸事故發生，確保民眾生命及財產安全。

內政部消防署　函

地　　址：○○○台北市○○路○○號
聯絡方式：承辦人○○○
電話：(02)○○○○○○○○
傳真：(○○)○○○○○○○○
e-mail：○○@○○.○○.○○.○○

□□□
○○市○○區○○○路○段○號
受文者：所屬各級消防機關

發文日期：中華民國○○年○○月○○日
發文字號：臺(○○)內○字第○○○○○號
速別：
密等及解密條件或保密期限：
附件：

主旨：為落實所屬轄內各大型健身房、三溫暖及健康中心等公共場所之消防安全檢查，請督飭所屬加強管理與取締不法，以避免不幸事故發生，確保民眾生命及財產安全。

說明：

一、依行政院○○年○○月○日臺（○○）○○字第○○○○○○○○○○號函辦理。

二、近日傳出大型健身房、三溫暖及健康中心等公共場所發生火災之不幸事件，為了避免不必要的遺憾再度發生，即日加強管理與取締不法。

辦法：
　一、各級消防機關請在一個月內，清查所屬轄區各大型健身房、三
　　　溫暖及健康中心等公共場所之消防安全檢查，通過檢查者得以
　　　繼續營業。
　二、未通過檢查之大型健身房、三溫暖及健康中心等公共場所即日
　　　停止營業，直到安檢通過，方能申請營業許可。

正本：各消防機關
副本：內政部消防署

署長　○○○（蓋職銜簽字章）

95年 中央警察大學（警佐班）第26期(第2類)入學考

一、簡答題

☑何謂「簽稿併陳」？其處理時機為何？

答案：1. 定義：簽和稿一起給長官過目並核章。
　　　2. 使用時機：機關欲推行辦理各項公務，因時效上恐緩不濟急，
　　　　 所以內部簽呈，與外部發文函件一併陳報上級長官核准，而後
　　　　 推行公務。

二、實例題

☑試擬內政部警政署函所屬各級警察機關轉知同仁，在處理精神異常嫌
　犯時，除應兼顧人權與執勤同仁自身安全外，於依法審慎使用警械或
　其他有效方法時，並應加強注意週邊人、事、地、物之特殊狀況，以
　避免誤傷無辜。

內政部警政署　函

地　　址：○○○台北市○○路○○號
聯絡方式：承辦人○○○
電話：(02)○○○○○○○○
傳真：(○○)○○○○○○○○
e-mail：○○@○○.○○.○○.○○

□□□
○○市○○區○○○路○段○號
受文者：所屬各級警察機關

發文日期：中華民國○○年○○月○○日
發文字號：臺（○○）警○字第○○○○○號
速別：
密等及解密條件或保密期限：
附件：

主旨：在處理精神異常嫌犯時，除應兼顧人權與執勤同仁自身安全外，於依法審慎使用警械或其他有效方法時，並應加強注意週邊人、事、地、物之特殊狀況，以避免誤傷無辜。

說明：
一、依行政院○○年○○月○日臺95○○字第○○○○○○○號函辦理。
二、近日發生精神異常嫌犯危急公共安全，值勤同仁能有效掌控現場，避免週遭民眾與環境遭受波及。

辦法：
一、各級消防機關請在一個月內，清查所屬轄區各大型健身房、三溫暖及健康中心等公共場所之消防安全檢查，通過檢查者得以繼續營業。
二、未通過檢查之大型健身房、三溫暖及健康中心等公共場所即日停止營業，直到安檢通過，方能申請繼續營業。

正本：各級警察機關
副本：內政部

署長　○○○（蓋職銜簽字章）

95年 中央警察大學（學士班）二技入學考

一、簡答題

☑公文決行層級至多可分為幾層？試分別寫出；第一層決行之公文，決行長官是誰？試以警政署為例，舉例說明之。

答案：四層。

第一層決行為機關首長，警政署則為署長。第二層決行為單位主管，如刑事局長，第三層決行為科長，如鑑識科長，第四層決行為承辦人員。

二、實例題

☑試為內政部擬乙致行政院函：報請同意臺中市政府請求增加警力員額3百名，以維該市治安案。

內政部　函

地　　址：○○○台北市○○路○○號
聯絡方式：承辦人○○○
電話：(02)○○○○○○○○
傳真：(○○)○○○○○○○○
e-mail：○○@○○.○○.○○.○○

□□□
○○市○○區○○○路○段○號
受文者：行政院

發文日期：中華民國○○年○○月○○日
發文字號：臺（○○）內○字第○○○○○號
速別：
密等及解密條件或保密期限：
附件：

主旨：報請同意臺中市政府請求增加警力員額3百名，以維該市治安案。

說明：

一、近日臺中市連續發生多起搶劫、勒贖、飆車事件。

二、臺中市所屬警察局各員警皆能有效處理危急狀況，避免殃及無辜民眾。

三、事件處理過程中，有員警調派之困難，警力不足之情況明顯。

辦法：

一、請於中部各縣市調派警力員額3百名，以彌補現階段員警之不足。

二、請調派鄰近縣市替代役男協助巡邏、守望之業務。

正本：行政院

副本：內政部、臺中市政府警察局

部長　○○○（蓋職銜簽字章）

96年　普考

☑試擬行政院衛生署致各縣市政府衛生局函：為配合菸害防制法之修正，應對民眾加強有關室內公共場所禁菸之宣導教育工作，以利該法之施行。

行政院衛生署　函

地　　址：○○○台北市○○路○○號

承辦人○○○

電話：(02)○○○○○○○○

傳真：(○○)○○○○○○○○

e-mail：○○@○○.○○.○○.○○

□□□

新北市○○區○○路○段○號

受文者：新北市政府衛生局

發文日期：中華民國○○年○○月○○日

發文字號：臺（○○）內○字第○○○○○號

速別：

密等及解密條件或保密期限：

附件：

主旨：為配合菸害防治法之修正，應對民眾加強有關室內公共場所禁菸之宣導教育工作，以利該法之施行，請確切辦理。

說明：

一、有鑑於吸菸會引發眾多重大疾病，有礙國人身體健康，因此在菸害防治法修正後，應依法保障民眾拒吸二手菸之權利，並教育國人戒除菸癮以維護健康。

二、即日起爰請各單位對民眾實施宣導工作，並於公共場所張貼禁菸標示，使民眾明白菸害防治法之精神。

辦法：

一、先對民眾實施道德勸說，於公開場合張貼禁菸標示、製作菸害防治法宣導手冊供民眾索取，使民眾明白本法之施行要項。

二、對於成效卓著之單位或公眾場合，從寬敘獎。

三、對於在密閉場所吸菸且屢勸不聽者，爰用本法處以罰鍰、沒收、禁菸教育；情節重大者得送至醫療單位強制勒戒，以收風行草偃之效。

正本：各縣市政府衛生局

副本：行政院衛生署

署長○○○（簽字章）

96年 高考三級

☑ 試擬內政部警政署致各縣市政府警察局函：應配合新修正之道路交通管理處罰條例之施行，對民眾加強宣導有關取締行車秩序、路口淨空及行人安全違規項目之教育工作，以共同維護交通安全。

內政部警政署　函

地　　址：○○○台北市○○路○○號
承辦人○○○
電話：(02)○○○○○○○○
傳真：(○○)○○○○○○○○
e-mail：○○@○○.○○.○○.○○

□□□
台中市○○區○○路○段○號
受文者：台中市政府警察局

發文日期：中華民國○○年○○月○○日
發文字號：臺（○○）內○字第○○○○○號
速別：
密等及解密條件或保密期限：
附件：

主旨：各單位應配合新修正之道路交通管理處罰條例，對民眾加強宣導有關取締行車秩序、路口淨空及行人安全違規項目之教育工作，以共同維護交通安全，請查照。

說明：

一、近來交通事故頻傳，造成多人傷亡，增加社會成本，更損及政府形象。研究眾多交通事故成因，大多是民眾不遵守交通規則以及執法人員取締不力所導致，各單位應配合執行此項命令。

二、執行本項工作，以維護民眾生命安全為目的，並提供民眾更安全便捷的交通環境。

三、檢附「道路交通管理處罰條例」一份。

辦法：

一、即日起，各局應即邀請相關人員訂定宣導辦法，加強各項宣導工作。

二、各局應爰請基層員警依據本件所附處罰條例切實執行，杜絕關說、請託，以表示貫徹執法的決心。

三、本案列為年度考核重點項目，各局執行本案有功人員，予以從寬敘獎。

正本：各縣市政府警察局
副本：

署長　○○○（簽字章）

97年　初考（一般行政）

☑ 在這充滿未知、挑戰及無限可能的二十一世紀，知識與學習是社會永續發展與持續進步的核心。請試擬教育部致各直轄市、縣市政府教育局函，發起「終身學習、健康台灣！」鼓勵廣設社區大學、樂齡學院、讀書會等組織或機構，共同推展終身學習社會之理想，使民眾了解學習是每個人生活的一部分；建構處處是教室、時時可學習之學習社會。於年度終了將評鑑甄選特優二名（獎金五百萬元），優等三名（獎金三百萬元）。

教育部 函

地　　址：○○○台北市○○路○○號
承辦人○○○
電話：(02)○○○○○○○○
傳真：(○○)○○○○○○○○
e-mail：○○@○○.○○.○○.○○

□□□
○○市○○區○○○路○段○號
受文者：高雄市政府教育局

發文日期：中華民國○○年○○月○○日
發文字號：○○字第○○○○○○○○○○號
速　　別：
密等及解密條件或保密期限：
附　　件：

主旨：為推展「終身學習、健康台灣」社會之理想，鼓勵廣設社區大學、樂齡學院、讀書會等組織或機構，並於年終舉辦評鑑甄選，給予優良者獎金。希照辦。

說明：
一、依本部○○年○○月○○日第○○次專案會議決議案辦理。
二、為鼓勵各機關團體踴躍參與，本活動將於年度結束時統一評鑑成績。

辦法：
一、請所屬推廣增設各類學習機構，使民眾了解學習是每個人生活的一部分；建構處處是教室、時時可學習之學習社會。
二、年終評鑑甄選取特優二名，各得獎金五百萬；優等三名，各得獎金三百萬。

正本：各直轄市及縣（市）政府
副本：

部長　○○○（簽字章）

97年　司法特考三等

☑試擬法務部致所屬檢調機關函：邇來頻傳不法集團侵入購物網站，竊取客戶個人資料，從事詐騙行為，請積極查緝，以維護民眾身心與財產之安全，並符合國際社會保護個人資料之要求。

法務部　函

地　　址：○○○台北市○○路○○號
承辦人○○○
電話：(02)○○○○○○○○
傳真：(○○)○○○○○○○○
e-mail：○○@○○.○○.○○.○○

□□□
○○市○○區○○○路○段○號
受文者：法務部調查局

發文日期：中華民國○○年○○月○○日
發文字號：○○字第○○○○○○○○○號
速　　別：
密等及解密條件或保密期限：
附　　件：

主旨：請查緝不法集團侵入購物網站，以維護民眾身心財產之安全。
　　　希照辦。
說明：
　一、依據行政院民國○○年○○月○○日第○○○○次院會會議決
　　　議辦理。
　二、查緝過程請符合國際社會保護個人資料之要求，不得違反相關
　　　法律之規定。

辦法：
一、請貴局成立專案小組研究購物網站涉及不法之取締標準。
二、向民眾積極宣導反詐騙行為。
三、審慎保護民眾個人資料之隱私與安全。

正本：各地區檢調機關
副本：

部長　○○○（簽字章）

97年　警察特考四等

☑ 鑒於農曆春節來臨，宵小竊盜與暴力犯罪案件增加，試擬內政部函地方各級警政單位：請加強「春節維安工作要點」的執行，讓民眾享有一個平安快樂的春節假期。

內政部　函

地　　址：○○○台北市○○路○○號
承辦人○○○
電話：(02)○○○○○○○○
傳真：(○○)○○○○○○○○
e-mail：○○@○○.○○.○○.○○

□□□
○○市○○區○○○路○段○號
受文者：臺南市政府警察局

發文日期：中華民國○○年○○月○○日
發文字號：○○字第○○○○○○○○○○號
速　　別：
密等及解密條件或保密期限：
附　　件：

主旨：請貴局加強「春節維安工作要點」的執行，讓民眾享有一個平
　　　安快樂的春節假期。

說明：
　一、依據本部○○年○○月○○日○字第○○○○○號函辦理。
　二、時值農曆春節來臨，有鑑於往年此時期宵小竊盜與暴力犯罪案件
　　　增加，影響人民生活財產安全甚鉅，亟需各單位同仁加強執法，
　　　杜絕犯罪情事，讓民眾享有一個平安快樂的春節假期。

辦法：
　一、各級警政單位應強化勤務作為，針對可疑目標、處所進行清
　　　查、蒐證、檢肅，務求全面防範犯罪情事之發生。
　二、將新興防竊、防搶、防詐騙手法及預防因應之道透過電子媒
　　　體、網路及LED電子牆等管道，廣為向民眾宣導。
　三、春節期間視必要增設臨時巡邏箱，避免流於簽名形式，以落實
　　　巡邏勤務，提高見警率，有效嚇阻犯罪。
　四、結合村(里)社區守望相助隊，執行社區巡守，強化現有警民連
　　　線、錄影監視系統等安全防護設施，擴大治安觸角，建構治安
　　　網絡。

正本：所屬各級警政單位
副本：本部警政署

部長　○○○（簽字章）

97年　鐵路特考（高員三級）

☑ 請試擬交通部觀光局致各縣（市）政府函：為落實政府開放大陸觀光客來台觀光政策，並結合地方文史與民間節慶活動以繁榮經濟，請隨時提供縣（市）最具地方民俗傳統之節慶活動訊息，俾官方網頁統一規劃發揮有效宣傳。

交通部觀光局　函

地　　址：○○○台北市○○路○○號
承辦人○○○
電話：(02)○○○○○○○○
傳真：(○○)○○○○○○○○
e-mail：○○@○○.○○.○○.○○

□□□
○○市○○區○○○路○段○號
受文者：花蓮縣政府

發文日期：中華民國○○年○○月○○日
發文字號：○○字第○○○○○○○○○○號
速　　別：
密等及解密條件或保密期限：
附　　件：

主旨：為落實政府觀光政策，結合地方特色繁榮經濟，請提供地方傳統民俗特色之節慶活動訊息，俾使官方統整宣傳。請查照辦理。

說明：
　一、依據交通部民國○○年○○月○○日部務會議決議辦理。
　二、為落實政府開放大陸觀光客來台觀光政策，並結合地方文史與民間節慶活動以繁榮經濟，請隨時提供縣（市）最具地方民俗傳統文化特色之活動訊息，俾使官方網頁統一規劃，發揮有效宣傳。

辦法：請提供固定對口行政單位，在活動前兩個月提供詳細活動之要
　　　旨、內容與時間，以利統整規劃，有效宣傳。

正本：各縣（市）政府
副本：

局長　　○○○（簽字章）

97年　鐵路特考（員級）

☑試擬交通部致觀光局函：為因應暑假國內旅遊旺季，請協調各鐵、公
路及航空局等相關單位，實施車、機票及餐飲住宿配套優惠措施，並
研議具體施行、推廣辦法。

交通部　函

地　　址：○○○台北市○○路○○號
承辦人○○○
電話：(02)○○○○○○○○
傳真：(○○)○○○○○○○○
e-mail：○○@○○.○○.○○.○○

□□□
○○市○○區○○○路○段○號
受文者：觀光局

發文日期：中華民國○○年○○月○○日
發文字號：○○字第○○○○○○○○○○號
速　　別：
密等及解密條件或保密期限：
附　　件：如文

主旨：為因應暑假旅遊旺季，請研議各項交通、餐飲及住宿相關優惠
　　　配套措施。請查照辦理。

說明：暑假期間為旅遊旺季，為推廣國內觀光旅遊發展，實需協調鐵
　　　路、公路、航空局等相關單位，實施餐飲、住宿等配套方案，
　　　提供民眾方便而多元的選擇。

辦法：
　　一、研擬國內各區以及離島旅遊方案，再加以協調各交通單位可配
　　　　合因應之方向，詳細辦法如附件一。
　　二、協調國內各區觀光旅遊公會之餐飲與住宿配套措施，提供多元
　　　　互惠辦法。
　　三、衡酌所需財力，就重點研擬詳細計畫報部審核。

正本：觀光局
副本：

部長　　○○○（簽字章）

98年　高考三級

☑試擬內政部致各縣政府函，為鑑於臺灣社會日益工業化與商業化結
　果，導致青年勞動人口紛紛集中都會地區謀生發展，形成鄉村地區老
　人與幼兒人口偏多問題；爰請各縣政府加強推動鄉村地區老人及兒童
　照護服務之創新性措施，以建構健全之社會安全體系。

內政部　函

地　　址：○○市○○路○○號
電話：(02)○○○○○○○○
傳真：(○○)○○○○○○○○
承辦人○○○
e-mail：○○@○○.○○.○○.○○

□□□
○○市○○路○○號
受文者：各縣政府

發文日期：中華民國○○年○○月○○日
發文字號：○○字第○○○○○○○○○○號
速　　別：
密等及解密條件或保密期限：
附　　件：無

主旨：為建構健全之社會安全體系，請加強推動鄉村地區老人及兒童照護服務之創新性措施。請查照。

說明：
一、依行政院○○年○○月○○日○○字第○○○○○號函辦理。
二、鑑於臺灣社會日益工業化與商業化結果，導致青年勞動人口紛紛集中都會地區謀生發展，形成鄉村地區老人與幼兒人口偏多問題，故請加強推動鄉村地區老人及兒童照護服務之創新性措施，以建構健全之社會安全體系。

辦法：
一、應即由相關單位召開會議，研擬如何有效宣導之措施，並組成專業小組切實執行。
二、本案業經本部專案列管，並列為年終考核重點項目之一，執行本案有功人員准予從寬敘獎。

正本：各縣政府
副本：行政院

部長　○○○（簽字章）

98年　普考

☑ 鑑於去（九十七）年卡玫基及辛樂克等颱風造成臺灣地區嚴重水患及土石流災情，行政院劉院長於院會聽取相關檢討報告後，就目前救災及防汛整備提示加強辦理。行政院院會爰決定：請內政部督導地方政府辦理，並請相關部會配合。試擬內政部致各直轄市、縣市政府函（副知相關部會），請加強辦理減災及防汛整備，以提升防災能力，並將災害降至最低。

內 政 部　函

地　　址：○○市○○路○○號
電　話：(02)○○○○○○○○
傳　真：(○○)○○○○○○○○
承辦人○○○
e-mail：○○@○○.○○.○○.○○

□□□
○○市○○路○○號
受文者：各直轄市、縣市政府

發文日期：中華民國○○年○○月○○日
發文字號：○○字第○○○○○○○○○○號
速　　別：
密等及解密條件或保密期限：
附　　件：無

主旨：為提升防災能力，並將災害降至最低，請加強辦理減災及防汛整備。請查照。

說明：
一、依行政院○○年○○月○○日○○字第○○○○○號函辦理。
二、鑑於去年卡玫基及辛樂克等颱風造成臺灣地區嚴重水患及土石流災情，行政院就目前救災及防汛整備提示加強辦理及督導。

故請各相關機關加強辦理減災及防汛整備，以提升防災能力，並將災害降至最低。

辦法：

一、應即由相關單位召開會議，研擬如何有效宣導之措施，並組成專業小組切實執行。

二、本案業經本院專案列管，並列為年終考核重點項目之一，執行本案有功人員准予從寬敘獎。

正本：各直轄市、縣市政府
副本：行政院各相關部會

部長　○○○（簽字章）

98年　司法特考三等

☑ 為加強起訴案件之品質，請以法務部名義，行文所屬各檢調機關，諭令所有偵查案件，應嚴守法律規定，蒐證細密完整，用法適切周延，期能毋枉毋縱，以維護法治，遏止犯罪。

法務部　函

地　　址：○○市○○路○○號
電話：(02)○○○○○○○○
傳真：(○○)○○○○○○○○
承辦人○○○
e-mail：○○@○○.○○.○○.○○

□□□
○○市○○區○○路○○號
受文者：本部所屬各檢調機關

發文日期：中華民國○○年○○月○○日

發文字號：○○字第○○○○○○○○○○○○號

速別：

密等及解密條件或保密期限：

附件：

主旨：為加強起訴案件之品質，所有偵查案件，應嚴守法律規定，蒐證細密完整，用法適切周延，期能毋枉毋縱，以維護法治，遏止犯罪，請查照辦理。

說明：

　一、檢調人員依法行事，偵查各類案件應嚴守法律規定，不得有任意公開、洩漏，或偵辦不力之行為，此乃檢調機關所應負之基本責任。

　二、邇來傳有部分起訴案件，蒐證草率，援引法條不甚適切周延，加重人民對司法不公之疑慮，此現象亟須相關單位共同解決，俾能維護法治，遏止犯罪。

辦法：

　一、各單位主管應以身作則，並於常規集會或訓練，加強宣導依法行政之相關觀念。

　二、就「起訴案件品質」為議題，舉辦討論、座談會議，務必使所屬同仁明瞭本部所宣導之重點。

正本：本部所屬各檢調機關

副本：

部長　○○○（簽字章）

98年　司法特考四等

☑財團法人中華民國消費者文教基金會過去陸續檢測市售一百二十多種瓶裝水，發現標示不符的比例偏高，部分品牌添加多達41種元素，其中還包括放射性元素鈾，飲用過量不僅易引發白血病在內等多種癌症，還會造成遺傳變異，影響國人健康。試擬行政院衛生署函各縣市政府衛生機關，全面稽查及檢驗市售瓶裝水，對不合格瓶裝水，嚴加取締。

行政院衛生署　函

地　　址：○○市○○路○○號
電話：(02)○○○○○○○○
傳真：(○○)○○○○○○○
承辦人○○○
e-mail：○○@○○.○○.○○.○○

□□□
○○市○○區○○路○○號
受文者：○○市政府衛生局

發文日期：中華民國○○年○○月○○日
發文字號：○○字第○○○○○○○○○○○○○○號
速別：
密等及解密條件或保密期限：
附件：

主旨：全面稽查及檢驗市售瓶裝水，對不合格瓶裝水，嚴加取締，希照辦。

說明：
一、邇來有民眾反應，部分市售瓶裝水發現水質混濁、口感不佳
　　等異狀，經財團法人中華民國消費者文教基金會檢測市售
　　一百二十多種瓶裝水，發現標示不符的比例偏高，部分品牌添
　　加多達41種元素，其中還包括放射性元素鈾。爰此，為確保民
　　眾飲用之安全，各衛生單位須做好把關工作。
二、部分不肖業者所生產之劣質瓶裝水若飲用過量，不僅易引發白
　　血病在內等多種癌症，還會造成遺傳變異，影響國人健康甚
　　鉅，實有立即改善之必要。
辦法：
一、請各縣市衛生單位加派專員至轄區內製造商進行嚴格水質檢
　　測，要求廠商限期改善並符合法定標準值。
二、經初檢不合格之廠商不得以任何名義拒絕複檢，若複檢未通
　　過，則立即開單舉發並勒令商品停止販售，俟完全改善後得申
　　請重新上市。
三、如查有相關人員與廠商從事不法勾結，以致危害國人健康者，
　　必追究其行政責任並依法究辦。

正本：各縣市政府衛生局
副本：

署長　○○○（簽字章）

98年　司法特考五等

☑ 試擬法務部為提高肅貪成效，端正政風，於所研擬「重大弊案檢討及制度改進方案」中，在貪污治罪條例中增訂「不違背職務行賄罪」的處罰規定，報請行政院鑒核函。

法務部　函

地　　址：○○市○○路○○號
電話：(02)○○○○○○○○
傳真：(○○)○○○○○○○○
承辦人○○○
e-mail：○○@○○.○○.○○.○○

□□□
○○台北市○○區○○路○○號
受文者：行政院

發文日期：中華民國○○年○○月○○日
發文字號：○○字第○○○○○○○○○○○○號
速別：
密等及解密條件或保密期限：
附件：貪汙治罪條例新增「不違背職務行賄罪」處罰規定條文

主旨：本部為提高肅貪成效，端正政風，於研擬「重大弊案檢討及制度改進方案」中，在貪汙治罪條例新增訂「不違背職務行賄罪」之處罰規定，請鑒核。

說明：
一、因部分公務人員倚仗職權行賄，影響國家形象甚鉅，本部擬在貪汙治罪條例新增訂「不違背職務行賄罪」之處罰規定，期能減少此類情事發生，重建人民信心。
二、本部增列此處罰規定，祈請鈞長審閱並指示，本部必全員遵行，俾能端正政風，重造政府清廉形象。

正本：行政院
副本：

部長　○○○（簽字章）

98年　警察特考三等

☑試擬交通部致民用航空局、觀光局、臺灣鐵路管理局函：為提升國家
　形象，強化國際競爭力，營造友善的觀光環境，以吸引各國觀光客，
　應督促所屬注意執勤時之工作態度，並加強教育訓練。

交通部　函

地　　址：○○市○○路○○號
電話：(02)○○○○○○○○
傳真：(○○)○○○○○○○○
承辦人○○○
e-mail：○○@○○.○○.○○.○○

□□□
○○台北市○○區○○路○○號
受文者：民用航空局、觀光局、臺灣鐵路管理局

發文日期：中華民國○○年○○月○○日
發文字號：○○字第○○○○○○○○○○○○號
速別：
密等及解密條件或保密期限：
附件：無

主旨：為營造友善的觀光環境，請督促所屬注意執勤時之工作態度，
　　　並加強教育訓練，以強化國際競爭力。請查照。
說明：
　一、依行政院○○年○○月○○日○○字第○○○○○號函辦理。
　二、偶來曾接獲觀光客投訴相關單位人員之服務態度不佳，或彼此
　　　為事起爭執。故應督促所屬注意執勤時之工作態度，並加強教
　　　育訓練，一則營造友善的觀光環境，以吸引各國觀光客；一則
　　　亦提升國家形象，強化國際競爭力。

辦法：
一、各機關可邀請相關單位成立推動小組，切實安排具體實施計畫，安排教育訓練加強事宜，並落實督促之功。
二、可多辦理相關活動，如由觀光客評選每月最佳執勤人員或推動微笑貼紙集點活動等，以使人員更能由衷落實執勤時之工作態度。

正本：民用航空局、觀光局、臺灣鐵路管理局
副本：行政院

部長　○○○（簽字章）

98年　警察特考四等

☑暑假將至，學生戶外活動日多，鑒於以往迭有意外事故發生，為防患未然，請試擬內政部警政署函各警察機關，主動配合相關單位，確實執行安全檢查。

內政部警政署　函

地　　址：○○市○○路○○號
電話：(02)○○○○○○○○○
傳真：(○○)○○○○○○○○
承辦人○○○
e-mail：○○@○○.○○.○○.○○

□□□
○○台北市○○區○○路○○號
受文者：各警察機關

發文日期：中華民國○○年○○月○○日
發文字號：○○字第○○○○○○○○○○○○號
速別：
密等及解密條件或保密期限：
附件：無

主旨：暑假將至，學生戶外活動日多，為防患意外事故迭起，請各警
　　　察機關主動配合相關單位確實執行安全檢查。請查照。

說明：
　一、依行政院○○年○○月○○日○○字第○○○○○號函辦理。
　二、以往，每至暑假，學子戶外活動日多，則意外事故常迭起。有
　　　鑑於此，如今暑假又將屆，為防患未然，請各警察機關主動配
　　　合相關單位，確實執行安全檢查。

辦法：
　一、各機關應與相關單位密切合作，成立專案小組，切實推動具體
　　　防患計畫，以落實其效。
　二、各機關亦可透過文宣或與相關單位聯合辦理講習等，以收提醒
　　　之效，或使家長、學子能更知悉自我防患、注意以及有效之緊
　　　急求援方式。

正本：各警察機關
副本：行政院

署長　　○○○（簽字章）

99年　高考三級

☑試擬法務部致所屬各檢調機關函：邇來頻傳兩岸不法集團透過各種管道，蒐集、買賣民眾個人資料，從事詐騙行為，導致社會人心惶惶，應積極查緝，掃蕩不法，有效維護民眾身心、財產之安全。

檔　　號：
保存年限：

法務部　函

地　　址：○○市○○路○○號
聯絡人：○○○
電話：(○○)○○○○-○○○○
傳真：(○○)○○○○-○○○○
Email：○○@○○.○○.○○

○○○○○
○○市○○路○○號
受文者：所屬各檢調機關

發文日期：中華民國 ○○年○○月 ○○日
發文字號：○○字第○○○○○○○○○○號
速別：
密等及解密條件或保密期限：
附件：

主旨：為維護民眾身心財產之安全，請針對不法集團蒐集買賣民眾個人資料，從事詐騙之行為積極查緝，掃蕩不法。請查照。
說明：
　一、依據司法院○○年○○月○○日第○○○○○○○○號函辦理。
　二、邇來頻傳兩岸不法集團利用民眾貪念或善心，透過種種管道蒐集個人資料從事詐騙，導致社會人心惶惶。

三、此類犯罪低成本、高報酬、破案率低、偵審時間長，歹徒肆無忌憚，影響社會治安及金融交易秩序，甚至斲傷國家經濟發展，不可不積極防堵。

辦法：

一、請相關單位成立專案小組，研擬具體可行之措拖，結合警調機關、金融機構、電信業者等有關單位，全面查緝詐騙集團及販售個人資料集團。

二、請加強金融機構遭受危害處置及應變機制，並向金融機構行員宣導利用機會為民眾提供反詐騙諮詢，擴大反詐騙效能，強化金融機構與有關單位之間聯繫，以有效維護民眾身心、財產安全。

三、本案列為年度考核重點，有關單位執行本案有功人員，准予從寬敘獎。如對案情有隱匿、延宕等，必嚴懲不貸。

正本：所屬各檢調機關
副本：法務部秘書室

部長　○○○

99年　普考

☑法務部於民國99年5月10日以99人處字第12965號函行政院，以監獄、看守所（以下簡稱監所）收容人犯不斷增加，現有管理人力不足，請增監所預算員額30人。案經行政院審核後函復略以：最近五年監所人力共已增加120人，為免政府員額不斷膨脹，並兼顧目前業務急需，同意增加12人，不足數請該部就現有人力統籌調派，作有效運用，並檢討改進管理措施，以達節約用人要求。試擬上述行政院核復法務部之函，副本抄送行政院人事行政局。

　　　　　　　　　　　　　　　　　　　檔　　號：
　　　　　　　　　　　　　　　　　　　保存年限：

行政院　函

　　　　　　　　　　地　　　址：○○市○○路○○號
　　　　　　　　　　聯絡人：○○○
　　　　　　　　　　電話：(○○)○○○○-○○○○
　　　　　　　　　　傳真：(○○)○○○○-○○○○
　　　　　　　　　　Email：○○@○○.○○.○○

○○○○○
○○市○○路○○號
受文者：法務部

發文日期：中華民國 ○○年○○月○○日
發文字號：○○字第○○○○○○○○○號
速別：
密等及解密條件或保密期限：
附件：

主旨：為免政府員額過度膨脹，並兼顧目前業務急需，同意貴部增加
　　　12人，以達節約用人要求。希照辦。

說明：

一、復貴部民國99年5月10日99人處字第12965號函。

二、貴部以監所收容人犯不斷增加，現有管理人力不足，請增監所
　　預算員額30人。案經本院審核，以最近五年監所人力共已增加
　　120人，為免員額不斷膨脹並兼顧業務急需，同意增加12人，以
　　達節約用人要求。

辦法：

一、不足之數請貴部就現有人力統籌調派，依實際需要作有效運
　　用，落實業務標準化作業流程。

二、請檢討改進管理措施，確實建立人員名冊，追蹤業務辦理進
　　度，訂定相互支援計畫，俾免勞逸不均情形。
三、若貴部人力均不敷調派時，得按各監所業務需求如實呈報進用
　　狀況，再予以協調改善。

正本：法務部
副本：行政院人事行政總處

院長　○○○

99年　地方特考三等

☑ 試擬○○縣政府致所轄鄉（鎮、市）公所函：嚴冬歲暮將屆，請結合
社會福利機構或志願服務團體等民間資源，對轄區內孤苦無依、流落
街頭之遊民，定點供應熱食、沐浴、理髮、乾淨衣物等服務，以保障
弱勢者之基本生活權利。

　　　　　　　　　　　　　　　　　　　　　檔　　號：
　　　　　　　　　　　　　　　　　　　　　保存年限：

桃園縣政府　函

地　　址：桃園縣○○路○○號
聯絡方式：（承辦人、電話、傳真、e-mail）

○○○
桃園縣○○鄉○○路○○號
受文者：本府所屬各鄉、鎮、市公所

發文日期：中華民國○○○年○○月○○日
發文字號：○○字第○○○○○○○○號
速別：
密等及解密條件或保密期限：
附件：

主旨：請對轄區內孤苦無依、流落街頭之遊民，定點供應熱食、沐浴、理
　　　髮、乾淨衣物等服務，以保障弱勢之生活基本權利。希照辦。

說明：

　一、嚴冬歲暮將至，孤苦無依、流落街頭之遊民缺乏家庭溫暖，政
　　　府基於人道關懷，有責任給予適當的照顧，使人民充分擁有生
　　　存權利，享有基本的溫飽生活。

辦法：

　一、請督促各鄰里長及地方警察，結合社會福利機構或志願服務團
　　　體等民間資源，普查遊民動向，提供衣、食所需，並主動告知
　　　政府關懷的善意。

　二、請於重要路段、出入要道廣設告示，製作醒目的布條、看板，
　　　告知遊民可取得熱食、衣物、方便沐浴、理髮的時間與定點。

　三、本案為年度重點考評事項，執行本案卓有績效人員得從寬敘獎。

正本：本府所屬各鄉、鎮、市公所
副本：

縣長　○○○

99年　地方特考四等

☑行政院人事行政局於民國99年12月5日以99局字第38654號函各縣市政
　府，為選拔100年模範公務人員，檢送「行政院表揚模範公務人員要
　點」1份，請於民國100年1月31日前，遴薦所屬符合選拔條件之優秀
　人員1名，將遴薦表函送該局評審；並說明以救災有功、創新業務或破
　獲重大刑案者，優先考慮。

　試擬彰化縣政府致所屬各局處、各鄉鎮市公所函，請依上述人事行政
　局函及所附要點規定，遴選符合選拔條件者，於99年12月31日前函送
　該府核辦，如無適當人選，亦應函復。

檔　　號：
保存年限：

彰化縣政府　函

地　　址：彰化市○○路○○號
聯絡方式：（承辦人、電話、傳真、e-mail）

○○○
彰化縣○○區○○路○○號
受文者：本府各局處、鄉鎮市公所

發文日期：中華民國○○年○○月○○日
發文字號：○○字第○○○○○○○號
速別：
密等及解密條件或保密期限：
附件：「行政院表揚模範公務人員要點」

主旨：請依人事行政局函及所附要點規定，遴選符合條件之優秀人員
　　　一名，於99年12月31日前函送本府核辦。希照辦。
說明：
　　一、依據行政院人事行政局99年12月5日99局字第38654號函辦理。
　　二、請依救災有功、創新業務或破獲重大刑案者為優先考慮人選，
　　　　如無合適人員亦應一併函復。
　　三、檢附「行政院表揚模範公務人員要點」一份。

正本：本府各局處、鄉鎮市公所
副本：

縣長　　○○○

100年　高考三級

☑ 試擬行政院致經濟部函：針對部分水庫淤積嚴重，出現「淺碟效應」，應依本院核定之「加強河川野溪及水庫疏濬方案」積極辦理水庫清淤作業，以維持既有水庫容量；並須研擬水再生利用、海水淡化、人工湖等新水源多元開發計畫報院。

檔　　號：
保存年限：

行政院　函

地　　址：○○市○○路○○號
承辦人：○○○
電話：（○○）○○○○○○○
傳真：（○○）○○○○○○○
Email：○○@○○.○○.○○.○○

○○○
○○市○○區○○路○○號
受文者：經濟部

發文日期：中華民國○○○年○○月○○日
發文字號：（○○○）○○○字第○○○○○號
速別：
密等及解密條件或保密期限：
附件：

主旨：針對部分水庫淤積嚴重，出現「淺碟效應」，應依本院核定之「加強河川野溪及水庫疏濬方案」積極辦理水庫清淤作業，以維持既有水庫容量；並於○月○日前研擬「水再生利用、海水淡化、人工湖等新水源多元開發計畫」見復。

說明：
一、依本院民國○○年○○月○日第○○次院務會議決議辦理。
二、受地形、地質、地理（處地震帶和易發生風災）和山坡地過度
　　開發，造成河川中下游河道淤積，部分水庫陸化現象加劇，嚴
　　重影響民生及灌溉用水，為恢復防洪給水之功能，維護生命財
　　產之安全，亟需加強疏濬之工作。
三、因應人口成長、產業結構大幅改變，用水量激增，缺水危機浮
　　現，除宣導節約用水外，宜積極開發各種水資源的應用，確保
　　用水無匱乏之虞。

辦法：
一、請貴部依本院核定之「加強河川野溪及水庫疏濬方案」，就以
　　下重點事項，積極辦理淤積事宜。
　　(一)土石淤積足以影響通洪、往來交通及居住安全之河段，應
　　　　予盡速疏濬完畢。
　　(二)不影響安全之河段，則持續辦理沖淤平衡下游河道及海岸
　　　　砂源補充。
　　(三)疏濬所產生之淤積土石就近利用，提供重建工程、堤防復
　　　　建一併填復流失公、私有土地等；有價土石外運使用，優
　　　　先提供公共工程土石、公開販售供應土石、土方銀行等；
　　　　低、無價土石妥善處理，作為公共工程土方交換或申購使
　　　　用、開放由地方政府統一代為民眾申請使用。
二、請貴部就以下重點事項，研擬新水源多元開發計畫，並於○○
　　月○○日前陳報本院：
　　(一)水再生利用：包括雨水收集貯留、都市汙水、工業廢水、
　　　　灌溉畜牧養殖用水等之回收再利用。
　　(二)海水資源利用：包括海水淡化、海洋深層水開發利用。
　　(三)人工蓄水湖：運用河川豐水期充沛水量，透過有效集水匯
　　　　流管道，加以調節利用。

正本：
副本：

院長　　○○○（蓋職銜簽字章）

100年　普考

☑試擬行政院致文化建設委員會、客家委員會、原住民族委員會函：加強各地文化館舍活化，有效利用設施，做好經營管理，避免閒置浪費資源，俾提升民眾參觀意願，增進國人多元文化素養。

檔　　號：
保存年限：

行政院　函

地　　址：○○市○○路○○號
承辦人：○○○
電話：（○○）○○○○○○○○
傳真：（○○）○○○○○○○○
Email：○○@○○.○○.○○.○○

○○○
○○市○○區○○路○○號
受文者：行政院文化建設委員會

發文日期：中華民國○○○年○○月○○日
發文字號：（○○○）○○○字第○○○○○號
速別：
密等及解密條件或保密期限：
附件：

主旨：為增進國人多元文化素養，請加強各地文化館舍活化，有效利用設施，做好經營管理，避免閒置浪費資源，俾提升民眾參觀意願，希照辦。

說明：
一、依本院民國○○年○○月○日第○○次院會院長指示議辦理。
二、臺北藝術大學教授姚瑞中率學生調查完成《海市蜃樓——臺灣閒置公共設施抽樣踏查》一書，書中影像顯示各級政府對所轄之公共設施，未能妥善有效運用，甚有閒置荒廢之弊。
三、為展現政府興利除弊之決心，請貴會重新檢討所轄各地文化館舍之活力運用，避免資源浪費。

辦法：
一、請針對所轄各地文化館舍，與地方政府及相關機構研議，加強各種藝文活動的展演，並配合各類媒體行銷推廣，提高民眾參觀之意願。
二、各項文化館舍活化計畫執行時，如因經費受限以致無法澈底做好經管理，希貴會酌予專案補助，並列以追蹤考核其績效。
三、各地閒置文化館舍，請督促主管機關交由公共工程委員會進行評估，如確實無法活化、轉型乃至無存在必要者，不惜拆掉重新規劃。

正本：行政院文化建設委員會、行政院客家委員會、行政院原住民族委員會
副本：行政院公共工程委員會

院長　　○○○（蓋職銜簽字章）

100年　原住民特考三等

☑ 試擬行政院原住民族委員會致各直轄市、縣（市）政府函：請提報轄區內原住民族地區「社區總體營造」之成果，分項敘述，具體說明；績效卓著者，擇優獎勵。

檔　　號：
保存年限：

行政院原住民族委員會　函

地　　址：○○市○○路○○號
承辦人：○○○
電話：（○○）○○○○○○○
傳真：（○○）○○○○○○○
Email：○○@○○.○○.○○.○○

○○○
○○市○○區○○路○○號
受文者：○○市政府

發文日期：中華民國○○○年○○月○○日
發文字號：（○○○）○○○字第○○○○○號
速別：
密等及解密條件或保密期限：
附件：

主旨：請提報轄區內原住民族地區「社區總體營造」之成果，分項敘述，具體說明；績效卓著者，擇優獎勵。請查照辦理。

說明：
一、本會為協助部落建構整體發展的基礎，鼓勵部落依據景觀環境、人文特色等發展條件與部落創意，共同詮釋環境永續發展的概念，創造部落永續發展的新經驗，致力推動原住民族「社區總體營造」計畫，迄今已半年有餘，為了解各項工作之具體成果，請速將營造成效具報。
二、本會將成立成果評鑑小組，進行各項訪視考評，並對績效卓著之單位與個人，予以擇優獎勵。

正本：各直轄市、縣(市)政府
副本：行政院文化建設委員會

主任委員　○○○（蓋職銜簽字章）

100年　原住民特考四等

☑試擬行政院原住民族委員會致各地方政府函：請規劃辦理原住民族各部落徵文活動，題目為：「永遠的原鄉」；並於相關預算內，擇優獎勵，以推廣愛鄉惜民、尊天敬祖之情懷。

　　　　　　　　　　　　　　　　　　　　檔　　號：
　　　　　　　　　　　　　　　　　　　　保存年限：

行政院原住民族委員會　函

　　　　　　　　　　　　地　　址：○○市○○路○○號
　　　　　　　　　　　　承辦人：○○○
　　　　　　　　　　　　電話：（○○）○○○○○○○
　　　　　　　　　　　　傳真：（○○）○○○○○○○
　　　　　　　　　　　　Email：○○@○○.○○.○○.○○

○○○
○○市○○區○○路○○號
受文者：○○市政府

發文日期：中華民國○○○年○○月○○日
發文字號：（○○○）○○○字第○○○○○號
速別：
密等及解密條件或保密期限：
附件：

主旨：請以「永遠的原鄉」為題，規劃辦理原住民族各部落徵文活動，並於相關預算內，擇優獎勵，以推廣愛鄉惜民、尊天敬祖之情懷。請查照。

說明：
　一、因受限原鄉工作機會不足，原鄉外移人口急遽增加，造成文化傳承，面臨極為嚴苛之考驗。
　二、為鼓勵原住民族重燃對土地的認同與家鄉的熱愛，展現原鄉文化的活力，請各地方政府規劃辦理「永遠的原鄉」徵文活動，並於相關預算內，擇優頒發獎金，以獎勵創作。

正本：各直轄市、縣(市)政府
副本：

主任委員　　○○○　（蓋職銜簽字章）

100年　地方特考三等

☑ 試擬臺北市政府產業發展局致大臺北區瓦斯股份有限公司、陽明山瓦斯股份有限公司、欣欣天然氣股份有限公司及欣湖天然氣股份有限公司函：時序已進入寒冬，使用瓦斯熱水器及爐具機會增加，為關心市民居家安全，各公司應派員進行冬季用戶管線及設備安全檢查，並指導用戶正確使用天然瓦斯方法。

檔　　號：

保存年限：

臺北市政府產業發展局　函

地　　址：○○市○○路○○號
承辦人：○○○
電話：（○○）○○○○○○○
傳眞：（○○）○○○○○○○
Email：○○@○○.○○.○○.○○

○○○
○○市○○區○○路○○號
受文者：大臺北區瓦斯股份有限公司

發文日期：中華民國○○○年○○月○○日
發文字號：（○○○）○○字第○○○○○號
速別：
密等及解密條件或保密期限：
附件：

主旨：為關心市民居家安全，請貴公司派員進行冬季用戶管線及設備安全檢查，並指導用戶正確使用天然瓦斯方法。請查照。

說明：

一、時序進入寒冬，市民使用瓦斯熱水器及爐具機會增加，然近年來因天然瓦斯不慎或操作不當，而造成一氧化碳中毒、瓦斯氣爆及火災等情形，所在多有，造成生命財產的損失不計其數。

二、日前本市○○社區居民，在緊閉門窗下使用熱水器，致使一氧化碳中毒，造成多人傷亡，茲為避免類似事件一再發生，請貴公司務必作好安檢及指導用戶之工作。

辦法：

一、請貴公司於一個月內，確實派員進行冬季用戶管線及設備安全檢查；如須進入用戶屋內時，請先以書面通知，並配帶相關證件，以利檢查之進行。

二、貴公司派員進行檢查時，遇有用戶不當使用天然瓦斯，應告知並指導其正確使用方法；若有裝置室內之熱水器，請建議用戶改用具有強制排氣之產品或將熱水器移至戶外適當場所。

三、請印製相關宣傳手冊，指導用戶正確用法，並指導用戶對於天然瓦斯之自我檢查常識，確保居家安全。

正本：大臺北區瓦斯股份有限公司、陽明山瓦斯股份有限公司、欣欣天然氣股份有限公司、欣湖天然氣股份有限公司

副本：

局長　○○○（蓋職銜簽字章）

100年 地方特考四等

☑農曆新年為年貨採買高峰期，市場上陸續推出各式年貨，部分業者違法添加過量防腐劑與人工甘味劑，危害民眾安全甚鉅。試擬行政院衛生署致各直轄市、縣（市）政府衛生局函：因應農曆新年屆臨，請加強抽驗年貨，以維民眾健康安全。

檔　　號：
保存年限：

行政院衛生署　函

地　　址：○○市○○路○○號
承辦人：○○○
電話：（○○）○○○○○○○
傳眞：（○○）○○○○○○○
Email：○○@○○.○○.○○.○○

○○○
○○縣○○鎮○○路○○號
受文者：○○縣政府衛生局

發文日期：中華民國○○○年○○月○○日
發文字號：（○○○）○○○字第○○○○○號
速別：
密等及解密條件或保密期限：
附件：

主旨：因應農曆新年屆臨，請加強抽驗年貨，以維護民眾健康安全。希照辦。

說明：
　一、依據行政院○年○月○日第○次院會院長指示辦理。
　二、邇來屢見不肖業者為謀取暴利，違法於食品中添加過量防腐劑
　　　與人工甘味劑，危害民眾安全甚鉅。
　三、年關將近，市場上已陸續推出各式應景年貨，請貴局針對坊間
　　　各種年節食品，加強抽驗，以維護國民健康。
辦法：
　一、請貴局派員至各超市及傳統市場進行年貨抽驗，其中應以保存
　　　期限較短及散裝之食品為抽驗重點；並於貴局網站公布各項抽
　　　驗結果，以供民眾查尋。
　二、對於違法添加過量防腐劑與人工甘味劑等食品之業者，除要求
　　　下架停售外，並應依「食品衛生管理法」予以處理。
　三、配合媒體傳播，宣導民眾選購健康安全之年貨，如發現有疑慮
　　　之食品，可請民眾送衛生主管機關查驗。
正本：各直轄市、縣（市）政府衛生局
副本：

署長　○○○（蓋職銜簽字章）

101年　身障特考三等

☑試擬教育部函行政院：檢陳「國中、小學校營養午餐品質暨經費管控辦法」草案一份，報請核示。

檔　　號：
保存年限：

教育部　函

地　　址：○○市○○路○○號
承辦人：○○○
電話：（○○）○○○○○○○
傳真：（○○）○○○○○○○
Email：○○@○○.○○.○○.○○

○○○
○○市○○區○○路○○號
受文者：行政院

發文日期：中華民國○○○年○○月○○日
發文字號：（○○○）○○○字第○○○○○號
速別：
密等及解密條件或保密期限：
附件：「國中、小學校營養午餐品質暨經費管控辦法」草案一份

主旨：檢陳「國中、小學校營養午餐品質暨經費管控辦法」草案一份，報請核示。

說明：

一、為加強國中、小學校營養午餐品質暨經費之管控，謹據鈞院○○○年○○月○○日○字○○○○○號函指示，擬訂本草案。

二、邇來發生多起國中、小因經費管控不佳，造成營養午餐供應品質不良事件，為免學生權益與健康受到影響，亟需妥加解決。

三、該案係經本部協調各有關單位之人員，並邀集專家、學者多人，慎重研議而成。

四、檢陳「國中、小學校營養午餐品質暨經費管控辦法」草案一份

正本：行政院
副本：

部長　○○○（蓋職章）

101年　身障特考四等

☑試擬內政部致各直轄市、縣（市）政府函：請逐年增加經費預算，加強福利設施，提供身心障礙人士居家及就醫、就學之便利。

檔　　號：
保存年限：

內政部　函

地　　址：○○市○○路○○號
承辦人：○○○
電話：（○○）○○○○○○○
傳真：（○○）○○○○○○○
Email：○○@○○.○○.○○.○○

○○○
○○市○○區○○路○○號
受文者：各直轄市、縣（市）政府

發文日期：中華民國○○○年○○月○○日
發文字號：（○○○）○○○字第○○○○○號
速別：
密等及解密條件或保密期限：
附件：

主旨：請逐年增加經費預算，加強福利設施，提供身心障礙人士居家及就醫、就學之便利。希查照辦理。

說明：
一、依行政院○○○年○○月○○日第○次院會決議辦理。
二、臺灣近年來身心障礙人口有逐年增加之趨勢，為落實照顧弱勢族群施政目標，各直轄市、縣（市）政府應就地方實際需求，逐年增加預算之編列，加強各項相關的福利設施，以保障身心障礙人士在居家照護、就醫及就學等方面之權益。

正本：各直轄市、縣（市）政府
副本：

部長　　○○○　（蓋職銜簽字章）

101年　高考三級

☑民國○○年○月○日行政院第○○○次院會中，院長鑑於邇來各界對於預定民國103年實施的十二年國教，多所質疑，甚而有反對的聲浪，遂指示教育部應即加強宣導。你是教育部的承辦人，請試擬教育部致各縣市政府函：請配合本部規劃時程，辦理說明會，以釋群疑；並廣蒐各界建言，送部參考。

　　　　　　　　　　　　　　　　　　檔　　　號：
　　　　　　　　　　　　　　　　　　保存年限：

教育部　函

　　　　　　　　　　地　　　址：○○市○○路○○號
　　　　　　　　　　承辦人：○○○
　　　　　　　　　　電話：（○○）○○○○○○○
　　　　　　　　　　傳真：（○○）○○○○○○○
　　　　　　　　　　Email：○○@○○.○○.○○.○○

○○○
○○市○○區○○路○○號
受文者：各縣市政府

發文日期：中華民國○○○年○○月○○日
發文字號：（○○○）○○○字第○○○○○號
速別：
密等及解密條件或保密期限：
附件：「十二年國教說明會規劃大綱及時程表」乙份

主旨：請配合本部規劃時程，辦理十二年國教說明會，以釋群疑；並
　　　廣蒐各界建言，送部參考。請查照辦理。

說明：
一、依據行政院○○○年○○月○○日第○次院會院長指示辦理。
二、邇來各界對於預定民國103年實施的十二年國教各項配套措施，多所質疑，甚而有反對的聲浪。為使學生、家長及各界人士對十二年國教之規劃理念及內涵，有清楚之認識，應妥善提出說明，加強溝通，落實宣導，以釋群疑。
辦法：
一、各直轄市及縣市政府相關單位請配合本部規劃之時程，舉辦說明會，相關時程請參考附件。
二、說明會應邀請學者、教師、家長及學生代表等相關人士參加，除政策說明，並應廣納各界建言，蒐集整理，送本部以為參考。
三、說明會發言紀錄，請依附件所列格式彙集整理。
正本：各縣市政府
副本：各縣市教育局

部長　○○○（蓋職銜簽字章）

101年　普考

☑中華民國消費者文教基金會於日前公布大臺北地區20所國民小學校園遊樂設施安全性調查，發現諸多缺失，學童若使用此類設施，恐有陷入危險之虞。試擬臺北市政府教育局致各國民小學函：對於校園遊樂設施，應指派專人負責每日檢視安全無虞，並於採購新設施時，必須符合國家安全標準，以確保學童安全。

檔　　號：
保存年限：

臺北市政府教育局　函

地　　址：○○市○○路○○號
承辦人：○○○
電話：（○○）○○○○○○○
傳真：（○○）○○○○○○○
Email：○○@○○.○○.○○.○○

□□□
○○市○○區○○路○○號
受文者：臺北市○○區○○國民小學

發文日期：中華民國○○○年○○月○○日
發文字號：（○○○）○○○字第○○○○○號
速別：
密等及解密條件或保密期限：
附件：

主旨：為確保學童安全，校園遊樂設施，應指派專人負責每日檢視安全無虞，並於採購新設施時，須符合國家安全標準，請照辦。

說明：

一、中華民國消費者文教基金會於日前公布大臺北地區20所國民小學校園遊樂設施安全性調查，發現諸多缺失，如設備老舊破損、安全空間不足等等，學童若使用此類設施，恐有陷入危險之虞。

二、校園遊樂設施為學童下課時間玩耍遊戲之重要場所，短暫時間內爭先恐後，彼此拉扯碰撞，極易發生意外，若再使用不符合國家安全標準之遊樂器具，危險性勢必提高。

辦法：

一、請在各項遊樂設施內，設置「檢查紀錄卡」，每日指派專人負責安全檢查並作成紀錄；如發現有損毀時，應立即停止使用並進行維修。

二、採購各項新遊樂設施時，須符合國家安全標準，並依規定在設施周邊區域保留足夠安全空間，地面並應鋪設符合標準之防護地墊。

三、定期舉辦各項安全宣導活動，以確保學童之安全無虞。

正本：本市各國民小學

副本：

局長　○○○　（蓋職銜簽字章）

101年　地方特考三等

☑ 試擬交通部函所屬公路總局，請就所主管之：「遊覽車檢查維修、駕駛管理、每日工時」等事項，進行檢討，並落實稽查工作，建立縣密之安全管制機制，以維護遊客生命安全。

交通部　函

地　　址：○○市○○路○○號
承辦人：○○○
電話：（○○）○○○○○○○
傳真：（○○）○○○○○○○
Email：○○@○○.○○.○○.○○

□□□
○○市○○區○○路○○號
受文者：交通部公路總局

發文日期：中華民國○○○年○○月○○日
發文字號：（○○○）○○○字第○○○○○號
速別：
密等及解密條件或保密期限：
附件：

主旨：為維護遊客生命安全，請就所主管之：「遊覽車檢查維修、駕駛管理、每日工時」等事項，進行檢討，並落實稽查工作，建立縣密之安全管制
機制。希照辦。

說明：

一、邇來遊覽車交通意外頻傳，不僅造成生命財產受損，對觀光旅遊業亦形成極大的衝擊。

二、為維護遊客生命安全，並確保旅遊之品質，貴局應即刻檢討現行安全管制機制，落實遊覽車之稽查工作。

辦法：

一、請貴局針對現行之「遊覽車檢查維修、駕駛管理及每日工時」等事項，邀集專家學者組成專案小組，全面檢討各項規定，如有不足或缺失之處，立即予以補強及修正，以減低事故發生率，並確保行車安全。

二、請轉知各遊覽車業者，應建立所屬車輛完整之檢查流程與紀錄，確實做好檢查與管理。各區之監理單位，對轄區內之遊覽車業者，應不定期派員進行稽查事宜，如有違失情事，應要求立即改善，並擇期複檢。

正本：交通部公路總局
副本：

部長　○○○（蓋職銜簽字章）

101年 地方特考四等

☑試擬某縣市政府函所轄鄉鎮市區：擇期舉辦「最佳伴手禮」競賽活動，評選具地方代表性之優秀產品，配合相關文化資源，以吸引中外遊客，提振地方經濟，發展觀光產業。

○○市政府　函

地　　址：○○市○○路○○號
承辦人：○○○
電話：（○○）○○○○○○○
傳真：（○○）○○○○○○○
Email：○○@○○.○○.○○.○○

□□□
○○市○○區○○路○○號
受文者：○○市○○區公所

發文日期：中華民國○○○年○○月○○日
發文字號：（○○○）○○○字第○○○○○號
速別：
密等及解密條件或保密期限：
附件：

主旨：為發展地區觀光產業，請擇期舉辦「最佳伴手禮」競賽活動，配合相關文化資源，評選具地方代表性之優秀產品，以吸引中外遊客，提振地方經濟。希照辦。

說明：
一、交通部觀光局持續推動「旅行臺灣，就是現在」系列活動，增加了臺灣能見度，也帶動了各地區觀光產業的發展。觀光市場除了量的擴充，更需進一步做到質的提昇，俾使旅遊人口能不斷回流，創造更大的經濟效益。
二、觀光人口增加，有助於內需市場之活絡，並創造就業機會。而極具地方文化特色的產品，更有助於提高觀光客旅遊的意願，故各公所應踴躍舉辦「最佳伴手禮」競賽活動，以提振地方經濟，繁榮地方發展。

辦法：
一、各公所應於○○年○○月○○日以前，舉辦地區「最佳伴手禮」競賽活動，鼓勵轄區內各相關業者積極參與，並請將舉辦日期報本府備查，本府將派員觀摩。
二、各公所選出之「最佳伴手禮」，將由本府彙整相關資料，印製精美手冊，統一對外宣傳，以提高產品知名度。

正本：本市各區公所
副本：

市長　○○○（蓋職銜簽字章）

102年　移民特考三等

☑試擬內政部致所屬入出國及移民署函：為全面提升國境線證照查驗效能，應加強貴署國境事務大隊人員對於人臉、身材等特徵辨識及證照真偽判別等訓練課程，以防止中外籍旅客違法入出境，確保國境安全。

內政部　函

地　　址：○○市○○路○○號
承辦人：○○○
電　話：（○○）○○○○○○○○
傳　真：（○○）○○○○○○○○
Email：○○@○○.○○.○○.○○

□□□
○○市○○區○○路○○號
受文者：入出國及移民署

發文日期：中華民國○○○年○○月○○日
發文字號：（○○○）○○○字第○○○○○號
速別：入出國及移民署
密等及解密條件或保密期限：
附件：

主旨：為全面提升國境線證照查驗效能，防止中外籍旅客違法入出境，以確保國境安全。貴署應加強國境事務大隊人員對於人臉、身材等特徵辨識及證照真偽判別等訓練課程。請查照辦理。

說明：
一、隨著交通發達，全球交流日益頻繁，每年來臺觀光或進行商務事宜之人數不斷攀高，其中亦不乏有心人士欲藉機從事不法活動。近來屢屢發現有中外籍人士以易容或偽照護照等方式，違法出入境，嚴重挑戰本國公權力，並影響國家安全。

　　二、貴署為中外旅客入出境管理的第一線機關,是國家安全防護的
　　　　第一道關卡,如何有效防制不法人士任意入出國境,乃貴署當
　　　　前重要工作之一。

辦法:
　　一、定期舉辦在職訓練課程,加強第一線人員對於證照真偽判斷,
　　　　以及對人臉、身材等特徵的辨識之專業能力。
　　二、要求處理相關行政事務之人員,務必嚴守工作分際,依規定確
　　　　實做好查核工作,勿枉勿縱,以避免有心人士有可趁之機。

正本:入出國及移民署
副本:

部長　○○○（蓋職銜簽字章）

102年 移民特考四等

☑今年入春以來,降雨現象不如預期,各地區都出現可能缺水之現象。
　試擬經濟部水利署致所屬機關函:為因應春雨不如預期,應加強用水
　調度管理,務必研擬妥善因應方案。

經濟部水利署　函

地　　址:○○市○○路○○號
承辦人:○○○
電話:(○○)○○○○○○○○
傳真:(○○)○○○○○○○○
Email:○○@○○.○○.○○.○○

□□□
○○市○○區○○路○○號
受文者:○○市水利局

發文日期：中華民國○○○年○○月○○日

發文字號：（○○○）○○○字第○○○○○號

速別：入出國及移民署

密等及解密條件或保密期限：

附件：

主旨：為因應春雨不如預期，各地區都出現可能缺水之現象，務必研擬妥善因應方案，加強用水調度管理。希切實辦理。

說明：

一、近年來全球氣候變遷加劇，臺灣地區的降雨量和季節分布亦有反常的趨勢，雨季未能如期來臨，無論工業用水、農業用水或民生用水，都呈現缺少現象，對民眾生活造成極大的不便。

二、為因應降雨不如預期，水資源面臨匱乏，除加強用水調度之管理，必要時實施限水措施，以確保各地能有足夠之用水；亦應派員宣導，加強民眾「節約用水」之觀念，以共渡缺水期之難關。

正本：本署所屬各機關

副本：

署長　　○○○　（蓋職銜簽字章）

102年　身障特考三等

☑根據身心障礙者權益保障法第 57 條規定：「新建公共建築物及活動場所，應規劃設置便於各類身心障礙者行動與使用之設施及設備。」今查各地方公共建築及活動場所，仍有未能符合無障礙空間設計之處。試擬內政部致各直轄市、縣（市）政府函：應確實執行身心障礙者權益保障法規定，改善公共設施與設備。

檔　號：
保存年限：

內政部　函

地　　址：○○市○○路○○號
承辦人：○○○
電話：（○○）○○○○○○○○
傳真：（○○）○○○○○○○○
Email：○○@○○.○○.○○.○○

□□□
○○市○○區○○路○○號
受文者：臺北市政府

發文日期：中華民國○○○年○○月○○日
發文字號：（○○○）○○○字第○○○○○號
速別：
密等及解密條件或保密期限：
附件：

主旨：請確實執行身心障礙者權益保障法規定，改善公共設施與設備，以維護身心障礙者之權益。

說明：
一、依本部○年○月○日第○次行政會議決議案辦理。
二、邇來查驗各地方公共建築及活動場所，發現仍有未能符合無障礙空間設計之處，不僅造成身心障礙者之不便，並危及其人身安全。
三、根據身心障礙者權益保障法第 57 條規定：「新建公共建築物及活動場所，應規劃設置便於各類身心障礙者行動與使用之設施及設備。」為保障身心障礙者權益，請所屬各機關，就轄區內公共建築物與活動場所之無障礙設施與設備進行全面性檢查，就如有不符規定者，應令限期改善。

正本：臺北市政府
副本：各直轄市、縣(市)政府

部長　○○○（職銜簽字章）

102年　身障特考四等

☑文化部辦理「老樹尋根」活動，徵求各地推薦特色老樹與相關歷史文物，以提升文化資產保護之觀念。試擬文化部致各直轄市、縣（市）政府函，宣達活動辦法。

檔　　號：
保存年限：

文化部　函

地　　址：○○市○○路○○號
承辦人：○○○
電話：（○○）○○○○○○○
傳眞：（○○）○○○○○○○
Email：○○@○○.○○.○○.○○

□□□
○○市○○區○○路○○號
受文者：臺北市政府

發文日期：中華民國○○○年○○月○○日
發文字號：（○○○）○○○字第○○○○○號
速別：
密等及解密條件或保密期限：
附件：「老樹尋根」活動辦法一份

主旨：為提升文化資產保護之觀念，辦理「老樹尋根」活動，徵求各地推薦特色老樹與相關歷史文物。請查照辦理。

說明：

一、依本部○年○月○日第○次行政會議決議案辦理。

二、老樹長期以來為大地蓄積土壤、固守水源、調節氣候，更見證了歷史的更迭與承傳，是值得我們保護與珍惜的無價之寶。為使無價寶藏能透過有形的紀錄，讓珍貴的文化資產留傳後代，特舉辦「老樹尋根」活動。

三、請貴府轉知所屬各機關，協助宣達本活動，並鼓勵民眾踴躍參
　　與，建立完整老樹地圖。

四、檢附「老樹尋根」活動辦法一份。

正本：臺北市政府
副本：各直轄市、縣(市)政府

部長　○○○（職銜簽字章）

102年　警察特考三等

☑試擬行政院農業委員會致各縣市政府農業局（處）函：請有效執行禁
止活禽屠宰及販售措施，以確保環境衛生及國民健康。

檔　　號：
保存年限：

行政院農業委員會　函

地　　址：○○市○○路○○號
承辦人：○○○
電話：（○○）○○○○○○○
傳真：（○○）○○○○○○○
Email：○○@○○.○○.○○.○○

□□□
○○市○○區○○路○○號
受文者：各縣市政府農業局（處）

發文日期：中華民國○○○年○○月○○日
發文字號：（○○○）○○○字第○○○○○號
速別：
密等及解密條件或保密期限：
附件：

主旨：請有效執行禁止活禽屠宰及販售措施，以確保環境衛生及國民健康，請查照辦理。

說明：

一、邇來傳出新型禽流感病毒肆虐，疫情雖未擴大，然新型病毒一旦蔓延，將對國民健康造成極大危害。

二、貴局（處）乃地方政府疾病衛生管理的第一線機關，為有效防制疫情，積極落實禁止活禽屠宰及販售措施，是貴局（處）當前重點工作之一。

辦法：

一、務必派員於傳統市場、街頭攤販聚集處，加強宣導禁止活禽屠宰及販售，使商販瞭解相關法定規定及疫情嚴重性。

二、查有不依照法令規定之商販，必須依規定妥善處理，嚴格執法，以免商販存有僥倖心態，增加疫情蔓延之可能性。

正本：各縣市政府農業局（處）

副本：各縣市政府

主任委員　○○○（職銜簽字章）

102年　警察特考四等

☑五月九日菲律賓漁業局巡邏船對我國漁船掃射，一船員中彈身亡。我政府強烈要求菲國道歉、賠償、緝凶，然菲國政府態度傲慢，毫無誠意解決問題。有些國人因而遷怒在臺菲籍人士。政府呼籲國人冷靜、理性，因在臺菲籍人士與此事件無關。試擬行政院函各縣市政府：請轄區公司、行號、工廠負責人勸導本國員工共同保護菲籍員工人身安全，尊重人權，並維護中華民國良好形象。

檔　　號：

保存年限：

行政院　函

地　　址：○○市○○路○○號

承辦人：○○○

電話：（○○）○○○○○○○○

傳真：（○○）○○○○○○○○

Email：○○@○○.○○.○○.○○

□□□

○○市○○區○○路○○號

受文者：各縣、市政府

發文日期：中華民國○○○年○○月○○日

發文字號：（○○○）○○○字第○○○○○號

速別：最速件

密等及解密條件或保密期限：

附件：

主旨：請轄區公司、行號、工廠負責人勸導本國員工共同保護菲籍員工人身安全，尊重人權，並維護中華民國良好形象，請查照。

說明：

一、琉球籍漁船「廣大興28號」（CT2-6519）於102年5月9日上午10時許，在北緯20.07度、東經123.01度海域，突遭菲律賓籍不明船隻開槍射擊，造成該漁船嚴重破損失去動力，我國籍船員洪石成不幸中槍身亡。

二、菲律賓公務船於5月9日在巴士海峽開火，攻擊屏東籍漁船「廣大興28號」造成漁民洪石成中彈身亡。此事引發台菲外交關係緊張，造成台灣社會內部仇菲情節的高漲，甚至傳出店家拒賣菲籍員工便當、追打菲籍員工等事件。

辦法：
　一、增派巡邏警力於菲籍人士聚會場所，每3個小時輪流巡邏站崗，
　　　保護菲籍人士的安全。
　二、請各縣、市政府轄區內公司行號、工廠負責人勸導本國員工理
　　　性面對菲籍員工，勿將仇菲情緒牽涉到無辜菲籍人士，並呼籲
　　　菲籍人士要小心自身安危，努力做好各層防護，以避免暴力事
　　　件發生。

正本：各縣、市政府
副本：

院長　江○○（簽字章）

102年　高考三級

☑近年來，外交部致力推動與先進國家簽署「青年打工度假協定」，其宗
旨在鼓勵國內18到30歲青年走向國際社會，以「度假」為前提，藉由短
期「打工」賺取旅遊生活費，俾能拓展視野，體驗異國文化，並培養語
文與獨立自主能力。試擬行政院致外交部函：國內青年到國外進行打工
度假活動，人身安全至為重要，應會同教育部、本院勞工委員會等有關
機關提供完備資訊，並加強宣導所應注意事項，如在國外打工度假青年
遇有急難救助之需求，亦當掌握時效，儘速提供必要協助。

　　　　　　　　　　　　　　檔　　號：
　　　　　　　　　　　　　　保存年限：

　　　　行政院　函

　　　　　　地　　址：○○市○○路○○號
　　　　　　承辦人：○○○
　　　　　　電　話：（○○）○○○○○○○○
　　　　　　傳　真：（○○）○○○○○○○○
　　　　　　Email：○○@○○.○○.○○.○○

□□□

臺北市○○區○○路○○號

受文者：外交部

發文日期：中華民國○○○年○○月○○日

發文字號：（○○○）○○○字第○○○○○號

速別：

密等及解密條件或保密期限：

附件：

主旨：國內青年到國外進行打工度假活動，人身安全至為重要，貴部
　　　應會同教育部、本院勞工委員會等有關機關提供完備資訊，並
　　　加強宣導所應注意事項，請查照辦理。

說明：

　一、近年來，貴部致力推動與先進國家簽署「青年打工度假協
　　　定」，鼓勵國內18到30歲青年走向國際社會，體驗不同文化，
　　　能藉由打工獨立自主生活，並增進語文能力，受到國內青年高
　　　度的關注與肯定。

　二、然而，偶有傳出國內青年至國外打工度假，因缺乏經驗與適當
　　　的協助，發生不幸意外，引起國人對「打工度假」觀感不佳、
　　　有所疑慮，亟待貴部重視與積極應對。

辦法：

　一、得以會同教育部、本院勞工委員會等相關機關，召開跨部會研
　　　商會議，周延的探討「打工度假」所可能發生之意外與勞工問
　　　題，並置於貴部網站內。必要時亦可定期舉辦「行前講習」，
　　　宣導有關工作契約、住屋租賃、開設銀行帳戶、駕駛、保險及
　　　人身安全等注意事項，提供國內青年完備資訊。

　二、請鼓勵打工度假青年，出國前親至貴部領事事務局登錄基本資
　　　料，以便通知駐外單位就近及時照護；並得以要求各駐外單
　　　位，積極關切國內青年在各國打工度假的相關生活與工作細
　　　節，如國內青年遇有急難救助之需求，務必掌握時效，儘速提
　　　供必要協助。

三、製作宣傳媒體，以短片、海報等方式，將打工度假需注意的要
　　項公布於適當場所，使國內青年廣泛週知。

正本：外交部
副本：教育部、本院院勞工委員會

院長　○○○（職銜簽字章）

102年　普考

☑行政院於102年5月10日以行環字第10200589483號函致所屬機關及直
　轄市、縣市政府略以：函送環境教育法，請轉知所屬依法推動環境教
　育工作，以期落實政府節能減碳政策，並請於文到二個月內提出環境
　教育工作計畫書報院核備實施。請試擬臺北市政府復行政院之函文。

　　　　　　　　　　　　　　　　　　　　　　檔　　號：
　　　　　　　　　　　　　　　　　　　　　　保存年限：

臺北市政府　函

　　　　　　　　　　　　　　地　　址：○○市○○路○○號
　　　　　　　　　　　　　　承辦人：○○○
　　　　　　　　　　　　　　電　話：（○○）○○○○○○○
　　　　　　　　　　　　　　傳　真：（○○）○○○○○○○
　　　　　　　　　　　　　　Email：○○@○○.○○.○○.○○

□□□
臺北市○○區○○路○○號
受文者：行政院

發文日期：中華民國○○○年○○月○○日
發文字號：（○○○）○○○字第○○○○○號

速別：

密等及解密條件或保密期限：

附件：見說明三

主旨：鈞院於102年5月10日以行環字第10200589483號函本市政府，略以：函送環境教育法，請轉知所屬依法推動環境教育工作，以期落實政府節能減碳政策，並請於文到二個月內提出環境教育工作計畫書報院核備實施，檢陳「臺北市政府環境教育工作計畫書」草案，請鑒核。

說明：

一、「節能減碳」的觀念於近幾年已深植人心，這不僅為攸關境保護之理念，也深切影響人民生活；本市府自收到 鈞院公文後，即立刻轉知所屬依法推動此項教育工作，期達成政府重要政令之落實。

二、揆諸現今減碳節能教育工作推行實況，尚未臻完善，許多步驟還有改善空間，本市府當全力宣導及推動，並提出環境教育計畫，以貫徹「節能減碳」的施政目標。

三、檢陳「臺北市政府環境教育工作計畫書」草案一份。

辦法：

一、已指示本市府各相關單位，全力著手宣導，使民眾瞭解氣候變遷對環境之破壞，以及對人類生存之威脅，以利節能減碳政令之推行。

二、持續辦理本府所屬各機關學校員工、教師及學生等，參加6小時以上環境教育研習或課程，並完成網路申報作業。

三、訂定獎勵辦法，協助民營事業對其員工、社區居民、參訪者及消費者等，進行環境教育；凡有績效之業者及個人，將予以獎勵、表揚。

正本：行政院

副本：

市長　○○○（職章）

102年 原住民特考三等

☑試擬行政院致行政院原住民族委員會函：推動原住民族健康部落生活，強化部落嬰幼兒及老人照護功能，並倡導節酒、體育等活動。

檔　　號：

保存年限：

行政院　函

地　　址：○○市○○路○○號
承辦人：○○○
電　話：（○○）○○○○○○○
傳　真：（○○）○○○○○○○
Email：○○@○○.○○.○○.○○

□□□

臺北市○○區○○路○○號

受文者：行政院原住民族委員會

發文日期：中華民國○○○年○○月○○日

發文字號：○○字第○○○○○○號

速別：速件

密等及解密條件或保密期限：普通

附件：

主旨：推動強化部落嬰幼兒及老人照護功能，並倡導節酒、體育等活動，請照辦。

說明：因部落之嬰幼兒與老人比例日漸提升，嬰幼兒及老人照護之重要性於是提高，故請倡導節酒、體育等活動。

辦法：

一、請於一個月內擬定節酒活動之企劃，當含節酒獎勵計畫擬定，送行政院備查。

二、請與相關部會協商大規模部落義診相關事宜。

三、請於一個月內擬定可行之體育活動，送行政院備查。

正本：行政院原住民族委員會
副本：

院長　○○○（職銜簽字章）

102年　原住民特考四等

☑試擬臺北市政府教育局致臺北市各小學函：今年三月起，教育部舉辦
　「送書香到原鄉」活動，徵集各式書籍充實原鄉部落小學圖書館，請
　各小學協助徵募圖書。

檔　　號：
保存年限：

臺北市政府教育局　函

地　　址：○○市○○路○○號
承辦人：○○○
電　　話：（○○）○○○○○○○
傳　　真：（○○）○○○○○○○
Email：○○@○○.○○.○○.○○

□□□
臺北市○○區○○路○○號
受文者：臺北市各小學

發文日期：中華民國○○○年○○月○○日
發文字號：○○字第○○○○○○號
速別：速件
密等及解密條件或保密期限：普通
附件：

主旨：配合教育部「送書香到原鄉」活動，協助徵募圖書。請照辦。

說明：今年三月起，教育部舉辦「送書香到原鄉」活動，徵集各式書籍充實原鄉部落小學圖書館，請各小學協助徵募圖書。

辦法：

一、本活動計畫至明年二月，請各小學自三月起每月將募集之圖書送至臺北市政府教育局。

二、請過濾不良書刊或競選文宣、不良漫畫等非兒童讀物。

正本：臺北市各小學

副本：

局長　○○○（職銜簽字章）

102年　地方特考三等

☑試擬○○縣政府致所轄各鄉鎮市公所函：為建構傳統市場優質新風貌，應整體規劃改善轄區內各市場購物環境，並積極輔導各攤位提升行銷手法，發揚固有之人情味、地區文化等特色，於3個月內將具體成果報府備查。

檔　　號：
保存年限：

○○縣政府　函

地　　址：○○市○○路○○號
承辦人：○○○
電話：（○○）○○○○○○○
傳真：（○○）○○○○○○○
Email：○○@○○.○○.○○.○○

□□□
○○市○○區○○路○○號
受文者：所轄各鄉鎮市公所

發文日期：中華民國○○○年○○月○○日
發文字號：○○字第○○○○○○號
速別：速件
密等及解密條件或保密期限：普通
附件：

主旨：為建構傳統市場優質新風貌，應整體規劃改善轄區內各市場購物環境，並積極輔導各攤位提升行銷手法，發揚固有之人情味、地區文化等特色，請照辦。
說明：請於三個月內將具體成果報府備查。
辦法：
　一、加強宣導提升傳統市場之衛生，以維環境清潔，提升購物環境舒適度。
　二、請舉辦行銷手法之教學或經驗交流等座談會或課程，獎勵轄區攤販出席。

正本：所轄各鄉鎮市公所
副本：

縣長　○○○（職銜簽字章）

102年 地方特考四等

☑針對各地甚多設置於人行道上之交通號誌控制箱、電信控制箱、變電箱及監視器箱等龐然大物，不僅有礙觀瞻，甚而影響行人安全。試擬○○縣政府致所轄各鄉鎮市公所函：清查轄區內各單位設置於人行道上之各類箱型突出物，於文到1個月內函送本府彙整後，將責成設置單位限期進行遷移或整體性美化作業，以改善街道景觀。

　　　　　　　　　　　　　　　　　　　　　　檔　　號：
　　　　　　　　　　　　　　　　　　　　　　保存年限：

○○縣政府　函

　　　　　　　　　　　　地　　　址：○○市○○路○○號
　　　　　　　　　　　　承辦人：○○○
　　　　　　　　　　　　電話：（○○）○○○○○○○
　　　　　　　　　　　　傳真：（○○）○○○○○○○
　　　　　　　　　　　　Email：○○@○○.○○.○○.○○

□□□
○○市○○區○○路○○號
受文者：所轄各鄉鎮市公所

發文日期：中華民國○○○年○○月○○日
發文字號：○○字第○○○○○○號
速別：速件
密等及解密條件或保密期限：普通
附件：

主旨：清查轄區內各單位設置於人行道上之各類箱型突出物，並列表
　　　彙整，函送本府，請照辦。
說明：針對各地甚多設置於人行道上之交通號誌控制箱、電信控制
　　　箱、變電箱及監視器箱等龐然大物，不僅有礙觀瞻，甚而影響
　　　行人安全，希各公所清查之，函送本府彙整後，將責成設置單
　　　位限期進行遷移或整體性美化作業，以改善街道景觀。
辦法：
　一、請於文到1個月內函送本府。
　二、請詳列人行道上之龐然大物屬何種類(交通號誌控制箱、電信控
　　　制箱、變電箱及監視器箱)，並寫明所在路段。

正本：所轄各鄉鎮市公所
副本：

縣長　○○○（職銜簽字章）

103年　身障特考三等

☑試擬教育部致各直轄市與縣市教育機關函請所屬各級學校：近年來因受「少子化」之衝擊，學校招生班級數銳減，為使校園空間及設備，不至於因閒置而荒廢，請依據本部公告之「活化校園空間及設備方案」，積極宣導，以達「物盡其用」之目的。

　　　　　　　　　　　　　　　　　　　　　　檔　　　號：
　　　　　　　　　　　　　　　　　　　　　　保存年限：

教 育 部 　 函

地　　址：○○市○○路○○號
承辦人：○○○
電　　話：（○○）○○○○○○○
傳　　真：（○○）○○○○○○○
Email：○○@○○.○○.○○.○○

□□□
○○市○○區○○路○○號
受文者：各直轄市與縣市教育機關

發文日期：中華民國○○○年○○月○○日
發文字號：○○字第○○○○○○號
速別：速件
密等及解密條件或保密期限：普通
附件：

主旨：各直轄市與縣市教育機關當函請所屬各級學校依據本部公告之「活化校園空間及設備方案」，積極宣導，以達「物盡其用」之目的。請照辦。

說明：近年來因受「少子化」之衝擊，學校招生班級數銳減，為使校園空間及設備，不至於因閒置而荒廢，請依據本部公告之「活化校園空間及設備方案」，積極宣導，以達「物盡其用」之目的。

辦法：
　一、請各直轄市與縣市教育機關於一個月內通函所屬各級學校，轉
　　　知所屬各級學校遵照辦理。
　二、轉知各級學校根據本部「活化校園空間及設備方案」擬定各校
　　　「活化校園空間及設備」計畫，並由各直轄市與縣市教育機關
　　　彙整後送本部備查。

正本：各直轄市與縣市教育機關
副本：

部長　　○○○　（職銜簽字章）

103年　身障特考四等

☑ 擬臺北市政府教育局致本市各中小學函：檢送「臺北市國民中小學辦
　理校外教學實施原則」一份，請配合辦理，並加強校外教學安全。

　　　　　　　　　　　　　　　　　　　　　　檔　　　號：
　　　　　　　　　　　　　　　　　　　　　　保存年限：

臺北市政府教育局　函

　　　　　　　　　　　　地　　　址：○○市○○路○○號
　　　　　　　　　　　　承辦人：○○○
　　　　　　　　　　　　電話：（○○）○○○○○○○○
　　　　　　　　　　　　傳真：（○○）○○○○○○○○
　　　　　　　　　　　　Email：○○@○○.○○.○○.○○

□□□
○○市○○區○○路○○號
受文者：本市各中小學

發文日期：中華民國○○○年○○月○○日
發文字號：○○字第○○○○○○號
速別：速件
密等及解密條件或保密期限：普通
附件：「臺北市國民中小學辦理校外教學實施原則」一份

主旨：檢送「臺北市國民中小學辦理校外教學實施原則」一份。請
查收。

說明：檢送「臺北市國民中小學辦理校外教學實施原則」一份，請配
合辦理，並加強校外教學安全。

辦法：

一、即日起，本市國民中小學之校外教學依本函所附之「臺北市國
民中小學辦理校外教學實施原則」辦理。

二、請各校於辦理校外教學時特別注意學生安全。

正本：臺北市各中小學
副本：

局長　○○○　（職銜簽字章）

103年　高考三級

☑試擬行政院致交通部函：持續加強載客船舶航行、救生與消防等安全
設備檢查，並督促業者落實航行前安全檢查、平時救生與消防演練及
強化船員緊急應變能力。

檔　　號：

保存年限：

行政院　函

地　　址：○○市○○路○○號
承辦人：○○○
電話：（○○）○○○○○○○
傳真：（○○）○○○○○○○
Email：○○@○○.○○.○○.○○

□□□

○○市○○區○○路○○號

受文者：交通部

發文日期：中華民國○○○年○○月○○日
發文字號：○○字第○○○○○○號
速別：速件
密等及解密條件或保密期限：普通
附件：

主旨：持續加強載客船舶航行、救生與消防等安全設備檢查，並督促
　　　業者落實航行前安全檢查、平時救生與消防演練及強化船員緊
　　　急應變能力。請照辦。
說明：入夏後水上活動增加，為維護遊客安全，請督促船舶航行業者
　　　做足安全檢查及其相關人員訓練，以維安全。督促範圍包括船
　　　舶救生設備、消防設備之安全檢查，船隻航行前安全檢查是否
　　　落實之抽驗，並協助業者舉辦救生、消防演練。
辦法：
　　一、擬定船舶安全設備抽驗計畫，於一星期內送本院。
　　二、請於各縣市舉辦消防、救生演習與訓練，並發文至各船舶業者
　　　　派員參與。

正本：交通部
副本：

院長　　○○○（職銜簽字章）

103年　普考

☑試擬○○市政府教育局致所屬各國民中小學函：加強學生中途輟學預
防、通報及復學輔導工作，以落實國民教育機會均等理念。

　　　　　　　　　　　　　　　　　　　　　　檔　　號：
　　　　　　　　　　　　　　　　　　　　　　保存年限：

○○市政府教育局　函

　　　　　　　　　　　　　地　　址：○○市○○路○○號
　　　　　　　　　　　　　承辦人：○○○
　　　　　　　　　　　　　電話：（○○）○○○○○○○
　　　　　　　　　　　　　傳真：（○○）○○○○○○○
　　　　　　　　　　　　　Email：○○@○○.○○.○○.○○

□□□
○○市○○區○○路○○號
受文者：所屬各國民中小學

發文日期：中華民國○○○年○○月○○日
發文字號：○○字第○○○○○○號
速別：速件
密等及解密條件或保密期限：普通
附件：

主旨：請由加強學生中途輟學預防、通報及復學輔導等工作，落實國
　　　民教育機會均等理念。請照辦。
說明：近日多有民眾表示於本市內常有中輟生遊蕩，因此請各校加強
　　　學生中輟預防、通報及復學輔導工作。
辦法：
　　一、請各校於上課時間落實點名制度，並派員至各校附近網咖等學
　　　　生容易流連之地找回學生。
　　二、請更新各校中輟名單，於一星期內上呈本局。

正本：所屬各國民中小學
副本：

局長　　○○○（蓋職銜簽字章）

103年 原住民特考三等

☑ 為尊重動物生命及保護動物，依「動物保護法」規定，中央主管機關
為行政院農業委員會，地方為各直轄市、縣（市）政府。試擬行政院
農業委員會致各直轄市、縣（市）政府函：落實未辦理寵物登記稽查
及飼主責任教育工作，以禁絕隨意棄養行為之發生。

檔　　號：
保存年限：

行政院農業委員會　函

地　　址：○○市○○路○○號
承辦人：○○○
電話：（○○）○○○○○○○
傳真：（○○）○○○○○○○
Email：○○@○○.○○.○○.○○

□□□
○○市○○區○○路○○號
受文者：各縣市政府

發文日期：中華民國○○○年○○月○○日
發文字號：○○字第○○○○○○號
速別：速件
密等及解密條件或保密期限：普通
附件：

主旨：請落實未辦理寵物登記稽查及飼主責任教育工作，以禁絕隨意
　　　棄養之行為發生，請照辦。
說明：
一、依據行政院○○年○月○日○○字第0000號函辦理。
二、由於近年來寵物遭惡意棄養之事件時有所聞，為尊重生命及保
　　護動物，須建立完整寵物登記管理制度，以減少流浪動物及人
　　共通傳染病之發生，請各相關單位積極宣導，杜絕此風。

辦法：
一、各縣市政府應依「動物保護法」訂定執行要點，並成立「宣導小組」，透過各種管道呼籲民眾。
二、將寵物登記管理電子化，嚴加落實飼主責任教育工作。
三、加強源頭管制、繁殖買賣管理，以期減少棄養之發生。

正本：○○縣（市）政府
副本：

院長　○○○（蓋職銜簽字章）

103年　原住民特考四等

☑試擬衛生福利部致函各直轄市、縣（市）政府衛生局：近日天氣轉涼，流感疫情漸有增加趨勢，請以各鄉（鎮、市、區）為單位，加強對民眾宣導，並做好有效防疫工作，以維護國民身體健康。檢附「流行性感冒防治要點」1份，以利宣導。

檔　　號：
保存年限：

行政院衛生福利部　函

地　　址：○○市○○路○○號
承辦人：○○○
電話：（○○）○○○○○○○○
傳真：（○○）○○○○○○○○
Email：○○@○○.○○.○○.○○

○○○
○○市○○區○○路○○號
受文者：各縣市政府衛生局

發文日期：中華民國○○○年○○月○○日

發文字號：○○字第○○○○○○號

速別：速件

密等及解密條件或保密期限：普通

附件：「流行性感冒防治要點」一份

主旨：請以各鄉（鎮、市、區）為單位，加強對民眾宣導流感防治，並做好有效防疫工作，以維護國民身體健康，請照辦。

說明：

一、依據行政院○○年○月○日○○字第0000號函辦理。

二、近日天氣轉涼，流感疫情有增加趨勢，為維護國民健康，各衛生機關應成立防疫小組，並積極利用各種管道宣導。

三、檢送「流行性感冒防治要點」一份，以利宣導。

正本：各縣市政府衛生局

副本：

部長　○○○（蓋職銜簽字章）

103年　地方特考三等

☑針對季節交替期間，極易造成因蚊蟲叮咬所引發之流行性傳染病，造成民眾健康之重大威脅。請試擬衛生福利部發函，要求全國各縣市衛生單位提高警覺，面對可能發生之疫情，預先提出各種有效方案，如清理環境，掃除髒亂死角，定期噴藥，清理水溝、積水容器，以減少蚊蟲孳生等等。各單位應徹底執行，防止疫情擴大，以保障民眾之健康及生命安全。

檔　　號：
保存年限：

行政院衛生福利部　函

地　　址：○○市○○路○○號
承辦人：○○○
電話：（○○）○○○○○○○○
傳真：（○○）○○○○○○○○
Email：○○@○○.○○.○○.○○

○○○
○○市○○區○○路○○號
受文者：各縣市政府衛生局

發文日期：中華民國○○○年○○月○○日
發文字號：○○字第○○○○○○號
速別：速件
密等及解密條件或保密期限：普通
附件：

主旨：為預防可能發生之流行性傳染病，請各衛生單位提高警覺，預先提出各種有效方案，並徹底執行，防止疫情擴大，以保障民眾之健康及生命安全，請照辦。

說明：

一、依據行政院○○年○月○日○○字第0000號函辦理。

二、由於季節交替期間，極易造成因蚊蟲叮咬所引發之流行性傳染病，造成民眾健康之重大威脅，因此各單位應積極宣導，並依本函辦法積極辦理。

辦法：

一、各衛生機關應透過各種管道呼籲民眾，定期清理居家環境、掃除髒亂死角和積水容器等等，並制定排程定期噴藥以減少蚊蟲孳生。

二、開放民眾撥打防疫專線，免費詢問與流感疫情有關之問題。

三、確實執行流感疫苗之施打，並強化地方醫療效能。

四、積極宣導民眾應維持手部清潔及注意呼吸道衛生和咳嗽禮節，與人交談盡可能保持一公尺以上之距離，以降低病毒傳播的風險。

正本：○○縣（市）政府衛生局

副本：

部長　○○○（蓋職銜簽字章）

103年　地方特考四等

☑ 衛生福利部國民健康署（原國民健康局），自民國100年推動健康體重管理計畫，結合中央各部會及地方政府，跨部門跨領域合作，在職場、社區、學校及醫院等場域，營造健康的支持性環境，鼓勵民眾實踐「聰明吃、快樂動、天天量體重」的健康生活型態，為自己找回健康，也節省國家醫療支出。試擬衛生福利部國民健康署致各直轄市、縣（市）衛生機關函：請持續推動健康體重管理計畫，提供營造健康的支持性環境，以促進國人的健康及福祉。

檔　　號：
保存年限：

行政院衛生福利部國民健康署　函

地　　址：○○市○○路○○號
承辦人：○○○
電話：（○○）○○○○○○○
傳真：（○○）○○○○○○○
Email：○○@○○.○○.○○.○○

○○○
○○市○○區○○路○○號
受文者：各縣市政府衛生局

發文日期：中華民國○○○年○○月○○日
發文字號：○○字第○○○○○○號
速別：速件
密等及解密條件或保密期限：普通
附件：

主旨：請持續推動健康體重管理計畫，提供營造健康的支持性環境，
　　　以促進國人的健康及福祉，請查照惠辦。

說明：
　一、依據行政院○○年○月○日○○字第0000號函辦理。
　二、本署自民國100年起推動健康體重管理計畫，鼓勵民眾實踐「聰
　　　明吃、快樂動、天天量體重」的健康生活型態，為自己找回健
　　　康，也節省國家醫療支持，因此請各衛生單位持續積極推動。

辦法：
　一、請在各職場、學校、社區和醫院，營造健康的支持性環境，並
　　　提供免費諮詢服務。
　二、加強宣導管理控制體重的觀念，以協助國人擺脫肥胖帶來的疾
　　　病威脅。
　三、與各部門跨領域合作，加強學校教育，並透過各種管道使健康
　　　資訊流通，廣為民眾所知。

正本：○○縣（市）政府衛生局
副本：

署長　○○○（簽字章）

104年 關務特考三等

☑ 桃園國際機場為臺灣國際航班起降的門戶，截至103年底，國際客運量
排名居全球第11位。有鑒於「世界地球村，疫病無國界」，而旅客在
旅途中，會有20～70%出現健康與疾病傳染癥候，請試擬衛生福利部
疾病管制署函直轄市及各縣市旅行商業同業公會，配合辦理檢疫、防
疫措施，派員參加「104年度導遊、領隊旅遊醫學教育訓練課程」，並
檢附該署修正發布之「港埠檢疫規則」，以收宣導之效。

檔　　號：
保存年限：

行政院衛生福利部　函

地　　址：○○市○○路○○號
承辦人：○○○
電話：（○○）○○○○○○○
傳真：（○○）○○○○○○○
Email：○○@○○.○○.○○.○○

○○○
○○市○○區○○路○○號
受文者：各縣市旅行商業同業公會

發文日期：中華民國○○○年○○月○○日
發文字號：○○字第○○○○○○號
速別：速件
密等及解密條件或保密期限：普通
附件：「港埠檢疫規則」一份

主旨：請配合辦理檢疫、防疫措施，並派員參加「104年度導遊、領隊
　　　旅遊醫學教育訓練課程」，請照辦。

說明：

一、依據行政院○○年○月○日○○字第0000號函辦理。

二、桃園國際機場為臺灣國際航班起降的門戶，截至103年底，國際客運量排名居全球第11位，而有鑑於「世界地球村，疫病無國界」，而旅客在旅途中，會有20～70%出現健康與疾病傳染癥候，因此需各相關單位協助配合防疫措施。

三、檢送「港埠檢疫規則」一份，請依此辦理。

正本：○○縣（市）政府

副本：

部長　○○○（蓋職銜簽字章）

104年 關務特考四等

☑為因應全球氣候異常，環境變遷，資源逐漸耗竭，試擬行政院函直轄市及各縣市政府，積極宣導四省（省電、省油、省水、省紙）觀念，鼓勵發揮創意，將環保節能措施融入日常生活，並視推動成效予以獎勵補助。

<pre>
                                        檔　　號：
                                        保存年限：

                      行 政 院　函

                      地　　址：○○市○○路○○號
                      承辦人：○○○
                      電　話：（○○）○○○○○○○
                      傳　真：（○○）○○○○○○○
                      Email：○○@○○.○○.○○.○○
</pre>

○○○

○○市○○區○○路○○號

受文者：各縣市政府

發文日期：中華民國○○○年○○月○○日

發文字號：○○字第○○○○○○號

速別：速件

密等及解密條件或保密期限：普通

附件：

主旨：請發揮創意，積極宣導四省（省電、省油、省水、省紙）觀念，將環保節能措施融入日常生活，請辦理見復。

說明：

一、依據行政院○○年○月○日○○字第0000號函辦理。

二、為因應全球氣候異常，環境變遷，資源逐漸耗竭的窘境，各相關單位應積極宣導四省觀念，並視推動成效予以獎勵補助，以求打造新綠能台灣。

辦法：

一、各縣市政府應成立「節能專案小組」，並諮詢各相關領域的專業人員，擬定四省計畫。

二、積極透過各種大眾傳播媒體以及學校教育宣導，推廣節能減碳觀念。

三、制訂獎勵辦法，落實檢核，並定時回報主管機關各階段的執行成效。

正本：○○縣（市）政府

副本：

院長　○○○（蓋職銜簽字章）

104年 高考三級

齊柏林先生拍攝的紀錄影片「看見臺灣」，讓國人驚見臺灣國土之美，但也暴露土地濫墾、濫伐及河川污染之嚴重，令人怵目驚心，為免引發更大浩劫，亟待設法導正與杜絕。

☑ 試擬行政院環境保護署致各直轄市政府、縣市政府函：請加強宣導正確環保觀念，針對轄區內之土地及河川，建置完善的監測、預警、通報及應變系統，對於違反環保法令事件，應依法嚴辦，並於三個月內查處完竣，以提昇國人生活品質。

```
                                              檔    號：
                                              保存年限：


              行政院環境保護署　函
                            地    址：○○市○○路○○號
                            承辦人：○○○
                            電話：（○○）○○○○○○○○
                            傳真：（○○）○○○○○○○○
                            Email：○○@○○.○○.○○.○○
 ○○○
 ○○市○○區○○路○○號
 受文者：○○縣市政府

 發文日期：中華民國○○○年○○月○○日
 發文字號：○○字第○○○○○○號
 速別：速件
 密等及解密條件或保密期限：普通
 附件：

 主旨：各單位應加強宣導正確環保觀念，對於違反環保法令事件，應
      依法嚴辦，並於三個月內查處完竣，以提昇國人生活品質，請
      查照。
```

說明：
一、依據行政院○○年○月○日○○字第0000號函辦理。
二、由於齊柏林先生拍攝的紀錄影片「看見臺灣」，讓國人驚見臺灣國土之美，但也暴露土地濫墾、濫伐及河川污染之嚴重，令人怵目驚心，故為免引發更大的浩劫，各地方政府責無旁貸，應設法導正與杜絕。

辦法：
一、請各相關單位籌組「土地河川環保小組」，積極辦理本案。
二、針對轄區內之土地及河川，建置完善的監測、預警、通報及應變系統。
三、加強轄區內土地及河川之巡查，如有違法情事，應嚴懲不貸。
四、利用大眾傳播媒體加強宣導正確環保觀念，讓民眾瞭解尊重環境的重要性。

正本：○○縣(市)政府
副本：

署長　○○○（蓋職銜簽字章）

104年　普考

行政院為因應高齡化社會需求，推動老人健康與生活照顧之「長期照顧服務法」，業奉總統於本（104）年6月3日明令公布，並自公布後2年實施。依該法規定之長期照顧服務模式，分為居家式、社區式、機構住宿式、家庭照顧者支持服務、其他經中央主管機關公告之服務方式等5種，為因應該法正式實施時之實際需求，實有詳加規劃、預為綢繆之必要。

☑試擬衛生福利部致各直轄市政府、縣市政府、各大專院校相關系所及各從業機構函，為期長期照顧服務體系之規劃更加周妥完善，請貴機關（構）惠予提供辦理長期照顧有關之寶貴經驗、建議及需求，並於文到20日內惠復，俾供研訂長期照顧服務法施行細則暨相關配套法規之參考，以嘉惠老人。

檔　　號：
保存年限：

行政院衛生福利部　函

地　　址：○○市○○路○○號
承辦人：○○○
電話：（○○）○○○○○○○
傳真：（○○）○○○○○○○
Email：○○@○○.○○.○○.○○

○○○
○○市○○區○○路○○號
受文者：○○縣市政府

發文日期：中華民國○○○年○○月○○日
發文字號：○○字第○○○○○○號
速別：速件
密等及解密條件或保密期限：普通
附件：

主旨：為期長期照顧服務體系之規劃更加周妥完善，請貴機關（構）
惠予提供辦理長期照顧有關之寶貴經驗、建議及需求，並於文
到20日內惠復，俾供研訂長期照顧服務法施行細則暨相關配套
法規之參考，以嘉惠老人，請查照惠辦。

說明：
一、依據行政院○○年○月○日○○字第0000號函辦理，為因應
高齡化社會需求，推動老人健康與生活照顧之「長期照顧服務
法」，業奉總統於本(104)年6月3日明令公布，並自公布後2年
實施。
二、依該法規定之長期照顧服務模式，分為居家式、社區式、機構
住宿式、家庭照顧者支持服務、其他經中央主管機關公告之服
務方式等5種，為因應該法正式實施時之實際需求，實有詳加規
劃、預為綢繆之必要，請各相關機構共同協助。

正本：各直轄市政府、縣（市）政府、各大專院校相關系所及從業機構
副本：

部長　○○○（蓋職銜簽字章）

104年 司法特考四等

☑試擬交通部致交通部民用航空局函：自各廉價航空公司開闢臺灣與外國間國際航線以來，因契約問題與旅客發生紛爭之情事，時有所聞。請重新審核各公司相關契約是否有違反法規或不盡合理處，以保障旅客權益。

檔　　號：
保存年限：

交通部　函

地　　址：○○市○○路○○號
承辦人：○○○
電話：（○○）○○○○○○○
傳真：（○○）○○○○○○○
Email：○○@○○.○○.○○.○○

○○○
○○市○○區○○路○○號
受文者：○○縣市政府

發文日期：中華民國○○○年○○月○○日
發文字號：○○字第○○○○○○號
速別：速件
密等及解密條件或保密期限：普通
附件：

主旨：請重新審核各公司相關契約是否有違反法規或不盡合理處，以
　　　保障旅客權益，請照辦。

說明：

一、依據行政院○○年○月○日○○字第0000號函辦理。

二、自各廉價航空公司開闢臺灣與外國間國際航線以來，因契約問
　　題與旅客發生紛爭之情事，時有所聞，為減少此類事件發生，
　　應確實檢討改進。

辦法：

一、貴局應針對旅客與航空公司之糾紛，積極審核及協助調處，以
　　確實保障旅客之權益。

二、請貴局依據相關規定，重新審核各規範，包括退票說明、搭乘
　　航班說明、使用期限和停留天數等，確認發生爭議時能夠有效
　　解決問題。

三、為加強旅客服務，請在航空站設置「旅客意見箱」，或是於官
　　網提供電子意見信箱，以便即時回應用戶需求。

正本：交通部民用航空局
副本：國內各航空站

部長　○○○（蓋職銜簽字章）

104年　地方特考三等

☑ 假設桃園市市民許大維先生於104年10月25日以電子郵件，向行政院
院長電子信箱陳情，為其子女就讀桃園市甲乙國民小學，憂心遭禽流
感感染及營養午餐蛋類食材安全問題，請行政院確實督促防範。本案
經行政院於104年10月26日院長信箱轉桃園市政府後，經該府研究發
展考核委員會列管，並於同年月27日轉請該府教育局，請該局就許先
生陳情事項，所採行之具體防範措施，以及增設「快樂午餐、吃出健
康」學校營養午餐食材登錄網站之訊息，一併逕復陳情人，試擬桃園
市政府教育局答復許先生函。

檔　　號：
保存年限：

桃園市政府教育局　函

地　　址：○○○○○○○
承辦人：○○○
電話：（○○）○○○○○○○
傳真：（○○）○○○○○○○
Email：○○@○○.○○.○○.○○

(郵遞區號及地址)
受文者：許大維先生

發文日期：中華民國○○○年○○月○○日
發文字號：○○字第○○○○○○號
速別：普通件
密等及解密條件或保密期限：普通
附件：

主旨：有關台端向行政院院長致電子信箱陳情，憂心學童遭禽流感感染及營養午餐蛋類食材安全之問題，本局已採行具體防範措施，並增設「快樂午餐、吃出健康」學校營養午餐食材登陸網站，復請查照。

說明：

一、台端於104年10月25日以電子郵件，向行政院院長電子信箱陳情，經行政院於104年10月26日院長信箱轉本府後，已由本府研究發展考核委員會列管，並於同月27日轉交本局處理。

二、為因應國內禽流感疫情，本局已通令本市各中小學暫停使用疫區之雞鴨鵝等肉和蛋類，且已轉請供應商針對蛋類食材，務必清洗潔淨並予以熟煮。

三、本局已增設「快樂午餐、吃出健康」學校營養午餐食材登錄網站，要求各校營養午餐及福利社販售之食品均須上網登錄來源、流向，請台端隨時上網瀏覽查詢。

正本：許大維先生
副本：桃園市政府研究發展考核委員會、桃園市甲乙國民小學

局長　○○○

104年　地方特考四等

☑假設臺東縣政府為拓展資訊教育，函請教育部補助104年度資訊教育經費，案經教育部於104年4月10日教資字第1234567890號函復，同意核定補助經費五十萬八千元，並請於年度內支用後，將執行情形檢附相關資料核銷。嗣經該府依104年度教育計畫分別辦理「資訊教育訓練」、「資訊器材增設汰舊換新」、「提升資訊等級」及「配合影音媒體頻道擴建計畫」等，實支四十八萬三千元。試擬臺東縣政府致函教育部，彙報上開資訊教育補助經費執行情形，檢附補助經費收支結算表、成果報告表等相關資料辦理核銷，並請同意結餘款納入該府教育基金，免予繳回。

檔　　　號：
保存年限：

台東縣政府　函

地　　址：○○○○○○○○
承辦人：○○○
電話：（○○）○○○○○○○
傳真：（○○）○○○○○○○
Email：○○@○○.○○.○○.○○

（郵遞區號及地址）
受文者：教育部

發文日期：中華民國○○○年○○月○○日
發文字號：○○字第○○○○○○號
速別：速件
密等及解密條件或保密期限：普通

附件：補助經費收支結算表、成果報告表各1份

主旨：彙報資訊教育補助經費執行情形，並請同意結餘款納入本府教育基金，免予繳回，請查照惠復。

說明：

一、本府為拓展資訊教育，曾請貴部補助104年度資訊教育經費，案經貴部於104年4月10日教資字第1234567890號函復，同意核定補助經費五十萬八千元，並請於年度內支用後，將執行情形檢附相關資料核銷。

二、嗣經本府依104年度教育計畫分別辦理「資訊教育訓練」、「資訊器材增設汰舊換新」、「提升資訊等級」及「配合影音媒體頻道擴建計畫」等，實支四十八萬三千元。

三、檢附「補助經費收支結算表」、「成果報告表」等相關資料各一份，以便核銷。

正本：教育部
副本：本府會計室

縣長　○○○

105年　關務特考三等

一、查交通部、內政部會同訂定之「道路交通標誌標線號誌設置規則」第181條規定略以，行車分向線之劃設，路面寬度應在6公尺以上之路段，但寬度在5公尺以上不及6公尺，全年平均每日交通量在400輛以上之路段，亦得劃設。

二、假設桃園市八德區公正里玫瑰社區前之康樂街，近來車輛激增，但因路面不寬，未劃設行車分向線，造成交通混亂，影響社區住戶安全，該社區管理委員會爰於民國105年1月12日以玫管字第0123號申請書，向桃園市政府交通局申請在康樂街劃設行車分向線。交通局於105年2至3月間會同八德區公所、當地陳里長及鄰近甲、乙兩社區管理委員會共同進行3次實地會勘，經測量結果，該路段路面寬度雖僅5.6公尺，惟全年平均每日交通量達475輛以上，符合「道路交通標誌標線號誌設置規則」規定，並訂於105年4月底前完成劃設。

☑ 請依上開情境敘述，試擬桃園市政府交通局函，以最速件答復玫瑰社區管理委員會，並副知各相關會勘單位及人員。

　　　　　　　　　　　　　　　　　　　檔　　號：
　　　　　　　　　　　　　　　　　　　保存年限：

桃園市政府交通局　函

地　　址：桃園市○○○路○○○
聯絡方式：（聯絡人、聯絡電話、電子郵件、傳真）

受文者：本市八德區公正里玫瑰社區管理委員會

發文日期：中華民國○○○年○○月○○日
發文字號：（○○）○○字第○○○○○號
速別：

密等及解密條件或保密期限：

附件：如文

主旨：貴委員會申請在康樂街劃設行車分向線，經測量結果，符合規定，本局訂於105年4月底前完成劃設，請查照。

說明：

一、依據貴會105年1月12日玫管字第0123號申請書辦理。

二、近來貴社區前之康樂街，車輛激增且路面不寬，由於未劃設行車分向線，經常造成交通混亂，影響社區住戶安全。

三、劃設行車分向線按交通部、內政部會同訂定之「道路交通標誌標線號誌設置規則」第181條規定內容辦理。

辦法：

一、本局於105年2至3月間會同各相關單位進行3次實地會勘。

二、經測量結果，該路段路面寬度雖僅5.6公尺，惟全年平均每日交通量達475輛以上，符合「道路交通標誌標線號誌設置規則」規定。

三、本局訂於105年4月底前完成行車分向線劃設。

正本：八德區公正里玫瑰社區管理委員會

副本：八德區公所、公正里陳里長、○○社區管理委員會、□□社區管理委員會

局長　○○○（蓋簽字章）

105年　關務特考四等

一、查著作權法規定，影印他人著作，除有符合著作權法第44條至第65條規定之合理使用情形外，應事先取得著作財產權人之同意或授權。

二、假設經濟部智慧財產局接獲民眾投訴，近來部分大專院校學生影印國內、外書籍，以整本、大部分或化整為零影印之情形日趨嚴重，此種行為均已超出合理使用範圍，恐構成著作權之侵害行為，如遭權利人依法追訴，須負擔刑事及民事之法律責任，實有加強宣導學生尊重智慧財產權觀念之必要。該局乃於民國105年4月1日第15次業務會報決議，應儘速建請教育部轉知各大專院校舉辦宣導會，積極輔導學生使用正版教科書（含二手書），勿非法影印他人著作，以免觸法。

☑ 請依上開情境敘述，試擬經濟部智慧財產局函，以最速件建請教育部轉知及協助辦理，並副知各直轄市政府教育局及各縣（市）政府教育局。

　　　　　　　　　　　　　　　　　　　　　　　檔　　號：
　　　　　　　　　　　　　　　　　　　　　　　保存年限：

經濟部智慧財產局　函

地址：台北市○○○路○○○
聯絡方式：（聯絡人、聯絡電話、電子郵件、傳眞）

受文者：教育部

發文日期：中華民國○○○年○○月○○日

發文字號：（○○）○○字第○○○○○號

速別：

密等及解密條件或保密期限：

附件：如文

主旨：為加強宣導學生尊重智慧財產權觀念，建請轉知各大專院校舉辦宣導會，積極輔導學生使用正版教科書（含二手書），勿非法影印他人著作，以免觸法。請查照會辦。

說明：

一、本局接獲民眾投訴，近來部分大專院校學生影印國內、外書籍，以整本、大部分或化整為零影印之情形日趨嚴重。

二、依著作權法規定，影印他人著作，除有符合著作權法第44條至65條規定之合理使用情形外，應事先取得著作財產權人之同意或授權。

三、部分大專院校學生為省花費，利用超出合理影印方式印製書籍，恐構成著作權之侵害行為，如遭權利人依法追訴，須負擔刑事及民事之法律責任。

辦法：

一、本局於105年4月1日第15次業務會報決議，為減少非法影印造成著作權之侵害行為，實有加強宣導學生尊重智慧財產權觀念之必要。

二、建請教育部轉知各大專院校舉辦宣導會，積極輔導學生使用正版教科書（含二手書），勿非法影印他人著作，以免觸法。

正本：教育部

副本：各直轄市政府教育局及各縣(市)政府教育局

局長　　○○○（蓋簽字章）

105年　高考三級

一、本（105）年6月5日新北市坪林山區發生民眾溯溪時遭瞬間暴雨侵襲，造成重大意外事件，由於現行相關法規，尚無有關溯溪活動之明文規範，嚴重影響民眾溯溪遊憩之安全。

二、假設針對上開情事，教育部體育署承辦單位經詳慎檢討結果，為加強宣導民眾參與溯溪活動之安全認知，建置完善之防護機制，認為有函請各地方政府配合辦理之必要，爰於該署105年6月20日第101次署務會議決議，擬函請各直轄市政府及縣（市）政府於公文到達後20日內，研訂溯溪活動之具體作法及相關規定公告周知，以避免再發生溯溪意外。

三、前項溯溪活動之具體作法及相關規定，教育部體育署建請各地方政府積極研訂溯溪自治條例，並將製作警告標語、設置預警裝置、定期舉辦教育訓練及防災模擬演練、相關禁止措施及罰則等應行注意事項納入規範，俾供參與溯溪活動之相關業者及遊客共同遵循。另各地方政府辦理本項業務，如有經費需求，得專案向該署申請補助，執行成效優良者，將列入爾後補助經費之重要參考。

☑請依上述情境敘述，試擬教育部體育署函，將該署希望各地方政府辦理之有關事項，以最速件請各直轄市政府及縣（市）政府配合辦理。

　　　　　　　　　　　　　　　　　　　　　　檔　　號：
　　　　　　　　　　　　　　　　　　　　　　保存年限：

行政院教育部體育署　函

　　　　　　　　　　　　　地　　　址：○○○○○○○○
　　　　　　　　　　　　　承辦人：○○○
　　　　　　　　　　　　　電　話：（○○）○○○○○○○
　　　　　　　　　　　　　傳　真：（○○）○○○○○○○
　　　　　　　　　　　　　Email：○○@○○.○○.○○.○○

（郵遞區號及地址）
受文者：○○市(縣)政府

發文日期：中華民國○○○年○○月○○日
發文字號：○○字第○○○○○○號
速別：最速件
密等及解密條件或保密期限：普通
附件：

主旨：本(105)年6月5日新北市坪林山區發生民眾溯溪時遭瞬間暴雨
　　　侵襲，造成重大意外事件，由於現行相關法規，尚無有關溯溪
　　　活動之明文規範，嚴重影響民眾溯溪遊憩之安全。針對上開情
　　　事，本署承辦單位經詳慎檢討結果，為加強宣導民眾參與溯溪
　　　活動之安全認知，建置完善之防護機制，認為有函請地方政府
　　　配合辦理之必要，專此研訂溯溪活動之具體作法及相關規定公
　　　告周知，以避免再發生溯溪意外，請查照辦理。

說明：
一、依據本署105年6月20日第101次署務會議決議辦理。
二、主旨所揭示有關溯溪活動之具體作法及相關規定，本署建請各地方政府積極研訂溯溪自治條例，並將製作警告標語、設置預警裝置、定期舉辦教育訓練及防災模擬演練、相關禁止措施及罰則等應行注意事項納入規範，俾供參與溯溪活動之相關業者及遊客共同遵循。
三、另外，各地方政府辦理本項業務，如有經費需求，得專案向本署申請補助，執行成效優良者，將列入爾後補助經費之重要參考。
四、請於公文到達後20日內，完成相關法規及具體作法之研訂和公告周知。

正本：○○縣(市)政府
副本：

署長　○○○(蓋簽字章)

105年 普考

☑國立臺灣文學館於105年4月22日至106年2月5日舉辦「純真童心—兒童文學資深作家與作品展」。所謂「兒童文學」係指以18歲以下讀者為對象之文學作品,該等作品必須站在兒童的立場,以兒童的心理、生理及社會觀點出發,並以兒童理解之語言表達內容,包括故事、童詩及兒歌等形式;而「資深作家」則指民國34年以前出生之作家。該館所有展覽均屬免費參觀,並設有專人導覽,相關資料,均登載於該館網站。為推廣前述展覽,國立臺灣文學館特分函○○市各國民中學及國民小學,呼籲其組團至該館參觀。試擬此函。

檔　　號：

保存年限：

國立臺灣文學館　函

地　　址：○○○○○○○○

承辦人：○○○

電　　話：(○○)○○○○○○○○

傳　　真：(○○)○○○○○○○○

Email：○○@○○.○○.○○.○○

(郵遞區號及地址)

受文者：○○市立○○國民中學

發文日期:中華民國○○○年○○月○○日

發文字號:○○字第○○○○○○號

速別:速件

密等及解密條件或保密期限:普通

附件:

主旨：本館於105年4月22日至106年2月5日舉辦「純真童心—兒童文學資深作家與作品展」，歡迎各校踴躍組團參加，請查照。

說明：

一、依據「國立臺灣文學館純真童心—兒童文學資深作家與作品展實施計畫」辦理。

二、本展演所謂「兒童文學」系指以18歲以下讀者為對象之文學作品，該等作品必須站在兒童的立場，以兒童的心理、生理及社會觀點出發，並以兒童理解之語言表達內容，包括故事、童詩及兒歌等形式；而「資深作家」則指民國34年以前出生之作家。

三、本館所有展覽均屬免費參觀，並設有專人導覽，相關資料均登載於本館網站。

正本：○○縣(市)各國民中學及國民小學
副本：○○縣(市)政府教育局

館長　○○○

105年　司法特考三等

☑ 中小學校園因發生霸凌事件而廣受媒體報導者時有所聞。受害學生常致人格扭曲、憤世疾俗，因之或自殘或傷人者並不罕見，甚至衍生重大事件，造成社會不安。試擬臺南市政府教育局致轄下各中小學函，敦促校內行政、教學、輔導人員密切注意，以防範校園霸凌現象。

檔　　號：
保存年限：

臺南市政府教育局　函

地　　址：○○○○○○○○
承辦人：○○○
電話：（○○）○○○○○○○
傳真：（○○）○○○○○○○
Email：○○@○○.○○.○○.○○

（郵遞區號及地址）
受文者：本市各中小學
發文日期：中華民國○○○年○○月○○日
發文字號：○○字第○○○○○○號
速別：
密等及解密條件或保密期限：
附件：

主旨：敦促校內行政、教學、輔導人員密切注意，以防範校園霸凌現象。請照辦。

說明：
一、邇來媒體接連揭露多起重大校園霸凌事件，造成社會不良觀感。
二、根據研究顯示，因霸凌事件而受害學生，常導致人格扭曲、憤世疾俗，因之或自殘或傷人者並不罕見，甚至衍生重大事件，造成社會不安。

三、為營造和善校園，各校相關人員應密切合作，杜絕霸凌事件一再發生。

辦法：

一、由各校校長召集行政、教學、輔導人員，成立「反霸凌」專案小組，加強法治教育、生命教育、人權與性別平等教育，適時制止偏差行為，防範校園霸凌事件發生。

二、對於霸凌個案除應依規定處理外，更應以同理心對待，給予更多的關懷，使加害者能獲得矯正，而受害者能平復情緒。

三、經由輔導仍無法導正之個案，徵詢監護人同意，轉由專業機構實施矯正與輔導，並由學校定期追蹤。

正本：本市各中小學

副本：

局長　○○○（蓋簽字章）

105年　司法特考四等

☑ 我國各地寺廟、書院、傳統建築等古蹟，歷史悠久，文化深厚，若能
探討研究其歷史文化，必能提升人文素養，陶冶審美情操，了解先民
開墾經營的歷程，激發國人熱愛鄉土的情懷。試擬文化部致各縣市政
府文化局函，要求擬具周詳計畫，籌辦「古蹟研習營」，以加強民眾
對古蹟的認知與關懷。

檔　　號：
保存年限：

文化部　函

地　　址：○○○○○○○○
承辦人：○○○
電　話：（○○）○○○○○○○○
傳　真：（○○）○○○○○○○○
Email：○○@○○.○○.○○.○○

(郵遞區號及地址)
受文者：○○○政府文化局

發文日期：中華民國○○○年○○月○○日
發文字號：○○字第○○○○○○號
速別：
密等及解密條件或保密期限：
附件：

主旨：為激發國人熱愛鄉土情懷，加強民眾對古蹟的認知與關懷，請
　　　擬具周詳計畫，籌辦「古蹟研習營」，並於兩週內函報本部，
　　　請查照。

說明：

一、我國各地寺廟、書院、傳統建築等古蹟，歷史悠久，文化深
　　厚，若能探討研究其歷史文化，必能提升人文素養，陶冶審美
　　情操，了解先民開墾經營的歷程，激發國人熱愛鄉土的情懷。

二、各縣市經辦單位應就轄區內古蹟擬定詳細研習計畫，計畫內容
　　須包括：研習時間、地點、參與人數、師資、經費預算及預期
　　效應等。

三、各縣市「古蹟研習營」實施計畫，經本部審查通過，即就申請
　　單位所提計畫經費予以全部補助。

正本：各縣市政府文化局
副本：內政部

部長　○○○（蓋簽字章）

105年 地方特考三等

☑ 基因改造食品早已在臺灣市面上泛濫成災（如豆類製品95%以基因改造黃豆為原料），飲食非基因改造食物為大勢所趨，請以臺北市政府致函教育局通令全市國民中小學營養午餐所有飲食禁用基因改造原料製品。

```
                                        檔    號：
                                        保存年限：


              臺北市政府　函
                              地    址：○○○○○○○○
                              承辦人：○○○
                              電    話：（○○）○○○○○○○
                              傳    眞：（○○）○○○○○○○
                              Email：○○@○○.○○.○○.○○
(郵遞區號及地址)
受文者：臺北市政府教育局

發文日期：中華民國○○○年○○月○○日
發文字號：○○字第○○○○○○號
速別：
密等及解密條件或保密期限：
附件：見說明三。
```

主旨：為維護學生食的安全，請通令全市國民中小學營養午餐所有飲食禁用基因改造原料製品。請照辦。

說明：
 一、臺灣自國外進口之基因改造農產品逐年增加，基因改造食品早
　　已在臺灣市面上泛濫成災（如豆類製品95%以基因改造黃豆為原
　　料），飲食非基因改造食物為大勢所趨。
 二、豆類製品是重要植物蛋白質來源，乃營養午餐之主要食材之
　　一，然為捍衛校園食品安全，維護學生之健康，即日起，本市
　　國民中小學營養午餐一律禁止使用任何基因改造原料製品。
 三、檢附「臺北市國民中小學營養午餐禁用基因改造原料製品說明
　　書」乙冊。

正本：臺北市政府教育局
副本：

市長　○○○（蓋簽字章）

105年 地方特考四等

☑交通部今年9月起，修訂相關規定並加重罰則，凡民眾行駛國道高速
公路或快速道路，駛離主線車道若沒有依序排隊且插隊，影響交流道
出口匝道的行車秩序，都會開罰3000元至6000元。但雖修法及加重罰
則，未能有效遏止民眾開車行經匝道出口插隊行為。試擬交通部致臺
灣區國道高速公路局函：為改善高速公路出口匝道違規插隊情形，以
維持車行之通暢，並保障民眾行車之安全，請加強宣導並嚴格取締舉
發違規插隊的車輛。

檔　號：
保存年限：

交通部　函

地　　址：○○○○○○○○○
承辦人：○○○
電話：（○○）○○○○○○○
傳真：（○○）○○○○○○○
Email：○○@○○.○○.○○.○○

（郵遞區號及地址）
受文者：臺灣區國道高速公路局

發文日期：中華民國○○○年○○月○○日
發文字號：○○字第○○○○○○號
速別：
密等及解密條件或保密期限：
附件：「高速公路出口匝道違規插隊改善手冊」1冊

主旨：為改善高速公路出口匝道違規插隊情形，請加強宣導並嚴格取
　　　締舉發違規插隊的車輛，以維持車行之通暢，並保障民眾行車
　　　之安全。請照辦。

說明：
　一、本部為維持高速公路交流道出口匝道的行車秩序，自今年9月
　　　起，修訂相關規定並加重罰則，凡民眾行駛國道高速公路或
　　　快速道路，駛離主線車道未依序排隊且插隊，開罰3000元至
　　　6000元。
　二、雖修法並加重罰則，用路人駛離高速公路主線車道進入交流道
　　　時，未依規定先駛入外側車道，再循減速車道降低速率行駛後
　　　下交流道之情事時有所聞；亦時常有主線車道驟然減速或停等
　　　造成後方車輛追撞或延滯情形發生，嚴重危及行車之安全。
　三、為維持車行之通暢，並保障民眾行車之安全，請貴局於中和南
　　　出、五股北出、大雅南出、鼎金系統北出等交通頻繁之交流
　　　道，設置高解析度攝影機，嚴格取締舉發違規插隊之車輛。易
　　　壅塞交流道上游，利用電子看板顯示「出口壅塞靠右排隊」，
　　　提醒欲駛離高速公路之用路人提早靠右行駛。
　四、有關取締舉發違規車輛的相關內容，請詳閱附件說明。

正本：臺灣區國道高速公路局
副本：全國各縣市政府警察局

部長　　○○○　（蓋簽字章）

106年　關務特考三等

☑醉酒駕車肇禍不僅傷己害人，影響交通，且往往造成許多家庭陷入困
　境，社會也付出極大的代價。交通部鑑於近年來這類事故頻傳，希望
　各地區能因地制宜，研擬有效減少酒駕事故方案，報部核定實施。試
　擬交通部致各直轄市交通局與各縣市交通主管機關函，請針對各自轄
　區內交通實況，訂定減少酒駕肇事方案，於文到二個月內報部核定、
　實施。

```
                                          檔　　　號：
                                          保存年限：


                      交通部　函

                         地　　址：○○○○○○○○
                         承辦人：○○○
                         電　　話：（○○）○○○○○○○
                         傳　　真：（○○）○○○○○○○
                         Email：○○@○○.○○.○○.○○
(郵遞區號及地址)
受文者：臺北市交通局

發文日期：中華民國○○○年○○月○○日
發文字號：○○字第○○○○○○號
速別：
密等及解密條件或保密期限：
附件：

主旨：請針對各自轄區內交通實況，訂定減少酒駕肇事方案，於文到
　　　二個月內報部核定、實施。請照辦。
```

說明：
一、依內政部警政署酒駕事故統計顯示，105年全年傷亡人數達7,000人以上，酒駕肇禍不僅傷人害己，影響交通，也造成許多家庭因而破碎並陷入困境中，個人及社會均付出極大的代價。
二、為有效減少酒駕事件發生，各地區應針對轄區特性，因地制宜，研擬有效之方案，以保障民眾行的安全。

正本：各直轄市交通局、各縣市交通主管機關
副本：

部長　○○○（蓋簽字章）

106年　關務特考四等

☑ 去年，韓國、日本與中國大陸的家禽養殖業因禽流感侵襲而受到重創。今年初，行政院農業委員會檢出國內也出現禽流感病例，而使家禽養殖業者大為緊張，消費者人心惶惶。行政院立即成立跨部會管控中心，由行政院農業委員會主導，期使疫情逐漸消弭。試擬行政院農業委員會致衛生福利部、行政院環境保護署、內政部、全國各地方政府函，請立即擬訂有效計畫，強化防疫工作，並定期向行政院農業委員會函報疫情控管情形。

檔　　　號：
保存年限：

行政院農業委員會　函

地　　　址：○○○○○○○
承辦人：○○○
電話：（02）○○○○○○○
傳真：（02）○○○○○○○
Email：○○@○○.○○.○○.○○

（郵遞區號及地址）
受文者：衛生福利部

發文日期：中華民國○○○年○○月○○日
發文字號：○○字第○○○○○○號
速別：
密等及解密條件或保密期限：
附件：

主旨：請立即擬訂防治禽流感之有效計畫，強化防疫工作，並定期向本會函報疫情控管情形。請查照。

說明：
一、依據行政院○年○月○日第○次行政院會議決議案辦理。
二、臺灣地處候鳥遷徙區，去年鄰近的韓國、日本與中國大陸家禽養殖業因禽流感侵襲受到重創。今年年初國內也檢出禽流感病例，不僅使家禽養殖業者大為緊張，更令消費者人心惶惶。
三、因應禽流感的威脅，請貴部針對所轄相關業務，立即擬訂有效防疫計畫，集思廣益，俾使禽流感疫情能逐漸消弭。

正本：行政院環境保護署、內政部、各縣市政府
副本：

主任委員　○○○（蓋職銜簽字章）

106年 高考三級

☑情境說明：落實推動生涯與技藝教育，可增進學生自我認識，也能對多元的技藝職群有所了解；透過課程的實作與體驗，可讓學生探索自己的性向、興趣，有助於未來生涯發展。爰新竹縣政府教育處依據教育部國民及學前教育署○○年○○月○○日國字第○○○○○號函，研擬「推動國民中學學生生涯與技藝教育方案」，以符應因材施教、多元進路、適性揚才的教育目標，案經縣務會議討論通過。該府復於○○年○○月○○日府教字第○○○○○號函，致所屬各公私立國民中學（含高級中學附設國中部），請其依該方案研提實施計畫，據以執行並報府備查。　假如你是新竹縣立中山國民中學承辦人員，請擬此函。

新竹縣立中山國民中學　函

地　　址：○○○○○○○○
承辦人：○○○
電　話：（02）○○○○○○○
傳　真：（02）○○○○○○○
Email：○○@○○.○○.○○.○○

（郵遞區號及地址）
受文者：新竹縣政府

發文日期：中華民國○○○年○○月○○日
發文字號：○○字第○○○○○○號
速別：
密等及解密條件或保密期限：
附件：見說明四。

主旨：為落實生涯與技藝教育，增進學生自我認識，以符應因材施教、多元進路、適性揚才的教育目標，特研擬「新竹縣立中山國民中學推動國民中學學生生涯與技藝教育實施計畫」，請鑒核。

說明：

一、依鈞府○○年○○月○○日府教字第○○○○○號函轉教育部國民及學前教育署○○年○○月○○日國字第○○○○○號函辦理。

二、本校為落實推動生涯與技藝教育，增進學生自我認識，以符應因材施教、多元進路、適性揚才的教育目標，廣邀各界專家舉行座談，匯集意見，擬訂本計畫。

三、本計畫參酌國民中小學九年一貫課程綱要，及辦理學校現存科班課程及地區產業需求等因素，兼顧學制縱向連貫和橫向聯繫，計畫重點如下：

(一)成立「生涯與技藝教育推動小組」，定期召開會議，檢討成果並積極推動本計畫相關事宜。

(二)結合地區產業需求，設計多元技藝課程，使學生透過的實作與體驗，探索自己的性向、興趣，協助其未來生涯發展。

(三)與地區職校科系連結，依實際需要，辦理各項技藝課程講座。

(四)協調本縣公、民營機構，提供各種學習資源，幫助學生生涯與技藝發展。

四、檢陳「新竹縣立中山國民中學推動國民中學學生生涯與技藝教育實施計畫」一份。

正本：新竹縣政府
副本：

校長　○○○（蓋職章）

106年　普考

☑ 情境說明：苗栗縣南庄鄉、三義鄉，花蓮縣鳳林鎮及嘉義縣大林鎮，皆獲得國際慢城認證。其中，花蓮縣政府為呈現慢城的魅力，特責成觀光處研擬建構兼具慢活、慢食、慢遊的地方特色計畫，期吸引國內外觀光客前往觀光體驗。

問題：請依上述情境說明，試擬花蓮縣政府致所屬各鄉鎮市公所函：請其提供辦理慢活、慢食、慢遊之經驗、建議與需求，並協助廣為宣傳慢城獲獎資料。

花蓮縣政府　函

地　　址：○○○○○○○○○
承辦人：○○○
電　話：（02）○○○○○○○
傳　真：（02）○○○○○○○
Email：○○＠○○.○○.○○.○○

（郵遞區號及地址）
受文者：花蓮縣鳳林鎮公所

發文日期：中華民國○○○年○○月○○日
發文字號：○○字第○○○○○○號
速別：
密等及解密條件或保密期限：
附件：見說明三。

主旨：請提供辦理慢活、慢食、慢遊之經驗、建議與需求，並協助廣為宣傳慢城獲獎資料。請照辦。

說明：
一、苗栗縣南庄鄉、三義鄉，花蓮縣鳳林鎮及嘉義縣大林鎮，皆獲得義大利國際慢城組織認證。
二、為呈現慢城的獨特魅力，本府特責成觀光處研擬建構兼具慢活、慢食、慢遊的地方特色計畫，以期吸引國內外觀光客前往觀光，體驗慢城生活。請所屬各鄉鎮市公所積極配合辦理相關事宜。
三、檢附「慢活、慢食、慢遊地方特色計畫書」一份。

正本：本縣各鄉鎮市公所
副本：本縣觀光處

縣長　　○○○　（蓋職章）

106年　司法特考三等

☑國立故宮博物院展覽歷代文物和藝術精品，琳瑯滿目，美不勝收。近年來，更精選其典藏，結合數位科技，而為更創新靈動之展出，對於藝術精神的體現，人文素養的提升，實具積極意義。試擬臺北市政府教育局致臺北市各高級中學、國民中學函，要求各校每學年由教師帶領學生前往參觀，以增進青年學子之藝術涵養，藉收潛移默化之效。請擬此函。

臺北市政府教育局　函

地　　址：○○○○○○○○
承辦人：○○○
電話：（02）○○○○○○○○
傳真：（02）○○○○○○○○
Email：○○@○○.○○.○○.○○

（郵遞區號及地址）
受文者：本市○○國民中學

發文日期：中華民國○○○年○○月○○日
發文字號：○○字第○○○○○○號
速別：
密等及解密條件或保密期限：
附件：

主旨：為增進青年學子藝術涵養，藉收潛移默化之效。請各校每學年由教師帶領學生前往參觀國立故宮博物院，請查照辦理。

說明：

一、國立故宮博物院展覽歷代文物和藝術精品，琳瑯滿目，美不勝收。近年更精選其典藏，結合數位科技，而為更創新靈動之展出，對於藝術精神的體現，人文素養的提升，實具積極意義。

二、邇來社會風氣丕變，年輕學子追求快速、刺激的感官享受，極易沾染惡習，對個人及家庭社會產生不良影響。爰此，本局特與國立故宮博物院合作，針對學生參觀需求，提供專人導覽，以加深藝術之認知與涵養。

三、一切相關參觀活動經費，由本市府提供，師生一律免費入場，各校可預先排定參觀日期，俾活動順利進行。

正本：本市各高級中學、國民中學
副本：

局長　○○○（蓋職銜簽字章）

106年 司法特考四等

☑ 臺南市政府文化局響應政府推動之新南向政策,並有意向東南亞國家推廣臺灣文學,經委託專家學者執行,即將完成《葉石濤短篇小說》越南文本的翻譯出版工作,訂於民國106年12月2日上午10時,於該市中西區友愛街8-3號「葉石濤文學紀念館」舉辦新書發表會,函請市內各中小學選派越南新住民之子女一名為代表,在師長陪同下出席該新書發表會,試擬此函。

臺南市政府文化局　函

地　　　址：○○○○○○○○○
承辦人：○○○
電話：(02)○○○○○○○○
傳真：(02)○○○○○○○○
Email：○○@○○.○○.○○.○○

(郵遞區號及地址)
受文者:本市○○國民小學

發文日期:中華民國○○○年○○月○○日
發文字號:○○字第○○○○○○號
速別:
密等及解密條件或保密期限:
附件:

主旨:選派一名越南新住民子女代表,由師長陪同出席106年12月2日上午10時舉辦之《葉石濤短篇小說》越南文本新書發表會。請查照辦理。

說明：
　一、為響應政府推動新南向政策，並有意向東南亞國家推廣臺灣文
　　　學，本局委託專家學者翻譯《葉石濤短篇小說》越南文本，即
　　　將完成付梓出版，並舉行新書發表會。
　二、發表會地點為本市中西區友愛街8-3號「葉石濤文學紀念館」。
辦法：
　一、請貴校於文到7日內，將出席本次新書發表會之名單函覆本局。
　　　若貴校無越南新住民之子女，可免參與此發表會，惟為名單之
　　　編製，亦請於時限內覆涵本局。
　二、本局針對參與此次活動者，每人補助交通費新臺幣500元整。

正本：本市各中小學
副本：本市教育局

局長　　○○○（蓋職銜簽字章）

106年　地方特考三等

☑推動文化體驗教育,深化青少年文化內涵,進而培育人才,是近年來文化界所關注的課題,也是2017年全國文化會議討論的相關議題之一。爰文化部以106年10月30日綜規字第○○○○號函,請各直轄市及縣(市)政府文化專責機關,於106年12月25日前,研擬107年度加強推動文化體驗教育實施計畫報部備查,並列為年度施政自行列管事項。

問題:假如你是○○縣政府文化局業務承辦人員,請依上述情境說明,撰擬加強推動實施計畫之局函,陳報文化部備查。

○○縣政府文化局　函

地　　　址:
聯絡方式:承辦人○○○
　　　　　電話:(02)○○○○○○○○
　　　　　傳真:(02)○○○○○○○○
　　　　　e-mail:○○@○○.○○.○○

(郵遞區號及地址)

受文者:文化部

發文日期:中華民國○○○年○○月○○日
發文字號:○○字第○○○○○○號
速別:最速件
密等及解密條件或保密期限:普通
附件:107年度加強推動文化體驗教育實施計畫1份

主旨：檢陳「107年度加強推動文化體驗教育實施計畫」1份，請　核備。
說明：
一、依鈞部106年10月30日綜規字第○○○○號函辦理。
二、推動文化體驗教育，深化青少年文化內涵，進而培育人才，是近年來文化界所關注的課題，也是2017年全國文化會議討論的相關議題之一，並列為本局年度施政自行列管事項。
三、本局已研擬107年度加強推動文化體驗教育實施計畫，並報請鈞部備查。

正本：文化部
副本：○○縣政府

局長　○○○（蓋職章）

106年　地方特考四等

☑ 茲有財團法人貝俊文教基金會以106年11月30日貝董字第○○○○號
函，致○○縣政府謂：為協助政府縮短城鄉教育差距及培育人才，本
基金會擬捐贈貴府新臺幣5,000萬元整，作為充實國民中小學圖書資訊
設備之用。請於106年12月15日前，將補助實施計畫、經費收據及匯
款資料函送本會，俾據以匯款。縣府慎重其事，乃召開專案會議，決
議：擇定補助國民中學7校、國民小學15校，每校以新臺幣250萬元為
上限，由各校自行招標採購，並於107年4月30日前驗收結案；另組專
案小組負責輔導與考核。

縣府復依上開決議，研擬「○○縣政府106學年度補助國民中小學圖書
資訊設備實施計畫」，據以辦理。

問題：假如你是○○縣政府教育處業務承辦人員，請依上述情境說
明，撰擬○○縣政府復該基金會函。

○○縣政府　函

地　　址：
聯絡方式：承辦人○○○
　　　　　電話：(02)○○○○○○○○
　　　　　傳真：(02)○○○○○○○○
　　　　　e-mail：○○@○○.○○.○○

(郵遞區號及地址)
　受文者：財團法人貝俊文教基金會

發文日期：中華民國○○○年○○月○○日
發文字號：○○字第○○○○○○號
速別：最速件
密等及解密條件或保密期限：普通
附件：如說明三

主旨：有關貴單位補助捐款，本府研擬「○○縣政府106學年度補助
　　　國民中小學圖書資訊設備實施計畫」，請卓處惠復。

說明：

　一、復貴單位106年11月30日貝董字第○○○○號函。

　二、依據本府106年12月02日第○○次專案會議決議辦理。

　　　(一) 擇定補助國民中學7校、國民小學15校，每校以新臺幣250
　　　　　萬元為上限。

　　　(二) 各校自行招標採購，並於107年4月30日前驗收結案。

　　　(三) 由本府另組專案小組，負責督導與考核。

　三、檢附補助實施計畫書1份、補助學校經費收據及匯款資料1份。

正本：財團法人貝俊文教基金會

副本：○○縣立國民小學

縣長　　○○○　（蓋簽字章）

107年 高考三級

☑ 請視需要擷取下列資訊,撰擬衛生福利部疾病管制署致交通部觀光局函。

1. 國內近期發生麻疹境外移入及接觸者群聚感染事件。
2. 麻疹為傳染力極強之病毒性疾病,可經由空氣、飛沫傳播,或接觸病人鼻咽分泌物而感染。
3. 我國之「傳染病防治法」,將麻疹列為第二類傳染病。
4. 最近發生麻疹的國家及地區如下:亞洲:印尼、菲律賓、泰國、印度、中國大陸、哈薩克、烏克蘭;非洲:剛果民主共和國、幾內亞、奈及利亞、獅子山;歐洲:法國、英國、羅馬尼亞、希臘、義大利、塞爾維亞。
5. 衛生福利部疾病管制署在「國際間旅遊疫情建議等級表」中,將本次麻疹疫情列為第一級:注意。提醒出國民眾遵守當地的一般預防措施。
6. 雖然得過麻疹者可終生免疫,但仍建議民國70年以後出生者,在出國前應注射疫苗一劑。疫苗注射兩週之後,方發生效力。
7. 衛生單位建議,平時應注意勤洗手、呼吸道衛生與咳嗽禮節;從麻疹疫區回國後,應自主健康管理21天。
8. 衛生福利部疾病管制署去函交通部觀光局,請其轉知旅行業提醒出國旅客做好各項防疫措施。

衛生福利部疾病管制署　函

地　　址:
聯絡方式:承辦人○○○
電話:(02)○○○○○○○○
傳真:(02)○○○○○○○○
e-mail:○○@○○.○○.○○

(郵遞區號及地址)
受文者:交通部觀光局

發文日期：中華民國○○○年○○月○○日
發文字號：○○字第○○○○○○號
速別：最速件
密等及解密條件或保密期限：普通
附件：

主旨：國內近期發生麻疹境外移入及接觸者群聚感染事件，請轉知旅行業提醒出國旅客做好各項防疫措施，希　查照。

說明：

一、依據本署○○年○○月○○日第○○次會議決議辦理。

二、麻疹為傳染力極強之病毒性疾病，可經由空氣、飛沫傳播，或接觸病人鼻咽分泌物而感染，我國之「傳染病防治法」將其列為第二類傳染病。

三、最近發生麻疹的國家及地區如下：亞洲：印尼、菲律賓、泰國、印度、中國大陸、哈薩克、烏克蘭；非洲：剛果民主共和國、幾內亞、奈及利亞、獅子山；歐洲：法國、英國、羅馬尼亞、希臘、義大利、塞爾維亞。

辦法：

一、本署在「國際間旅遊疫情建議等級表」中將本次麻疹疫情列為第一級：注意。

二、雖然得過麻疹者可終生免疫，但仍建議民國70年以後出生者，在出國前應注射疫苗一劑。疫苗注射兩週之後，方發生效力。

三、提醒出國民眾遵守當地的一般預防措施，從麻疹疫區回國後，並應自主健康管理21天。

四、衛生單位建議：平時應注意勤洗手、呼吸道衛生與咳嗽禮節。

正本：交通部觀光局
副本：

署長　○○○（蓋簽字章）

107年　普考

☑國立傳統藝術中心將於107年○月○日至○日於宜蘭傳藝文化園區舉辦「臺灣宗教文化表演藝術週」，發函邀請「宋江陣創意大賽」得獎之○○大學宋江陣隊伍至園區表演，每日二場，相關之交通、住宿、膳食等費用，由該中心補助，希該校於文到兩週內復文，並提出預算需求。請擬該中心致○○大學函。

國立傳統藝術中心　函

地　　址：
聯絡方式：承辦人○○○
電話：(02)○○○○○○○○
傳真：(02)○○○○○○○○
e-mail：○○@○○.○○.○○

(郵遞區號及地址)
受文者：○○大學

發文日期：中華民國○○○年○○月○○日
發文字號：○○字第○○○○○○號
速別：最速件
密等及解密條件或保密期限：普通
附件：「宜蘭傳藝文化園區活動補助辦法」1份

主旨：為邀請貴校宋江陣隊伍至本中心園區表演，請於文到兩周內提出預算需求，請惠辦　見復。

說明：

一、依據本中心107年○月○日第○○次會議決議辦理。

二、本中心將於107年○月○日於宜蘭傳藝文化園區舉辦「臺灣宗
　　教文化表演藝術週」，故特發函邀請「宋江陣創意大賽」得
　　獎之貴校宋江陣隊伍至園區表演，每日二場。

三、演出相關之交通、住宿、膳食等費用，皆由本中心補助。

四、檢附「宜蘭傳藝文化園區活動補助辦法」一份。

正本：國立○○大學
副本：本中心會計室

主任　○○○（蓋簽字章）

107年　地方特考三等

文化資產概分為有形與無形兩大類。前者，政府已投入相當之預算，舉凡古蹟、歷史建築、聚落建築群等，成果已具體展現；惟於後者，尤其是傳統表演藝術、傳統工藝、口述傳統、民俗、傳統知識與實踐等，實有加強之必要，期能保存、傳承並發揚之。

☑試擬文化部致所屬文化資產局、國立傳統藝術中心函：為落實文化資產保存法，應加強無形文化資產之保存、傳承與發揚。

檔　　號：
保存年限：

文化部　函

地　　址：○○○臺北市○○路○號
聯絡方式：承辦人：○○○
　　　　　電話：(02)○○○○○○○○
　　　　　傳真：(02)○○○○○○○○
　　　　　e-mail：○○@○○.○○.○○

○○○(受文者郵遞區號)
(受文者地址)
受文者：本部文化資產局

發文日期：中華民國○○○年○○月○○日
發文字號：○○字第○○○○○○號
速別：普通件
密等及解密條件或保密期限：

附件：

主旨：請轉知各地市政府文化局落實文化資產保存法，加強無形文化
　　　資產之保存、傳承與發揚，請查照辦理。

說明：

一、對於臺灣有形文化資產，政府已投入相當之預算，舉凡保護古
　　蹟、歷史建築、聚落建築群等，並展現具體成果。

二、惟於無形文化資產，尤其是傳統表演藝術、傳統工藝、口述傳
　　統、民俗、傳統知識與實踐等，實有加強之必要。

辦法：請詳細調查各縣市遺落民間的無形文化藝術，落實文化資產保
　　　存法，提撥經費，期能保存、傳承並發揚各地無形文化資產。

正本：
副本：國立傳統藝術中心

部長　○○○（蓋簽字章）

107年 地方特考四等

衛生福利部國民健康署致各直轄市及縣（市）政府衛生局函略以：

子宮頸癌是國內女性癌症死亡之第7位，經證實：感染人類乳突病毒（HPV）是得該癌症之主因。為增進女性同胞身體健康，自本（107）年12月下旬起，將免費為現就讀國民中學七年級女生，施打人類乳突疫苗，惟採自願方式為之，故施打前應先徵得學生家長及學生之同意。至施打時間、地點，由貴局逕與當地醫療院所及學校洽定。為達成預期目標，請多宣導並鼓勵施打，相關資訊請上本署網站查詢（https：//www.hpa.gov.tw/Home/Index.aspx）

☑ 試擬高雄市政府衛生局致市內各公私立國民中學（含高級中學附設國中部）函。

檔　　號：
保存年限：

高雄市衛生局　函

地　　址：○○○高雄市○○路○號
聯絡方式：承辦人：○○○
　　　　　電話：(07)○○○○○○○○
　　　　　傳真：(07)○○○○○○○○
　　　　　e-mail：○○@○○.○○.○○

○○○(受文者郵遞區號)
(受文者地址)
　受文者：本市各公私立國民中學（含高級中學附設國中部）

發文日期：中華民國○○○年○○月○○日
發文字號：○○字第○○○○○○號
速別：普通件
密等及解密條件或保密期限：

附件：

主旨：自本（107）年12月下旬起，將免費為現就讀國民中學七年級女生，施打人類乳突疫苗，請多宣導並鼓勵施打，請查照辦理。

說明：

一、奉衛生福利部國民健康署致各直轄市及縣（市）政府衛生局○○○年○○月○○日第○○○號函。鑑於子宮頸癌是國內女性癌症死亡之第7位，經證實：感染人類乳突病毒（HPV）為罹患該癌症之主因。

二、為增進女性同胞身體健康，本局將免費為現就讀國民中學七年級女生，施打人類乳突疫苗。

三、惟採自願方式為之，故施打前需先徵得學生家長及學生之同意。施打時間、地點，由本局與當地醫療院洽定後，再行通知。

辦法：

一、請於○○○年○○月○○日前完成徵求學生家長與學生之同意書，以利施打疫苗，達成預期目標。

二、相關資訊請上衛生福利部國民健康署網站查詢（https：//www.hpa.gov.tw/Home/Index.aspx）。

正本：

副本：本市各公私立國民中學（含高級中學附設國中部）

局長　○○○（蓋簽字章）

108年 高考三級

☑ 鑑於邇來各界對於公務人員不能體察民意掌握輿情,致陳情案件有明顯增加之趨勢,請參考下列資訊,試擬行政院致所屬各機關及各直轄市、縣(市)政府函:為落實「人民的小事,是政府的大事」之施政理念,應本同理心等觀念妥適處理民眾陳情案件,以紓解民怨、保障人權,讓人民有感。

一、陳情,可説是人民向政府表達意見最簡便的管道與方式,有其制度的特性、重要性和功能。

二、依行政程序法規定,人民對於行政興革建議、行政法令查詢、行政違失舉發或行政上權益維護,均可陳情。

三、妥適處理民眾陳情案件,已是公部門優質服務與民眾滿意度的重要指標之一。

四、據統計近三年民眾較常陳情的問題,例如違建、食安、工程弊案……,請行文時至少列舉六項以上(可含上述類型)你認為可能之問題(次序不拘),並檢送該統計表供參。

五、行政程序法陳情專章、行政院及所屬各機關處理人民陳情案件要點,以及各部會、各地方政府自行訂定之處理陳情案件作業規範,希適時檢討。

六、應本良心、同理心行事,不可先入為主。對案情抽絲剝繭,有錯認錯,沒錯詳加説明,並注意品性操守,依法遵期處理陳情案件。

七、對於非理性之陳情行為,仍應抱持親切態度,尊重對方,以專業知能公正處理案件。

檔　　號：
保存年限：

行政院　函

地　　址：○○○臺北市○○路○號
聯絡方式：承辦人：○○○
　　　　　電話：(02)○○○○○○○○
　　　　　傳真：(02)○○○○○○○○
　　　　　e-mail：○○@○○.○○.○○

○○○(受文者郵遞區號)
(受文者地址)
受文者：所屬各機關及各直轄市、縣（市）政府

發文日期：中華民國○○○年○○月○○日
發文字號：○○字第○○○○○○號
速別：普通件
密等及解密條件或保密期限：
附件：

主旨：為落實「人民的小事，是政府的大事」之施政理念，請貴單位
　　　本著同理心觀念，妥適處理民眾陳情案件，以紓解民怨、保障
　　　人權，讓人民有感，請查照辦理。

說明：
　一、邇來各界對於公務人員不能體察民意、掌握輿情，致陳情案件
　　　有明顯增加之趨勢。
　二、陳情是人民向政府表達意見最簡便的管道與方式，有其制度的
　　　特性、重要性和功能。依行政程序法規定，人民對於行政興革
　　　建議、行政法令查詢、行政違失舉發或行政上之權益維護，均
　　　可陳情。
　三、妥適處理民眾陳情案件，已是公部門優質服務與民眾滿意度的
　　　重要指標之一。

辦法：
　一、處理民眾陳情案件請切實掌握以下原則：
　　　(一)據統計，近三年民眾較常陳情的問題，例如違建、食安、
　　　　　工程弊案……，請行文時至少列舉六項以上（可含上述類
　　　　　型）承辦人員認為可能之問題（次序不拘），並檢送該統
　　　　　計表以供參考。
　　　(二)行政程序法陳情專章、行政院及所屬各機關處理人民陳情案
　　　　　件要點，以及各部會、各地方政府自行訂定之處理陳情案
　　　　　件作業規範，希適時檢討。
　　　(三)應本著良心、同理心行事，不可先入為主。對案情抽絲剝
　　　　　繭，有錯認錯，沒錯詳加說明，並注意品性操守，依法遵
　　　　　期處理陳情案件。
　　　(四)對於非理性之陳情行為，仍應抱持親切態度，尊重對方，以
　　　　　專業知能公正處理案件。
　二、各機關及各直轄市、縣（市）政府務必提供民眾陳情之專屬電
　　　話，並需有值勤人員受理案件。

院長　○○○（蓋簽字章）

108年　普考

一、某立法委員在第9屆第7會期質詢中，針對日前在新竹市發生驚悚的比特犬咬人事件，籲請主管機關應速謀有效的管制辦法，並要求行政院應正視此問題，而且法規已將比特犬列為危險犬種，該種犬隻若有出入公共場所時，應繫上牽繩並配戴嘴套，以免發生意外。

二、動物保護法第20條第2項規定：「具攻擊性之寵物出入公共場所或公眾得出入之場所，應由成年人伴同，並採取適當防護措施」。

三、為強化危險性犬隻飼主責任，行政院農業委員會前於108年3月14日以農牧字第1400043358號函請各直轄市、縣（市）動物保護主管機關，要求針對轄內飼養危險性犬隻飼主，明訂相關責任歸屬。

☑本案經行政院交請所屬農業委員會卓處，假設你是本案農委會承辦人，請將立法委員質詢案，以速件轉知地方政府落實執法，並副知質詢委員。

檔　　號：

保存年限：

行政院農業委員會　函

地　　址：○○○臺北市○○路○號

聯絡方式：承辦人：○○○

電話：(02)○○○○○○○○

傳真：(02)○○○○○○○○

e-mail：○○@○○.○○.○○

○○○(受文者郵遞區號)

(受文者地址)

受文者：臺北市政府

發文日期：中華民國○○○年○○月○○日

發文字號：○○字第○○○○○○號

速別：速件

密等及解密條件或保密期限：

附件：○○○立法委員質詢案

主旨：茲轉送○○○立法委員於立法院第9屆第7會期質詢案，請貴府落實「動物保護法」之執行，請查照辦理。

說明：

一、○○○立法委員針對日前在新竹市發生驚悚的比特犬咬人事件，籲請主管機關應速謀有效的管制辦法，並要求行政院應正視此問題。

二、本案經行政院交請本會卓處，本會為強化危險性犬隻飼主責任，已於108年3月14日以農牧字第1400043358號函請各直轄市、縣（市）動物保護主管機關，要求針對轄內飼養危險性犬隻飼主，明訂相關責任歸屬。

三、「動物保護法」第20條第2項規定：「具攻擊性之寵物出入公共場所或公眾得出入之場所，應由成年人伴同，並採取適當防護措施」。此案已將比特犬列為危險犬種，該種犬隻若出入公共場所時，應繫上牽繩並配戴嘴套，以免發生意外。

正本：

副本：各直轄市及縣（市）政府、○○○質詢委員

主任委員　○○○（蓋簽字章）

Notes

Notes

Notes

Notes

國家圖書館出版品預行編目(CIP)資料

公文寫作指南 / 柯進雄編著. -- 第十版. -- 臺北市：

商鼎數位, 2019.10

面；　公分

ISBN 978-986-144-178-8(平裝)

1.漢語　2.應用文　3.公文程式

802.791　　　　　　　　　　　108015690

公文寫作指南〔增訂十版〕

編 著 者：柯 進 雄

發 行 人：王 秋 鴻
登 記 證：行政院新聞局局版台業字第3388號
出 版 者：商鼎數位出版有限公司
　　　　　　地址／新北市中和區中山路三段136巷10弄17號
　　　　　　電話／(02)2228-9070　　傳真／(02)2228-9076
　　　　　　郵撥／第50140536號 本社帳戶
　　　　　　商鼎文化廣場：http://www.scbooks.com.tw/scbook/
　　　　　　千華網路書店：http://www.chienhua.com.tw/bookstore
　　　　　　網路客服信箱：chienhua@chienhua.com.tw

法 律 顧 問：永然聯合法律事務所
編 輯 經 理：甯開遠
主　　　　編：甯開遠
執 行 編 輯：廖信凱
校　　　　對：千華資深編輯群
排 版 主 任：陳春花
排　　　　版：孫加容

出版日期：　2019年 10 月　　　第十版／第一刷

本書如有勘誤或其他補充資料，
將刊於千華公職資訊網 http://www.chienhua.com.tw
歡迎上網下載。